湯どうふ牡丹雪

長兵衛天眼帳

山本一力

角川文庫
24000

目次

第一話　蒼い月代

一

大川《おおかわ》の川開きが終わった翌日、安政《あんせい》三（一八五六）年の五月二十九日。江戸《えど》はこの日から夏本番である。

とはいえ陽が落ちたあとは、まだ肌寒さすら感じられた。が、江戸っ子は気が早いし、見栄《みえ》っ張りで、やせ我慢を競い合ったりする。

日本橋川《にほんばしがわ》を目の前に見る小網町《こあみちょう》の住人のなかには、ひと一倍のやせ我慢者たちが幅を利かせていた。

裏店《うらだな》の住人、太一《たいち》と三造《さんぞう》もそうだった。

「まったく今年もヤブ蚊が多いぜ」

夕餉《ゆうげ》のあと、早々と浴衣《ゆかた》に着替えた屋根葺《やねふ》き職人の太一が、団扇《うちわ》で太ももの辺りをバタバタと扇《あお》いだ。

並んで座っているのは左官の三造だ。

「なんとも、江戸っ子よりも気のはええやつらだぜ」

太一に調子を合わせて、三造も団扇で強く膝《ひざ》を叩《たた》いた。

ヤブ蚊なんぞ、まだ一匹も飛んではいない。が、川に面したこの床屋前では、毎年五月二十九日から縁台を出した。

蚊よけの団扇も床屋が用意していた。

その団扇でヤブ蚊を追い払ってこその、夏だったのだ。

「ところで、おめえは……」

言いかけた途中で、太一は盃《さかずき》を三造に差し出した。

「ありがてえ」

三造は両手でその盃を受け取った。

太一は宿から岡持ちに載せた一合徳利《どっくり》二本と、盃二つを持参していた。女房が三造との縁台開きのために用意した酒である。

夏の縁台で酌み交わす酒と言いながら、太一の女房はぬる燗《かん》を用意していた。その酒を三造の盃に注いでから話を続けた。

「あの坊やのことで、なにやら聞かせてえことがあると言ってたが」

太一は手酌で自分の盃を満たした。

「なんのことだか、聞かせてくんねえ」

グビッと喉《のど》を鳴らして盃を干したあと、三造の口を促した。

「おれがじかに聞いたわけじゃねえんだが、吉野屋《よしのや》の内証には詳しい炭屋の手代が言ってることだ」

今日の昼間、仕事休みだった三造は床屋に出かけた。そこで一緒になった手代から、表に出たあとで聞かされていた。

話に間違いはないと三造は請け合った。

「前置きはいいから、先を聞かせねえ」

太一は自分の盃にだけ、ぬる燗徳利をまた手酌で注いだ。三造の盃には、まだ酒が残っていたからだ。

三造も残りを呑《の》み干して話に戻った。

「あにいが言うあの坊やは、とことん女房に惚《ほ》れてるらしいんだ」

三造が声を潜めた。縁台の周りに人の気配はなかったが、まるで内緒話を聞かせようとするかのようだった。

＊

太一が言う坊やとは、小網町の白扇屋《はくせんや》・吉野屋の婿、岡三郎《おかさぶろう》のことだ。

去年の夏、岡三郎は実家が配り物に使うための白扇を求めて吉野屋を訪れた。吉野屋は仕入物ではなく、店の仕事場で白扇を拵《こしら》える造り扇屋だった。

品物がいいとの評判をあてにして、岡三郎は小網町まで出向いていた。

尾張町《おわりちょう》の米問屋・野島屋《のじまや》の三男だった岡三郎は、婿入り先を探している、いわば部屋住みの身であった。

吉野屋で、たまたま店番をしていたあるじの娘おそめに、岡三郎は一目惚れをした。

口数の少なかった岡三郎が明けても暮れてもおそめのことしか口にしなくなった。

恋煩いも同然である。見かねた母親がひとを使い、吉野屋とおそめの素性調べを行った。

江戸でも数本の指に入る身代の野島屋だ。調べは念入りを極めた。

おそめは今年で二十歳。ほかに兄弟姉妹もなく、婿を迎えるものと考えられていた。

白扇は和泉橋《いずみばし》たもとの献残屋《けんざんや》（見た目には並の贈答品にしか見えない白扇を、まいない金額相当の高値で買い取る業者）・大里屋《おおさとや》がほぼ全量の買い取りを引き受けていた。

しかし三年前から商いは落ち込む一方で、金繰りにも苦心しているという内証が分かった。

岡三郎の母は、三人の息子のなかで三男を溺愛《できあい》していた。

末っ子は格別に可愛いという。

上のふたりは兄弟の力を合わせ両輪となって野島屋を守り、盛《も》り立てていくだろう。

岡三郎は両輪に加わることはできずにいた。

不憫《ふびん》に思う母は、どこか適当な婿入り先がないものかと常に気に掛けていた。

そんな折、岡三郎当人が心底、気を惹《ひ》かれたという相手が現われた。調べた結果に、母親は大いに満足した。

白扇作りという家業は、ひとさまの命にかかわる仕事ではない。万に一つ、商いにしくじりが生じたとて、家業を畳めばすむ話だ。

岡三郎の婿入り先がおかした過ちの余波を受けて、野島屋が迷惑を被る恐れはなかった。

吉野屋の商いが年々細っているのも、母には好都合だった。

縁談を相手に受け入れさせるために、逆らえない条件を二つ用意すればいい。

その一つは巨額の持参金だ。岡三郎には八百両を持たせることを考えていた。

千両を示したら、もっと多くを欲しがるやもしれない。さりとて五百両では、野島屋の身代を思えば少ないかもしれない。

八百両はまことに当を得た金高だった。

いま一つは、白扇の買い付けである。

野島屋の得意先は、ざっと千軒を超えていた。年始の配り物に縁起の干支《えと》を描いた扇を使えば、毎年、大量の仕入れを示せる。

いままでの配り物のひとつを扇に変えればいいだけだ。野島屋が新たな費《つい》えを負うことにはならなかった。

野島屋からこの二つの条件提示を受けた吉野屋は、二日の後に「お願い申し上げます」と返事を寄越《よこ》してきた。

吉野屋に婿入りしてきたのは、つい先月である。以来、岡三郎は今日に至るまで五日ごとに、ここの髪結い床で手入れを続けていた。

「おそめが、わたしの蒼《あお》い月代《さかやき》が好きだというものですから」

岡三郎は嬉《うれ》しそうにして、せっせと床屋に通い続けていた。

＊

「そいつぁ何とも、いい話じゃねえか」

三造の話を聞き終えた太一は、すっかり冷めた徳利の酒を手酌で注いだ。

「尾張町の野島屋の息子だてえから、身代を後ろ盾にしたいやな野郎だと、勝手に思い込んでいたが」

勢いをつけて、一気に盃を干した。

「そんだけ女房にぞっこんでよう。痛《い》てえ剃刀《かみそり》も嫌がらねえで月代を蒼く保っていてえてえのは、なんとも涙ぐましい話じゃねえか」

おれはたったいまから、あの婿をわるくは言わねえと、太一は声を張った。

「へなちょこだの、ゼニまみれの青二才だのと陰口を叩くやつは、おれが相手だ」

太一は鼻の穴を膨らませた。

「それは全部、あにいが言ってたことだぜ」

太一の口を抑えて、三造は続きを始めた。

「あにいの言い分はよく分かったが、話には面倒な裏があるてえんだ」

三造はさらに声を潜めた。夜風は冷たさをはらんでいるほどだ。

気の早い縁台に寄ってくる住人など、ふたりのほかには皆無だった。

「なんでえ、裏があるてえのは」

太一は尻《しり》をずらして間合いを詰めた。

「あにいは魚の担ぎ売りの、金太《きんた》を知ってるだろう?」

「出目金みてえに両目が膨らんでる、あの金太のことか?」

深くうなずいた三造は、金太から今日の夕暮れ時に聞き込んだ話を始めた。

＊

普請場の都合で仕事休みだった三造は、長屋の井戸端周りの掃除を手伝っていた。

三造が暮らす裏店が、金太には担ぎ売りの商い仕舞いという順路だった。

三造と金太は同い年で、ともに亥年《いどし》だ。干支が同じで気が合ったが、長屋で顔を合わせることは滅多になかった。

金太が天秤《てんびん》を担いで裏店に入ってくる時分には、三造は普請場にいたからだ。

「一服させてくんねえ」

「いいとも」

金太の頼みを聞き入れて、ふたり揃って煙草を吸い始めた。

「三造は吉野屋の婿さんの一件は、知ってるだろう？」

「近所のことだ、多少は知ってるさ」

千両箱を提げて婿入りしてきたと、裏店で聞きかじったことを金太に告げた。

「婿さんがカミさんに、惚れ抜いているのも知ってるか？」

これは知らないだろうと、金太の物言いが告げていたのだが。

「月代のことなら、今日の昼過ぎに聞いたばかりだ」

三造が応じたら、金太は鼻白んだ表情になった。勢いよく吸い殻を叩き落としたあと、もう一度三造を見た。

「でもよう、三造。ここからの話は、おめえも知らねえだろうよ」

新たな一服を詰めながら問いかけた。

「なんでえ、ここからの話てえのは？」

気をそそられた三造は、金太を見詰めた。

「あの婿さんは女房の肌には、いまだ指一本、触ってもいねえてえことさ」

「なんでおめえが、そんなことを知ってるんでえ」

三造は口を尖《とが》らせた。昼には床屋で、岡三郎がどれほど女房に惚れているかを聞かされたばかりだ。

金太の話はまるで辻褄《つじつま》が合わなかった。

「カミさんの好みだからと、あの婿さんは五日ごとに床屋で月代を当たってるてえんだ」

肌に手も触れていないなどは、面白く思っていない連中のやっかみだろうと、三造は決めつけた。

「そうじゃねえ、賄いのおたよさんから聞かされたんだ」

おたよは岡三郎が可哀想だ、なんとかしてあげてと、金太に泣きを入れていた。

＊

すっかり聞き終えた太一は、順吉《じゅんきち》から目明しの親分に聞かせたほうがいいと判じた。

「おれもあにいと同じことを思ってたんだ」

太一の反応に安堵《あんど》したのだろう。三造は徳利を手に取り、残りを自分の盃に注いだ。

順吉はここの床屋の次男で、今年で十八だ。こども時分から目明しに憧《あこが》れていて、縁日ではおもちゃの十手を買っていた。

土地の親分は新蔵《しんぞう》である。

一月に、よその町の娘を助けたことは、小網町でも評判になっていた。

その男気に心服した順吉は、親を説き伏せて新蔵の下っ引きに組み入れてもらっていた。

「今夜のうちに順吉に聞かせようぜ」

ふたりは連れ立って、床屋の戸を叩いた。縁台を仕舞うとでも思ったのか、カミさんが出てきた。

「ちょいとばかり、順吉の耳に入れときてえ話があるんでさ」

太一が言い終わると、相手は渋い顔を拵えた。太一も三造も、町内では気の短い男で通っていた。

面倒な話に息子を巻き込みたくないと、母親の顔が答えていた。

「でえじなことなんでさ」

太一に強く言われて、相手も折れた。

「いま呼んでくるから、縁台に座って待っててちょうだい」

「がってんだ」

カミさんが土間を行く駒下駄《こまげた》の音が、カタカタと鳴っていた。

二

毎朝五ツ（午前八時）には、特別のことでもない限り、下っ引き全員が新蔵の前に顔を揃えた。

女房おきさのいれた番茶を飲みながら、前日の出来事を新蔵に聞かせる集まりだ。

与《よ》の助《すけ》、助六《すけろく》に続き、順吉の番になった。

順吉はどこに行くにも、紐《ひも》の長い革袋を斜めに下げていた。袋には矢立と、手作りの帳面を収めていた。

読売瓦版《かわらばん》の耳鼻《じび》達《たつ》（取材記者）が持ち歩いている、聞き込み道具を真似したものだ。

「昨夜《ゆうべ》、町内の太一さんと三造さんから、気になる話を聞かされましたので」

順吉は帳面を見ながら話を始めた。

*

吉野屋のおそめは、一番弟子の辰次郎《たつじろう》と、両親もいずれはと認める仲だった。ところがそんなところに野島屋から縁談が持ち込まれた。

その年の節季払いをどう工面すればいいかと、あたまを痛めていたあるじの四五六《しごろう》は、天の助けだと喜んだ。

娘の思いを知り尽くしている母のおよしも、四五六同様に話を受ける気になっていた。

「とりあえずのところ、婿を受け入れて持参金を受け取ろうじゃないか」

四五六の言い分を、およしは拒まなかった。

「持参金さえいただいたあとは、婿がぽっくり死んでも、もうカネはこっちのものだ」

婿入りしてきても、半年の間は床を一緒にしないと言い渡すようにと、四五六は娘を見詰めてこれを指図した。

「床入りを拒む理由は、おれが思案をまとめる。もしも四の五の言うなら、これが吉野屋の決まりだとおれから言い渡す」

八百両が手に入れば、吉野屋はかならず生き返ると、四五六は語気を荒くした。

「その先の野島屋の買い付けなんぞ、あてにしなくたって商いは伸びる」

四五六は野島屋を吹き飛ばさぬばかりの、強い口調で言い切った。

「この先の辰次郎との長いときを思えば、半年ぐらいはどうとでも我慢できるだろう」

娘に因果を含めて、四五六は話を受けた。

岡三郎は、まさに坊やだった。

おそめと一緒に過ごせさえすれば、それ以上の男女の間柄を求めなかった。

一方、おそめは岡三郎が婿入りしてきて以来、辰次郎と好き勝手に話をすることもできなくなった。辰次郎への愛《いと》しさが募り、苛立《いらだ》ちが隠せないでいたおそめは、求めない岡三郎に拍子抜けした。

その挙げ句、日に日に増長して、我がままを言い始めた。

「朝は井戸端で水を浴びて、身を清めてからわたしのそばに座ってください」

「口からいやなにおいがしないように、一日三度、ハッカを塗った総楊枝《ふさようじ》で口をすすいでください」

「月代の蒼いのが好きです。五日に一度は髪結い床で、月代を剃刀であたってください」

これらを守ってくれれば、十月朔日《ついたち》に福徳《ふくとく》神社に参詣《さんけい》のあとで、床入りを受けいれますと、岡三郎に告げた。

月代を蒼く剃《そ》りあげるのは、剃刀を強くあてることになる。見栄を大事にする伊達《だて》男には、強い我慢が必要だった。

米問屋の三男坊には苦行だ。しかも五日に一度、である。ひどい指図だが、岡三郎は受け入れた。

「承知しました」

おそめが示したことを、毎日、律儀に守り続けてきた。

床屋代もハッカの代金にも、すべて実家の母親から内緒で渡されていた、大金の小遣いを充てていた。

「あなたさまには身体をぜひとも達者に保っていただき、十月朔日の床入りの夜を迎えていただきたいのです」

四五六はそう娘に言わせて、精力のつく夕餉を毎晩、用意する準備を進め始めた。

すっぽん雑炊。

うなぎの蒲焼《かばや》き。

どじょうの柳川鍋《やながわなべ》。

イノシシの鉄鍋焼き。

シャモ鍋。

これらを交互に、岡三郎に食べさせるのだ。どれも外からの出前である。

目的はただひとつ。

精がつきすぎて持て余した岡三郎に、賄いのおたよを手籠《てご》めにさせることだ。

岡三郎に鼻血が出るほど精をつけさせておきながら、おそめは相手にしない。

夕餉はおそめとは別々にして、そばにはおたよをつきっきりに侍《はべ》らせる。

乳房の膨らみや尻の丸みがくっきりと現れるように、おたよには腰巻きもつけさせない。

「襲いかかられても形だけは拒んで、相手のなすがまま、果てるまでさせなさい」

おたよは今年で二十五である。前職は浅草《あさくさ》の一膳《いちぜん》飯屋で飯盛り女も経験していた。

それを知っている四五六は、おたよにこの役を言いつけた。

「果てさせたら一両の手当を出そう」

恩きせがましい言い方で、おたよに命じたのが五月二十八日、大川開きの夜だった。

吉野屋は一家総がかりで、岡三郎を虚仮《こけ》にすることを企《たくら》んでいた。

巨額の持参金目当ての婿取りの当初から、おたよはげんなりしながらも、黙って成り行きを見ていた。

岡三郎を気の毒に思うかたわら、大金持ちの坊やのことだ、自業自得だと、冷めた目でも見ていた。

ところが共に暮らし始めてみたら、岡三郎の育ちのよさに接して、相手に気持ちが吸い寄せられた。

おたよに対しても、ものを頼むときにていねいな物言いをした。

朝餉はおそめも一緒だが、昼と夕は台所の板の間でおたよが給仕を務めた。

「昼と夕餉は、わたしは仕事場の職人たちと一緒に取りますから」

四五六の企みを運ぶための口実だったが、おそめも辰次郎と過ごすことのできる一石二鳥の思案だった。

一方的にこれを突きつけられても、岡三郎は文句も言わずに従った。

ひとり箱膳を前にして、黙々と食事をする。食べながら喋《しゃべ》るなど、野島屋のしつけにはなかったのだ。

食事を終えたあとは茶碗《ちゃわん》を茶ですすぎ、めしのぬめりまでもきれいに平らげた。米問屋ならではの、米を大事にするしつけだ。

そのあと茶碗を箱膳に仕舞い、おたよに礼を言って板の間から出て行った。

大店《おおだな》の本物の行儀のよさに接して、おたよは心底感心した。

おそめは小網町でも評判の器量よしである。五尺（約百五十二センチ）ある背丈が幸いして、派手な柄物を着てもよく似合った。

唇は紅を引くまでもなく、いつも艶々《つやつや》と濡《ぬ》れていた。

二十歳になったいま、娘盛りは過ぎており、艶を感じさせる女へと変わりつつあった。

見た目のよさとは裏腹に、しつけはまるでされていなかった。ただの一度も、おたよに礼を言うこともないまま、今日に至っていた。

そんなおそめに、一途《いちず》に思いを寄せ続けている岡三郎を、気の毒に思い始めた。

そこに四五六からひどい企みを実行するように命じられたことで、おたよの我慢が切れた。

吉野屋のために賄いを続けてきた私を軽んじて、前の仕事をたてに、騙《かた》りの片棒を担がせようとしている。

身を売ればカネを払うとまで言われたことには、怒りを鎮められぬまま朝を迎えた。

さりとて吉野屋から暇をもらう気はなかった。このまま辞めてしまっては、岡三郎がさらにひどい目に遭うかもしれない。

吉野屋に留《とど》まり、一家の悪巧みを粉々に吹き飛ばそうと考えたのだ。

岡三郎はしかし、それほどひどい扱い方をされながらも、おそめにぞっこんである。

十月朔日の床入りを、正味で待ち焦がれているようだ。

おそめたち親子の悪事を暴きたてたところで、岡三郎はまったく喜ばないだろう。

どんな目に遭わされようとて、岡三郎はおそめに惚れ抜いていた。

なんとか悪巧みを食い止めて、内々にお仕置きのようなことができないものか……。

思案に詰まったおたよは、棒手振《ぼてふり》の金太に相談を持ちかけた。

それが巡り巡って、新蔵の耳に届いた。

＊

聞き終えた新蔵は、まず順吉を褒めた。

「よくぞここまで、詳しく話を書き留めてきた。しっかりした聞き込みこそ、十手持ちの一番の大事だ」

新蔵に見詰められた順吉は、嬉しげにはにかみ顔を見せた。しかし新蔵の目の光が鋭くなっているのを見るなり、表情を引き締めた。

「順吉は確かによく聞き込んではいたが、話はまた聞きのさらにまた聞きだ」

新蔵の目は与の助と助六に移っていた。

「順吉が聞き込んだ話の出元は、吉野屋のおたよさんだ」

おたよから相談を受けて話を聞かされたのが、棒手振の金太。

その金太から子細を聞き取ったのが、左官の三造。

三造は屋根葺きの太一に話をした。そして順吉に子細をふたりで聞かせた。

「おたよさんの話をつなぐたびに、ひとは我知らずに話の中身を盛るのが常だ」

金太が盛り、三造が盛り、そして太一まで盛ってしまったら、どこまでが正しい話なのか、見当がつかなくなる……。

新蔵は引き締めた顔で下っ引き三人を順に見回した。

「順吉が聞き込んできたこのたびの話は、うってつけの戒めだ」

話はかならず出元から聞き込む。

「この戒めを忘れるんじゃねえぜ」

「へいっ」

三人が声を揃えて、短い返事をした。

順吉は答えたあと、強く前歯で唇を嚙《か》み締めていた。

三

順吉が再度、おたよから聞き込みを終えた翌日。六月二日の朝、新蔵は細部に至るまで、順吉から吉野屋の話を聞き取った。

与の助も一緒だったが、話は順吉にまかせて黙っていた。

「ごくろうだった、順吉」

この朝の新蔵は、正味の物言いで褒めた。

「おれたち十手持ちは、ことが起きてから動くだけが仕事じゃねえ」

目の前の三人に、言い聞かせるかのように話を続けた。

「むしろ逆で、ことが起きる前に、わるい芽を摘むのが大事だ」

未病を防ぐ。

新蔵は室町《むろまち》の医者・友田鉄拳《ともだてっけん》からこの言葉を教わっていた。医者の治療も十手持ちの対処も同じだと考えて、新蔵はこの言葉を大事にしていた。

「ここから先は、おれが長兵衛《ちょうべえ》さんに相談して、未病を防ぐように運ぶことにする」

順吉をしっかり労《ねぎら》い、この一件はまかせろと言い渡した。

「用があれば、またおまえに聞くからよ。五日ごとの月代剃りは、しっかりおまえが見届けておきねえ」

「へいっ」

十八の順吉だが、返事が次第に板につき始めていた。

*

六月三日の四ツ（午前十時）過ぎ。新蔵は村田屋《むらたや》に顔を出した。新蔵の目当ては、当主の長兵衛である。
例によって、手代頭の誠太郎《せいたろう》が応対に出てきた。新蔵の目当ては、当主の長兵衛であると分かっていた。

ここ数日、長兵衛は仕事場に籠もりきりで、新たな誂《あつら》え注文の眼鏡作りに没頭していた。家人も奉公人たちも、仕事場に近づくことすら遠慮していたのだ。

「長兵衛さんにつないでくだせえ」

新蔵はていねいな口調で、つなぎを頼んだ。

「旦那《だんな》様は今日も朝早くから、仕事場に籠もっておいでです。親分の頼みでも今日ばかりはうかがえません」

大事な眼鏡作りの真っ最中で、とてもおつなぎできませんと、きっぱりと断られた。

「そんな素っ気ないことを言わねえで……」

新蔵が強く頼み込んでいるところに、なんと長兵衛が顔を出した。仕事場にかわやはない。用足しに出てきたようだ。

「どうしたんだ、親分」

店の土間でもあり、長兵衛は新蔵を親分と敬称で呼びかけた。

「折り入って相談したいことがあるんでやすが、ひどく取り込み中だと、誠太郎さんからうかがったもんで……」

「いま、出来上がったところだ」

仕上がったので、用足しに出てきたと。

「それじゃあ、よろしいんで？」

「いいとも」

長兵衛が応じたとき、誠太郎は俯《うつむ》いて苦い表情を隠そうとした。が、長兵衛にはお見通しだった。

「ありがとう、誠太郎」

長兵衛は手代頭をねぎらい、急ぎかわやに向かった。用足しを済ませたあと、新蔵と連れ立って仕事場に向かった。

ふたりのあとから女中が茶を運んでいた。

根を詰めて向きあっていた眼鏡作りが、満足のいく仕上がりとなったらしい。茶を味わった長兵衛は、仕上がったばかりの眼鏡を新蔵の手に持たせた。

「随分と玉（レンズ）が分厚いようですが」

上物の鼈甲縁《べっこうぶち》の眼鏡は持ち重りがした。

「歳を重ねたことで、近くが見えにくくなったのだ。手元を見る玉は、どうしても厚くなってしまう」

長兵衛の物言いは、不満げだった。分厚いと言っただけで、鼈甲の美しさにも仕上がりのよさにも、新蔵は触れなかったからだ。

察しのいい新蔵は、物言いをあらためた。

「鼈甲縁の仕上がりもお見事ですし」

言いながら新蔵は、玉の嵌《は》まり工合も確かめた。

「こんなに厚い玉が、びくとも動かねえほどに、しっかり嵌まっておりやす」

大した出来映えですと、正味で褒めた。

長兵衛ほどの当主でも、仕事場に入ると一職人となる。褒め言葉は嬉しいのだろう。

両目が和らいだのを見て、新蔵はさらに言葉を続けた。

「持った感じが、随分と幅広に見えやすが」

「その通りだ」

機嫌の直った長兵衛は、顔にかけて試してみろと勧めた。

「いいんですかい？」

新蔵が声を弾ませた。誂え注文をした顧客よりも前に、試しにかけられるからだ。

「かけた様子を見るには、ちょうどいい」

顔につけてこちらを向くようにと告げた。新蔵はつるを耳にあてて、眼鏡を鼻にのせようとした。しかし幅が大き過ぎた。

「随分と大きなお客のようでやすね」

「あんたの町内の、吉野屋という扇屋のご主人からの誂え注文だ」

答えを聞いた新蔵は、慌てて鼈甲縁を顔から取り外した。

「まだ、わたしがよく見ていない」

顔から外したことを咎《とが》めた。

「もう一度、きちんとかけてもらおう」

長兵衛の指図で、新蔵はかけ直した。

「あんたには大き過ぎるが、いい形だ」

仕上がりに充分満足した長兵衛は、緩んだ目で眼鏡を受け取った。

「吉野屋さんの屋号が、どうかしたのか？」

新蔵の慌てぶりを、長兵衛は見逃してはいなかった。

「じつは今朝お邪魔したのも、その吉野屋さんのことなんでさ」

新蔵はあぐらを組み替えた。

長兵衛も正座の背筋を伸ばして向き合った。そして先に長兵衛が話を始めた。

「あちらさんは尾張町から婿を迎えたことで、大層に内証がよくなったと聞いている。

この鼈甲縁も……」

長兵衛は眼鏡を新蔵に向けた。分厚い玉が、鼈甲縁の外に膨らみ出ていた。

眼鏡だけを見た感じは不細工である。しかし顔にかけると、玉と縁の案配がよく、違和感はまったくなかった。

眼鏡を見せられたことで、新蔵は長兵衛の技の確かさをあらためて実感していた。

「玉と鼈甲細工の両方で、眼鏡は四両二分にもなった」

並の眼鏡の四倍もする金額である。

「室町の大店ご隠居なら驚くことでもないが、小網町の扇屋さんには、いささか値が張る仕上がりだ」

長兵衛の言い分に、新蔵は深くうなずいた。室町と小網町では町の格が違っていた。

「ところが吉野屋さんは、前金で五両を預けて帰られた」

五両を上回っても費えは問題ない。とにかく出来のいい眼鏡にしてほしいと、念押しをして帰って行った。

「婿を迎えて以来、あちらさんは大層に羽振りがいいと聞いているが」

長兵衛は言葉を区切り、新蔵を見た。

「そう言っては吉野屋さんにわるいが、いままで使ってきた眼鏡は、ひどい出来の安物だった」

たとえ新たに作り直すとしても、鼈甲縁を注文するような暮らしぶりではなかった。

そんな吉野屋の当主が、費えにはこだわらずに、いい品物をと念押しをしたのだ。

「あんたの話というのは、吉野屋さんの内証にかかわることだろう？」

「じつはうちの新入りの順吉が、おととい、吉野屋の賄いさんから詳しく聞き取ってきたことなんでやすが」

長兵衛のほうから水を向けられたのだ。新蔵の物言いが滑らかになった。

「いつもながら、まさに図星でさ」

新蔵は再びあぐらを組み替えて、ここまでの顚末《てんまつ》を話し始めた。

「最初に順吉が聞き込んだ相手は、町内の太一と三造からでやす」

その三造に聞かせたのは、吉野屋に出入りしている魚の棒手振、金太だった。

「どの話もまた聞きでやしたんで、町内で聞き込んだ次の日、六月一日には、話の出元のおたよから、順吉はじかに聞き取ってきやした」

吉野屋に押しかけて聞き取ったのでは、あるじ一家にも気づかれてしまう。それを案じた与の助の知恵で、おたよが買い出しに出向く元四日市町《もとよっかいちまち》の茶店で聞き取った。

順吉ひとりではなく、与の助も脇で聞いた。

その子細を、なにひとつ省かずに長兵衛に話した。

聞き終えた長兵衛は、仕事場にも置いてある小鈴を振った。すぐさま女中が顔を出した。

「代わりの熱々の焙《ほう》じ茶と、なにか甘い物をふたり分、用意してもらいたい」

「かしこまりました」

急ぎ引っ込んだ女中は、分厚い湯呑みから湯気を立ち上らせている焙じ茶と、鈴木《すずき》越後《えちご》の干菓子を朱塗りの菓子皿に載せてきた。

ふたりで込み入った話をすると察したのだろう。干菓子なら邪魔にならず口に運べる。

「ごくろうさま」

長兵衛にねぎらわれた女中は、頬を朱《しゅ》に染めて仕事場から出て行った。

「あんたの言う通り、これは未病を防ぐのが肝要な案件だ」

聞き終えた長兵衛は新蔵の判じた通り、その最大の理由は岡三郎にあると断じた。

「おそれながらと定町廻《じょうまちまわり》の宮本《みやもと》さんに訴え出たところで、岡三郎さんは哀しむだけだ」

おそめのことを一途に思い詰めている男の気持ちを、なんとか成就させてやりたいと、長兵衛は強い口調で応じた。

いま長崎《ながさき》に遊学中の息子に、思いを馳《は》せたがための強い口調だった。思えば息子も、なにごとによらず一途に取り組んでいた。

相談にきた新蔵も、ひたむきさにおいては負けていない……長兵衛は一途こそ、男の大事だと考えていた。

「あんたの話を聞き終えて、ひとつ合点《がてん》のいかないことがある」

長兵衛がわけを明かす前に、新蔵が先取りして答え始めた。

「一番弟子の辰次郎のことでやしょう？」

「察しがいいじゃないか」

長兵衛は感心したという口調で応じた。

「じつはあっしも同じことを、順吉に問い質《ただ》してきたところなんでさ」

新蔵は気負いのない口調で答えた。

順吉がおたよから追加の聞き込みをしたとき、一番弟子の辰次郎のことも問うた。おそめと結託して、岡三郎に害を為そうとしているのではないかと考えたからだ。

「親方とつるんで、辰次郎さんも岡三郎さんの追い出しや、おたよさんに襲いかからせる悪巧みに加わっているんですか？」

これを質したとき、おたよは猛烈な勢いで首を振った。しかし、なぜそれほど強く否定したのかは、ひとことも語らなかった。

一緒にいた与の助は、おたよは辰次郎をかばっているようにも見えたと新蔵に答えた。

長兵衛に合点がいかなかったのは、この部分だった。

「五月二十九日に金太の話をまた聞きしたときは、おたよさんは格別に辰次郎をかばう様子は見せていなかったと言っていたはずだ」

「その通りでさ」

新蔵はしっかりした口調で答えた。

「ところがその翌々日、六月一日に茶店で話したときは、辰次郎をかばっていたという。これにも間違いはないか？」

「ありやせん」

新蔵の返事を聞いた長兵衛は、腕組みをして目を閉じた。

あれこれ考えているのか、何度も吐息を漏らした。そして……。

「そうか！」

膝を打つなり、長兵衛は目を開いた。

「なにか思いつかれやしたんで？」

新蔵が期待を込めた目を長兵衛に向けた。

「辰次郎とおたよの間に何かが起きたぞ」

「なんですって！」

新蔵は思わずあぐらの尻を浮かせていた。

突飛な思いつきを長兵衛が口にすることには、新蔵もそれなりには慣れていた。

しかし、まさか……。

新蔵の両目は大きく見開かれていた。その顔を見て長兵衛がひとことつぶやいた。

「人とはそんなものだ」

四

「眼鏡の仕上がり日は……」

長兵衛は手元の暦帳面をめくり、日を選び始めた。すでに仕上がっているのだ、あとは佳《よ》き日を選ぶだけである。

さりとてこれは吉野屋に佳き日ではない。

長兵衛たちが考えている思案が、上首尾に運ぶための佳き日選びだった。

「この日がいい」

長兵衛が選び出したのは今日から二日後、六月五日だった。

「この日は庚寅《かのえとら》だ。金の兄《かえ》で、寅の如く疾走して金儲《もう》けに励む日だといえば、あちらさんに文句はないだろう」

今日の内に手代を差し向けて、四五六を六月五日の朝四ツに呼び寄せると、新蔵に告げた。

「あんたも今日の内に若い者をおたよさんに差し向けて、辰次郎さんを明日の朝、床屋に呼び寄せる手立てを講じなさい」

福徳神社の宮司とは、長兵衛がじかに逢《あ》って談判することも明かした。

岡三郎お力添え思案が動き始めた。

「がってんでさ」

＊

六月四日、五ツ半（午前九時）過ぎ。吉野屋の辰次郎は、不安げな表情で床屋に顔を出した。待ち構えていた順吉が応対に当たった。

「手間をかけますが、うちの縁側までお願いします」

順吉が先に立ち、路地伝いに床屋の勝手口に回った。五十坪の敷地内には、小さな庭が設けられていた。

庭に面した濡れ縁に新蔵が座っていた。

「朝から呼び出してわるかったが、四五六親方には文句をいわれなかっただろうな？」

「川開きが終わって、六月半ばまでは暇ですから」

答えつつも、辰次郎は得心のいかない顔つきである。おたよを通じて告げられた、今朝の床屋への呼び出し理由が、定かではなかったからだろう。

「突っ立ってねえで、脇に座りねえ」

新蔵は濡れ縁に座すように促した。辰次郎が職人らしくきびきびとした動きで座ると、順吉が番茶を運んできた。供したあとは引っ込んだ。

ふたりになったところで、新蔵はいきなり本題に入った。

「おめえさんはお嬢のおそめさんと、親方も承知の恋仲だてえ話を聞いたことがあったが」

身体を辰次郎に向けると、十手持ちならではの鋭い眼光を浴びせた。

「どうやらおめえさんは、おたよさんに心変わりをしたようだな」

長兵衛の見立てを、そのままぶつけた。

ずばり的を射たらしい。辰次郎にうろたえの色が浮かび、唇がいきなり乾いたようだ。何度も舌で上下の唇を舐《な》め始めた。

「勘違いするんじゃねえぜ」

目つきは鋭いままだが、新蔵は口調を和らげて話しかけた。

「おめえさんを責めようてえんじゃねえんだ」

すべてのことを穏便に運ぶために、正直に洗いざらいを話してくれと告げた。

「このまま突っ走ったら、吉野屋から縄つきを出すことになるぜ」

縄つきが出ると言われて、辰次郎は番茶に口をつけた。気を落ち着かせようとして、素焼きの湯呑みを両手で持っていた。

そのままの形で、考え込んでいる様子である。新蔵はせかすことをせず、辰次郎に任せていた。

夏空に雲がかぶさったらしい。庭がぼんやりと暗くなったとき、辰次郎の肚《はら》が決まったようだ。

湯呑みを濡れ縁に置いて、口を開いた。

「尾張町の野島屋さんから頂いた持参金で、吉野屋は去年の暮れの払いはできましたし、今月の節季払いもきちんとできます」

婿入りしてきた岡三郎さんは人柄が素直で実家に寄りかかってもいない。

「あっしら奉公人にも、きちんとした物言いで接してくれるんでさ」

そんな大恩人である野島屋の岡三郎さんを、悪巧みで追い出す算段を進めていた。

「婿入りしてくるまでは、米蔵を後ろ盾にしたいやな青びょうたんだと思い込んでいやしたが、まるで見当違いでやした」

心底、お嬢に惚れ抜いている。お嬢のためなら、真冬になっても井戸端で水垢離《みずごり》を続けるに違いない。

そこまで惚れ抜いて、お嬢のために尽くそうとする岡三郎さんには、心を打たれた。

「あっしがお嬢を慕っていた気持ちなんぞ、岡三郎さんの実《じつ》に比べたら、薄っぺらだったと思い知りやした」

心底の物言いをして、あとを続けた。

「お嬢もじつのところ、岡三郎さんには気持ちを惹かれ始めているはずです」

言ってから辰次郎は吐息を漏らした。

「仕事場で昼夜のメシを食っているときの様子が、次第に違ってきていやしたから」

辰次郎から聞かされたおそめの様子に新蔵は驚いた。それを悟られまいとして、番茶をすすった。

「だとしたら辰次郎さんよう、なんだってお嬢は精のつくもの責めにして、岡三郎さんをおたよさんに襲いかからせようと、悪巧みを図ってるんでえ」

「はなはお嬢もおれも企てに乗り気でやしたが、いまでは親方だけが前のめりになって、お嬢に指図をくれておりやす」

辰次郎は小声で言い切った。

自分が仕える親方ゆえに、強くは言えなかったのだろう。

「でもよう、辰次郎」

新蔵は辰次郎を呼び捨てにして話を続けた。

「野島屋から縁談を持ち込まれた当初は、おそめもおめえも、渡りに船と思ったはずだぜ」

「その通りでさ」

辰次郎は正直に答えた。婿入りしてきた岡三郎の、素直で相手を認める人柄が、周りの者の気持ちを大きく変えていた。

「あっしの下にいる職人たちは、あの蒼い月代を見て、いっぺんで岡三郎さんびいきに変わっちまったんでさ」

辰次郎は濡れ縁から立ち上がり、新蔵と向き合った。

「四五六親方は、扇作りでは江戸でも一、二の技を持っておりやす」

武家の金詰まりが年々ひどいことになり、献残屋の買い取り数も大きく減ってきた。

しかしあの持参金で払いをすっかり済ませたいまは、親方ももう一度、仕事ひと筋に打ち込めるはずでさ……と、新蔵を見た。

「なんとか親分のお力で、親方をもう一度、真っ当な棟梁《とうりょう》に戻してくだせえ」

お嬢もいまではこころの底では、岡三郎さんを大事に想っているはずですと続けた。

「親分にはお見通しでしょうが、あっしはいま、おたよさんに惹かれておりやす」

ひどいことを命じられながらも、吉野屋のためにと踏ん張る辛《つら》さはあっしら奉公人なら分かちあえやす。

「よく分かったぜ、辰次郎」

あとはまかせておけと告げて、辰次郎を庭から出そうとした。急ぎ足で出て行く辰次郎を、新蔵は呼び止めた。

「床屋に行くと言ってきたんだよな?」

「へい……」

なんだろうかと、辰次郎の語尾が下がった。

「ひげを当たり、月代もきれいにしてから帰りねえ。親方が得心するように」

「へいっ」

辰次郎の明るい声が小さな庭を渡った。

＊

仕上がった眼鏡の受け渡しは、福徳神社の本殿で始まった。長兵衛と四五六が祭壇前に置かれた折り畳み腰掛けに座していた。

最初に宮司が祝詞《のりと》を捧《ささ》げて、鼈甲縁眼鏡の愛用者に神のご加護あれかしと願った。

三宝に載せた眼鏡は、鹿革のなめしを敷いていた。

社殿に向かって深く拝礼してから、四五六は眼鏡を着用した。

長兵衛が店から持参してきた室町細見《さいけん》（ガイドブック）には、福徳神社の由緒が細かな文字で書かれていた。

外光の差し込まない社殿内だが、巨大な二百匁《もんめ》ロウソク二本が、脚の長い燭台《しょくだい》のうえから明かりを差し掛けていた。

長兵衛から神社由緒の箇所を示された四五六は、祭壇の前に居るのも忘れて声を発した。

「なんと！　小さな文字まで、はっきり見えるぞ」と。

大喜びをしている四五六に、宮司は顔を近づけて声を発した。

「そなたが営む吉野屋に幸《さち》をお運びくださったのは、尾張町の野島屋殿の守護神様である」

いまこのときも、この社殿の内には野島屋殿の守護神様があらせられますると、祝詞を捧げる、あの厳かな口調で四五六に告げた。

元来が信心深くて、仕事場には神棚を祀《まつ》っている四五六だ。福徳神社の氏子でもあった。

宮司の言葉には背筋を伸ばして聞き入った。

「わしの耳には先日来、野島屋殿の守護神様が申される声が聞こえておる」

宮司の目の光が強さを増した。

「野島屋殿から迎え入れた婿殿と、迎え受けた嫁とは、いまだ床を同じゅうにしておらぬとのことだが」

宮司は胸元に持つ笏《しゃく》の握り方を強くした。

「わしの聞き間違いではあるまいの？」

宮司が厳しい口調で質したら、四五六はうろたえて、眼鏡を床板に落とした。

「まことであるがゆえの神のお怒りが、そなたの大事な眼鏡を床に落とされたのだ」

宮司の身の内から出た言葉に四五六は強く打たれた。

「本日ただちに、そなたは娘の了見違いを正しなさい」

「はいっ」

眼鏡をしっかり握ったまま、四五六は深くこうべを垂れた。脇に座った長兵衛が差しだした鹿革のなめしも、四五六は受け取った。

「守護神様のお導きにて遠からず娘が授かるであろう子は、吉野屋を大いに盛り立てる三代目となろう」

初代が四五六、二代目が岡三郎だと、言外にそれを示唆していた。

「婿を大事にすることは、畢竟《ひっきょう》、吉野屋の隆盛にも直結する」

宮司は笏を胸元で立てた。

「佳き跡取りを授かるよう、そなたも心がけなされ」

「はい……」

畏《おそ》れ多き戒めを言われて、四五六は膝に顔を押しつけるほどに再びこうべを垂れていた。

長兵衛と宮司が顔を見交わしたら、社殿の灯明が揺れた。

＊

六月五日の午後、暑い盛りもいとわずに火鉢の用意が調った。鈴焼きの支度である。

生地の拵えから長兵衛は自分で行う。

「親分と向かい合わせで話を何度もしてきたが、今日はすこぶる気分がいい」

ひとを殺《あや》めた男に縄を打っただの、盗人《ぬすっと》をどうこうしただのではない。

陰から力を貸したことで、商家の行く末は安泰となったし、ひとの仲もうまく結ばれることになったのだ。

「ぜひにも旦那、焼きたての鈴焼きを、福徳神社の宮司さんに届けさせてくだせえ」

「いい思案だ」

甘い香りの粉を溶きながら長兵衛は新蔵を見た。

「先が楽しみな順吉にも、持ち帰ってやってもらいたい」

「ありがとうごぜえやす」

新蔵の声が、開け放たれた障子戸の外へと流れ出していた。

第二話　よりより

一

安政《あんせい》四（一八五七）年は五月のあとに閏《うるう》五月が挟まれた。

そんな次第で八月十五夜（新暦では十月二日）は、すっかり秋めいた気配のなかの月見となった。

江戸の大尽《だいじん》たちが好むのは、両国橋《りょうごくばし》西詰に並ぶ料亭の二階広間だ。ふすまをすべて取り払えば、座敷に居ながらにして、満月を愛《め》でることができる。

八月十五夜の月が望める二階座敷を普請することは、一流料亭の見栄《みえ》とされていた。

二年前の十月初旬、江戸は真下から突き上げてきた大地震に襲いかかられた。この両国橋西詰の料亭も、何軒もの老舗《しにせ》が倒壊の憂き目に遭った。

しかし地震から丸二年を迎えようとしているいま、料亭は達者に生き返っていた。

そして二階座敷を普請した。

客は客で、この夜に二階座敷に案内してもらうために、日頃から料亭を使い続けた。

こんな客が多数いたことで、料亭の早い生き返りが実現したのだ。

「八月十五夜を二階から望めるとは、さすがですなあ」

仲間をこの夜の宴席に招くことで、大いに幅が利いた。

激震に襲われても、はやくも十五夜の月見に招待できる……これは何よりの、店の達者のあかしとなった。

そんな十五夜の月を長兵衛・新蔵・橋場の政三郎《せいざぶろう》の三人は、今戸《いまど》のうなぎ屋から見上げていた。

気性が偏屈で、気にいらない相手の注文には断固応じない。それが銀ギセル職人の政三郎である。

長い付き合いもあり、長兵衛の頼みで十五夜の会食となった。

村田屋ならこの夜でも、両国橋西詰の料亭、折り鶴《おづる》の二階座敷が使えただろう。

しかし職人であることを自負する政三郎の気性を、長兵衛は深く呑《の》み込んでいた。

都合を訊《き》きに出向いた新蔵に、

「今戸橋たもとのおかめにしてくれ」

きっぱりと店の名を口にした。

おかめは親爺《おやじ》と女房、娘の三人で切り盛りする、小体《こてい》なうなぎ屋である。政三郎は土地の店を大事にした。

十五夜の月は庭からである。うなぎの生け簀《す》を兼ねた小さな池の周りに、腰掛けと卓を出して月見をする趣向である。

秋の濃いいま、ヤブ蚊はすでに姿を消していた。秋の虫も盛りを過ぎたらしい。

静かななかで満月を愛でるという、期せずして政三郎好みの宵となっていた。

「なんとも風情豊かな十五夜です」

長兵衛は羽織姿である。十五夜の月見に厚手の羽織というのは、いささか釣り合いがわるかったのだが。

「八月十五夜とはいえ、閏五月が挟まった年です。例年ならば九月の中日を越えています」

夜の冷えは身体にわるいからと、内儀のおちせに強く言われたのだ。

最近、長崎から帰ってきた嫡男・敬次郎《けいじろう》のことでも、長兵衛はあたまを悩ませ続けていた。このうえ夜風がもとで身体を壊しては、稼業にも障りかねない。

おちせに言われるがままに、厚手の五つ紋を羽織っていた。

政三郎の注文で、うなぎは白焼きと肝の串《くし》焼き、それに小さめのうな重が供された。

肝焼きを注文したことでもあり、お椀《わん》はカツオだしのすましが供された。

吉原《よしわら》を背負った今戸橋近くの大川にも、七杯の屋形船が浮かんでいた。

「すっかり江戸の景気も、元に戻ったようでやすね？」

大川に目を向けたまま、新蔵が長兵衛と政三郎にこれを言った。

「あれを見る限りはそうらしいが……」

政三郎も屋形船を見て口を開いた。

「黒船騒ぎが収まったと思う間もなしに、あの大地震だ」

ふうっと吐息を漏らした政三郎は、手酌で盃《さかずき》を満たした。互いに酒は手酌でと、政三郎が断りを告げていた。

「長崎のほうじゃあ、ひっきりなしに知らない異国の船が湾にへえってきているって話を聞くが」

まことのことかと、政三郎は目の光で新蔵に問いかけていた。

「それについちゃあ、あっしよりも長兵衛さんが、滅法に詳しいんでさ」

うまい工合に政三郎のほうから、長崎に話題を向けてくれた。長兵衛は腰掛けに座したまま、背筋を伸ばして政三郎を見た。

「親方が言われた通り、江戸の持ち直しは大したものですが、異国の動きは烈しさを増すばかりに思えてなりません」

盃を満たした一献を呑み干してから、長兵衛は二年前の大地震から話を始めた。

今夜の本題である、息・敬次郎についての相談事の、案配よいきっかけにもなるからだ。

「あの大地震が起きた十月二日、てまえの愚息は大坂《おおさか》におりました」

政三郎を見詰めたまま、話を続けた。

＊

二年近く前の安政二年十月二日の夜。

チョーン、チョーン……

乾いた音を発する拍子木が打たれたあと、町木戸を開閉する番太郎が自慢の声を張った。

「四ツ（午後十時）でござあい……」と。

この四ツの触れとともに、江戸市中の主立った町々は、町木戸を閉じた。あとは翌朝の明け六ツ（午前六時）まで、木戸の通り抜けが禁じられた。

夜盗の町荒らしを封ずるための、公儀が講じた保安措置だった。

江戸直下型の大地震は、町木戸が閉じられてから、さほど間をおかずに襲いかかった。

八百八町と称されてきた江戸の町々は、すでに深い眠りについていた。

夜の明かりは懐工合のいい町家でも、菜種油を燃やす行灯《あんどん》ぐらいだ。遠州《えんしゅう》行灯ひと張りの乏しい明かりでも、油代は高い。

長屋暮らしの多くは、いわしの油を使う瓦灯《かとう》が夜の明かりだった。

行灯も瓦灯も、手元を明るくする程度だ。部屋全体を明るくするロウソクを使ったのは大店《おおだな》のあるじ一家、寺社、夜が稼ぎどきの遊郭、あとは武家屋敷ぐらいに限られていた。

乏しい明かりでの夜更かしは目にわるい。そんな次第で、大地震が襲いかかったときの江戸は、大半がすでに眠っていた。

江戸の真下で大地震が生じて、多数の家屋が倒壊した。逃げ遅れて、押し潰《つぶ》されての死者は、一五千人に届くかという悲惨さだった。

江戸市中の家屋倒壊は武家屋敷・寺社・民家を問わず、一万四千戸に上った。

御城（江戸城）の一部も損傷を受けた。

幸いなことに火の手の上がり方は少なかった。すでに火の始末を済ませた民家が多くを占めていたからだ。

しかし闇の中で生じた大地震だ。潰れた家屋の下敷きになった被災者の救出は、大してできなかった。

すでに晩秋時季で、深夜の凍えはきつさを増し始めていた。そんななか、ほとんどの者が掻巻《かいまき》に身を包んだだけで大路を求めて逃げ出した。

町をぼんやりと照らすのは皮肉なことに、隣町の火事が闇を切り裂いて照らす、赤い火の光だった。

村田屋をはじめとする室町の商家の多くは、屋根瓦《やねがわら》を往来に落としただけで持ち堪《こた》えた。

翌日朝から、村田屋は商いを再開した。

「ただでさえ難儀をされているひとのなかには、眼鏡を無くして身動きすらままならぬお方も多数おいでだ」

奉公人を売り場座敷に集めた長兵衛は、いつも通りの抑えた声で訓示を垂れた。

室町の大路のそこかしこで、落ちた屋根瓦が瓦礫《がれき》の山を築いていた。行き交うひとの群れは、いつも以上に多かった。

しかしそれは買い物客ではなかった。着の身着のまま……いや、搔巻に身を包んだ、虚《うつ》ろな目をした被災者の群れだった。

早朝から大路の様子と室町の家並みを見て回った長兵衛は、胸に期するものがあった。

この地震は今までとはまるで違う……大路から外れた通りを歩くにつけ、感を強くした。

屋根瓦が落ちたというよりは、屋根ごと潰れ落ちていた。しかも一戸二戸ならず、町ごと潰れていたのだ。

ところが室町大路の商家は屋根瓦は落としていても、建屋は見事に踏み留《とど》まっていた。

これこそが室町だと、熱い想いが込み上げてきた。

難儀に直面したときにこそ負うべき、大店の責めとはなにか、である。

被災した室町を回って生じた自問。その解答は明らかだった。

建屋の損傷を気遣う前に、いつも通りに店を開くこと。これだと長兵衛は確信した。

「たとえ品物が傷ついていても、棚が落ちたまま土間に散乱していてもいい」

言葉を区切ると、奉公人たちを見回した。

「まずは室町が達者な様子を示すことだ。いつも通りに村田屋が商いを続ける姿……

それをお見せすることこそが、みなさまの安堵《あんど》を呼び寄せてくれよう」

ひとは仕事を続けていられれば、生きる気力を取り戻せる。

明日もお天道さまが拝めると、気力が内から湧きあがってくる。

「おまえたちも実家の安否は心配だろうが、村田屋が商いを続けていれば、かならずそれはみんなの実家にも伝わる」

いまはこころを一にして、この難儀を乗り越えようと、奉公人に訓示した。大震災翌朝、六ツ半（午前七時）過ぎのことだった。

室町の商家も本石町《ほんごくちょう》の時の鐘も、小網町の新蔵も、長兵衛同様に早朝から達者に動いた。そして通りを行く被災者を元気づけた。

とはいえ大半の江戸の町は、武家町・町人町を問わず、打ちひしがれていた。

「今度ばかりは、江戸ももたないだろう」

町人のみならず、江戸勤番の武家までもが、これで江戸は潰れるだろうと、力の抜けた小声を交わした。

これまでも大火事、洪水、野分などの災害を、幾つも潜り抜けてきた。

その都度、江戸は立ち直ってきたが、今回はいかに将軍お膝元《ひざもと》でも再興は無理だろうと、公儀に仕える武家ですら諦《あきら》める者がいた。

そんな気配が濃厚だっただけに、室町商家の心意気は人々を勇気づけた。

村田屋の嫡男・敬次郎は、地震発生時には長崎に下る途中で、大坂にいた。

村田屋では次代を継ぐ嫡男には、二年間の長崎遊学を家の定めとしていた。

長兵衛・おちせの間には嫡男・敬次郎と長女・ゆきを授かっていた。大地震は、敬次郎が江戸から乗った弁財船《べざいせん》が、風待ちで停泊しているさなかに江戸に襲来した。

敬次郎はまだ家業見習いにも就く前の二十歳だった。それでも懸命に知恵を巡らせて、江戸とのつなぎ方を思案した。

行き着いた考えが、堂島《どうじま》の三井《みつい》両替店を訪れることだった。

村田屋は創業当時から、日本橋駿河町《するがちょう》の三井両替店との取引を持っていた。大坂は商いの都だが、幕府は江戸である。公儀の御用金も扱う本両替の三井なら、江戸とのつなぎの手立てを持っていると考えたのだ。

敬次郎の判断は正鵠《せいこく》を射ていたものの、店頭は大混雑で殺気立っていた。店の外にまで溢《あふ》れ出ている客の全員が、江戸の様子を知りたくて押しかけていたのだ。

風待ちの弁財船船出は、早くても三日後だと、船頭から聞かされていた。敬次郎は三井両替店の店頭から動かず、手代が応対してくれる順番を待った。

急がば回れ。

父親から常に言われてきた、村田屋家訓のひとつだったからだ。

「えらいお待たせしましたなあ」

敬次郎と向きあった四十年配の手代は、詫《わ》びの言葉から始めた。店頭の騒動のなかにあって、おとなしく待っていた敬次郎を手代は見ていたのだろう。

「江戸の日本橋室町で、眼鏡屋を営んでいる村田屋の長男です」

素性を明かすと、手代の表情が変わった。三十代初め、四年間の三井江戸店の勤番を務めていたのだ。

「村田屋はんの眼鏡やら天眼鏡やらには、うちらもえらいお世話になっとりますで」

あれこれ江戸勤めを懐かしんだあとで、用向きを問うた。

「江戸の様子を知りたいことと、わたしは風待ちの身で大丈夫ですと伝えたいのですが」

事情を聞き取った手代は、伝書鳩でのつなぎ文に、一行加えることを請け合った。

鳩の脚に結わえ付ける缶に、丸めた文書をつけるのが三井のつなぎの手段だ。長い文章を書くゆとりはない。

文書仕上げの手代は、平文を一行十六文字のつなぎ文章に書き直した。その一行を、手代は融通すると約束した。

「こんなときこそ、お得意先さまの御役に立てる三井でおますさかいに」

伝書鳩は日暮れ前に経由地の鳩小屋に入る。途中で二回泊まってから、三日目の昼過ぎに江戸に着く。

「明日の夜明け後、鳩は飛びますよって」

いつまで大坂に留まっているのかと質《ただ》された敬次郎は、風待ちは三日だと答えた。

「それやったら江戸からの返事は、間に合いまへんなあ……」

思案顔になった手代だが、敬次郎が長崎に向かうのだと知り、表情を和らげた。

「江戸店からの返事を、長崎で受けとるように案配しときやすよって」

村田屋の安否は長崎の三井で受け取れると、敬次郎に告げた。

「風さえうまいことといったら、あんたはんの長崎到着と、うまいこと重なるやもしれまへんなあ」

手代の読みは図星となった。

船頭が言った通り、弁財船は三日後には船出した。途中、瀬戸内《せとうち》で二度停泊した航海で、大坂出帆から七日後に長崎に行き着いた。

「江戸は無事、案ずるは無用」

短い返事を敬次郎は、長崎到着の日に受け取ることができた。

＊

「本両替に出向くとは、さすがは室町の老舗で育った息子さんだ」

ここまでの顚末《てんまつ》を聞き終えた政三郎は、正味で敬次郎の判断に感心した。

「栴檀《せんだん》は双葉より芳しとはよく聞くが、大店で育つというのは、このことだ」

うなぎを食べ終えた政三郎は、自作の銀ギセルに煙草を詰めた。空の満月の蒼《あお》い光が、煙草盆を照らしている。詰め終えたキセルの雁首《がんくび》が、月光を浴びて鈍く光った。

政三郎は一服を吹かし、灰吹きの孟宗竹《もうそうちく》に吸い殻を叩《たた》き落とした。次の一服を詰めようとはせず、キセルを盆に戻して長兵衛を見た。

「よくできた息子さんだと思うが、長兵衛さんの今夜の話というのは、その敬次郎さんのことかね」

長兵衛に向けた政三郎の眼光は、満月の下で強さを増していた。

しっかりとうなずいてから、長兵衛はもう一度背筋を伸ばした。

「てまえには折り入ってのお願いがありまして、親方にご足労をいただきました」

長兵衛が話を始めると、政三郎は新たな一服を詰め始めた。

「あっしも一服、やらせてもらいやす」

新蔵が取り出したキセルも、政三郎の手になる逸品である。おかめの小さな庭で、職人と目明しとが煙草を詰め始めた。

長兵衛は背筋を伸ばしたまま、ふたりが吸い終わるのを待っていた。

生け簀のうなぎが、ぬるりとした身体を縺《もつ》れ合わせていた。

二

今戸で政三郎と満月を愛でた三日後の、八月十八日、暮れ六ツ（午後六時）前。

長兵衛は敬次郎を伴い、稲荷町《いなりちょう》の小料理屋、つきかげを訪れた。あらかじめ昨日のうちに、おちせと稲荷町の下見を済ませていた。

口では敬次郎に厳しいことも言い、ときに突き放すこともある長兵衛だ。が、子を想う親の気持ちには、老舗を継いだ当主とて、なんら変わるところはない。

稲荷町への敬次郎の奉公についても、相手方におまかせしておけばいいと、自分の気持ちにケリをつけているかに見えた。

とは言え政三郎を仲立ちに頼んだ長兵衛にしてみれば、任せっきりにはできなかった。万に一つ、敬次郎が奉公先をしくじりでもしたら、政三郎の面目を潰すことにもなるからだ。

事前に稲荷町界隈《かいわい》を検分して回り、十八日の初顔合わせに備えようと決めていた。あの地震への対処にも、王道を行く指図のできた長兵衛だった。が、我が息子のことになると、やり過ぎとも思える動きをしてしまう。

前日に出向いていたこともあり、十八日の顔合わせには、約束の刻限より四半刻《しはんとき》（三十分）も早く行き着いた。

「おまえが名乗って、座を確かめなさい」

長兵衛に指図された敬次郎は、まだ提灯《ちょうちん》も下がっていないつきかげの格子戸を開いた。

暮れ六ツの開店に備えて支度を進めていた仲居が、敬次郎と顔を合わせた。

五尺三寸（約百六十センチ）ある、大柄な仲居である。まだ八月十八日だが、町の眺めも気配もはや秋一色だ。モミジをあしらった木綿のひとえが、身体にも八月の秋にも、よく似合っていた。

仲居を見るなり敬次郎は驚きゆえか、口が開いて棒立ちになった。

「なにかご用でしょうか？」

提灯も出していない店に入ってきた男に、仲居はいぶかしげな物言いで問いかけた。

「いや……その……」

口ごもる敬次郎だが、仲居はいやな顔も見せずに、あとの言葉を待っていた。その優しい眼差《まなざ》しで、敬次郎も落ち着きを取り戻した。

「研《と》ぎ常《つね》さんと、こちらでご一緒させていただく、室町の村田屋です」

名乗ると仲居の目に、得心した和らぎの色が浮かんだ。

「うかがっております」

即座に答えたあと、またいぶかしむような目に戻った。

「研ぎ常さんおふたりと、村田屋さんもおふたりだとうかがっていますが……」

「その通りです」

父はおもてにいますと、急ぎ付け加えた。

「だったら、どうぞ店の内で」

言い終わるなり、仲居は格子戸を開いた。外で待つ長兵衛の顔を、沈み込む直前の夕陽が照らしていた。

「村田屋さまのご当主で、いらっしゃいますね？」

敬次郎とのやり取りで、おもてで待っていた長兵衛を当主だと判じていた。

「口開け前の忙しいさなかに押しかけて、ご迷惑をおかけします」

「迷惑だなんて、滅相もございません」

心底の物言いで応《こた》えた仲居は、長兵衛を招き入れた。店の鴨居《かもい》に掛けられた燭台《しょくだい》のロウソクには、まだ火は灯《とも》されていない。

薄暗いなかで、調理場の板前たちは調理の音を立てていた。

「うちは四畳半の小部屋がふたつだけの、その名の通りの小料理屋なんです」

小部屋のほかには、調理場前の長い卓に入れ込みで座りますと言い足した。

「どうぞお上がりください」

先に上がった仲居は、長兵衛と敬次郎を招き上げようとした。

肌に感ずる季節は、すでに秋だ。しかし暦はまだ八月である。裸足《はだし》に雪駄《せった》という客が、この時季でも多い土地なのだろう。

上がり框《がまち》の脇には、すすぎのたらいが置かれていた。長兵衛たちは足袋《たび》に雪駄である。すすぎは使わず、仲居に従い四畳半に入った。

部屋の拵《こしら》えを見て、敬次郎がまた息を呑んだ。天井の真ん中には四角い穴が穿《うが》たれており、色の薄い油紙が貼られていた。

「立ってないで座りなさい」

天井を見上げたままの敬次郎に、長兵衛が座れと言い聞かせた。

そんな敬次郎に、仲居から話しかけた。

「天井の普請が気になりましたか？」

「はい」

立ったままで答えた敬次郎は、仲居に向けてさらに言葉を続けた。

「長崎の江戸町《えどまち》に、これと同じ普請のお店があったものですから」

敬次郎の言い分に、長兵衛はわずかに顔をしかめた。

ここでもまた長崎をタネにして、かぶれている気なのか、と。

ところが仲居は目を見開いて敬次郎を見た。

「お客さんがご存じのお店の名は」

「び、びーどろです」

仲居の言葉の途中で、敬次郎は答えた。仲居の目がさらに見開かれた。

「びーどろは、わたしの叔母《おば》の店です」

これを聞いて、長兵衛までが驚いた。が、敬次郎は父とは逆に、得心顔になった。

「道理で、おすずさんとあなたが似ているわけだ」

しみじみ言う敬次郎に、仲居は親しみを込めた眼差しを見せた。

「叔母に似ているだなんて、お世辞がお上手ですね」

まだ先を続けようとしたとき、鈴が鳴った。仲居を呼び戻す鈴だった。

「わたし、女将《おかみ》の娘であきなと申します」

座した長兵衛と、立ったままの敬次郎に辞儀をして、あきなは四畳半から出て行った。仲居が姿を消したところで、敬次郎も座した。

「おまえは江戸町で、そんな店に出入りしていたのか」

詰問ではなく、驚きの口調で問いかけた。

「六角堂《ろっかくどう》さんから四筋北に入った小径《こみち》に面した、長い卓があるだけのお店です」

親仁《おやじ》様のころにはなかったのかと、逆に問いかけてきた。

長兵衛が初めて長崎に遊学してから、すでに二十年以上が過ぎていた。村田屋の嫡男が遊学中に世話になるのは昔も今も、雑貨雑穀と、砂糖を扱う六角堂である。

オランダ・清国《しんこく》との交易品を扱う乙仲《おつなか》業者は、出島《でじま》近くの江戸町一カ所に集められていた。六角堂は百軒を数える乙仲の内でも、身代の大きさ三番目という大店だった。

敬次郎はめずらしい品々、まだ食べたことのない食物、そして長崎の香りを肌に漂わせる女人たちに、骨惜しみをせずにぶつかっていた。

成果も多数、持ち帰ってきていた。

血は争えないと、長兵衛は深く自覚した。そして江戸に帰ってきてからの息子とのやり取りを、じわりと思い返し始めた。

研ぎ常さんを迎えるまでには、まだ間がありそうだった。

＊

敬次郎は長崎から江戸まで、船を乗り継いで帰ってきた。

現地からの船を使った飛脚便で、息子から帰途の相談を受けたとき、長兵衛は陸路で小倉《こくら》まで出たあと、瀬戸内航路で大坂に出るようにと勧めた。

玄界灘《げんかいなだ》を突き進む航路は、遭難の危険が大きすぎると判じたからだ。ところが敬次郎は父の勧めには従わず、大坂まで一気に海を行く船旅を取った。

「長崎でわたしは六分儀を購入しました。もちろん使い方も江戸町で、オランダ語の説明を受けました」

室町に帰着早々、敬次郎が最初に取り出したのが六分儀だった。

巧みに使いこなせば、船の位置が分かる。長崎から乗船した中型貨物船の甲板で、敬次郎は位置測定を続け、船頭と舵取《かじと》り役に測定結果を教えた。

「六分儀のおかげで月星さえ空にあれば、夜でも安心して舵取りができました」

熟達した船頭は船乗りでもない敬次郎の目を見詰めて、正味の言葉で礼を言った。

「オランダこそ、先進の船乗りの技を持っている優れた国です」

船には素人の敬次郎だと承知で、船頭はしっかりと聞き入っていた。

六分儀の成果が、敬次郎のオランダかぶれに油を注ぐことになった。

「そんなことでは、もう古い。オランダでは」と、ことあるごとにオランダを持ち出した。

わたしも同じだったと、長兵衛は苦い想いを噛《か》みしめていた。

長兵衛を訪ねてきた新蔵にも、敬次郎は、目明しの眼力を畏《おそ》れることなく、オランダは秀でていますと吹いた。

村田屋の家業に障らぬ限り、長兵衛は息子の言動を諌《いさ》めなかった。すでに遠い昔のことだが、長兵衛が長崎遊学から帰ったときも、敬次郎と似たような振舞いに及んでいた。

先代もさぞかし苦々しさを抱えて、自分と接していただろうと、敬次郎を見ながら、未熟だった我が身を振り返っていた。

そんな日々のなかで、看過できない事態が生じた。

「オランダ人たちの玉（レンズ）磨きは、そんなのろい動きではないです」

眼鏡の玉磨き職人を相手に、磨き方がのろいと口走っている場に、たまたま長兵衛は行き合わせた。

次代を担う敬次郎の言うことである。聞き流すこともできず、職人たちは手を止めて聞くしかなかった。

「思慮の足りないことを言うでない」

めずらしく声を荒らげた長兵衛は、敬次郎を磨き仕上げ場から摘《つ》まみ出した。そして場所を変えて、きつい説教をくれた。

しかし敬次郎は一向に、長崎かぶれの振舞いを変えようとはしなかった。

もはや放置できぬと断じた長兵衛は、政三郎に面談を求めた。間に立った新蔵も、長兵衛の胸中を察していた。

咎人《とがにん》に対する吟味手法にまで、敬次郎に講釈を垂れられていたからだ。

十五夜の庭でうなぎを食したあと、長兵衛は思案を政三郎に話した。

「一流の職人さんのもとで、短くとも半年の修業見習いをさせます」

技の習得のみではない。抜きんでた技を持つ職人の、秀でた人となりをも学ばせ、身につけさせたいと願っていた。

室町大路に店を構えた老舗の跡取りを、店に入れる前に、とことん鍛え直そうとの決断だった。

「村田屋さんの言い分は、おれの胸にも確かに響いた」

息子を鍛え直したいという長兵衛の想いを、政三郎はしかと汲《く》み取っていた。

「あんたの話を、突き当たりまで聞かされたんだ。おれに預けろと言えたら、おれも男ぶりが上がるかもしれねえが、そいつあ無理だ」

すっかり職人言葉になった政三郎当人も、真っ正直な答えを口にし始めた。

「おれはひとを使える男じゃねえし、そんな億劫《おっくう》なことをいまさら引き受けたくもねえ」

その代わりにと、政三郎が名を挙げたのが稲荷町の研ぎ師、研ぎ常兄弟だった。

兄の常市《つねいち》は今年で五十七、弟の常次《つねじ》は五十一である。

「ふたりとも歳は重ねているが、刃物を研ぐ身体も、技を支えている気合いも、まだまだ達者な兄弟だ」

研ぎ常にならロをきこうと、政三郎は請け合った。

「研ぎであれば、てまえどもの玉磨きは、仕上げの肝となる大事な技です」

研ぎ常ならば願ってもない奉公先ですと、長兵衛は喜んだ。

「ならば長兵衛さん、善は急げだ」

いまから稲荷町に出向こうと、政三郎は腰掛けから立ち上がった。時はすでに五ッ(午後八時)を過ぎていた。

並の職人なら、湯屋に向かう刻限だ。

「あの兄弟なら、まだ砥石《といし》に水をくれている」

なんら案ずることはないと、政三郎は強く言い切った。

「あっしはここで失礼しやす」

小網町に帰る新蔵は猪牙舟《ちょきぶね》で、研ぎ常を訪れる政三郎と長兵衛は、駕籠《かご》で稲荷町へと向かった。

研ぎ常兄弟が愛用している銀ギセルは、どちらも政三郎の仕事である。兄の常市とは同い年ということで、ことさら話の呼吸は合っていた。

「政三郎さんの頼みなら、なにひとつ異存はありやせんぜ」

敬次郎を引き受ける話は、その場で決まった。時はすでに五ツ半（午後九時）を過ぎていた。

が、満足できる仕事をこなした職人にはこれからがお楽しみである。

「久しぶりに常市さんと、吉原《なか》に繰り込もうじゃねえか」

「願ってもねえ、おいしい誘いだ」

ふたりには馴染《なじ》みの店があり、馴染みの敵娼《あいかた》もいるようだ。弟の常次は吉原ではなく、地元の上野《うえの》に馴染みがいるという。

「そんな次第だ、長兵衛さん」

吉原に繰り込む話がまとまった政三郎は、上機嫌の顔を長兵衛に向けた。

「そいじゃあ十八日の六ツに、町内のつきかげで息子さんとも逢《あ》いやしょう」

上機嫌の政三郎と常市は、さっさと辻《つじ》駕籠を拾い、吉原を目指した。

「四ッが近くなると、辻駕籠が拾いにくくなりやすんで」

長兵衛を気遣った常次は、町の木戸前で客待ちをしていた辻駕籠に乗せた。

「十八日には、なにとぞよろしくのほど」

駕籠が走り始めてから、長兵衛は小料理屋の場所を確かめなかったことに思い当った。が、いまさら引き返すこともできない。

おちせに子細を話し、一緒につきかげを確かめに行けばいいと思い直した。

辻駕籠は走り自慢らしい。柳橋《やなぎばし》を渡った辺りで、四ッの鐘を回向院《えこういん》が撞《つ》き始めていた。

＊

研ぎ常兄弟と敬次郎の引き合わせは、酒肴《しゅこう》の美味《うま》さも手伝ってくれた。

酒の合間に敬次郎が聞かせる長崎談義も、兄弟は面白がって聞き続けた。

時の過ぎるのも忘れて酒が進み、すこぶる佳《よ》き雰囲気のなかで会食は進んだ。お開きが近い刻限には、大きな月が昇ってきたらしい。

夜空の月が、天井の油紙を透かして眺められた。

「この眺めが、うちの屋号の由来です」

客間に出向いてきたあきなが、長兵衛と敬次郎に聞かせた。

「まことに結構な一夕でした」

店から出た長兵衛は、格子戸の前で礼を言った。あきなは客と一緒に店先にいた。

敬次郎は研ぎ常兄弟に深々とあたまを下げた。そのあとで明日の段取りを口にした。

「明日の朝五ツ（午前八時）に、出張ってまいります」

もう一度あたまを下げる敬次郎を、あきなは目元をゆるめて見入っていた。

大きな月から降り注ぐ明かりが、つきかげならぬひとかげを地べたに描いていた。

三

前夜の約束で敬次郎は、五ツに室町から出張って行くことになっていた。

吾妻橋《あづまばし》に向かう乗合船は、明け六ツの一番船から四半刻ごとに、佐賀町《さがちょう》桟橋から出ていた。六ツの四半刻あとに出る二番船に乗れば充分の道のりである。

ところが敬次郎は一番船に乗ると決めて、支度を始めていた。

「長崎では約束の刻限に遅れることは、相手の信頼を失うおろかな行為です」

断じて遅れないためにと、敬次郎は一番船で吾妻橋行きに乗船した。六分儀は身の回り品を収めた、柳行李《やなぎごうり》に詰めていた。

朝夕がめっきり冷えてきていた。吾妻橋たもとに立つと、冷たい風に頰を撫《な》でられた。

朝一番の佐賀町—吾妻橋を結ぶ乗合船は、いわば商いの口開けである。船頭も選《え》りすぐりを充てるらしい。

敬次郎が吾妻橋の中程まで進んだときでも、朝日はまだ低いところから昇る途中だった。

長兵衛から言われたことには、何ら不満はなかった。村田屋家訓の一節にも、こう明記されていた。

「村田屋を継ぐ嫡男は、短くとも半年は他人様の釜《かま》のメシをいただくべし」

いずこのお店《たな》に奉公するかは、当主の判断と定められていた。

奉公先は御府内に限るとされており、村田屋からは一里（約四キロメートル）四方の隔たりをおくことと記されていた。

長崎から帰ったばかりの敬次郎は、みずから早く奉公に出たいと願っていた。二年の遊学で得た知識などを、先様の仕事に役立てたいと、胸の内で張り切っていたからだ。

ところが父から言われたのは、研ぎ常という研ぎ宿だった。眼鏡の玉磨きには役立っ技だろう。

しかし商家を思い描いていた敬次郎には、あてはずれと感じられてしまう奉公先だった。

不承不承ながら長兵衛に従い、会食の場へと向かった。抱え持っていた屈託は、女将の娘あきなと顔を合わせたことで吹き飛んだ。

長崎滞在中、十日に一度は通っていた小料理屋びーどろ。そこの女将の姪《めい》だと分かったからだ。

びーどろはオランダ人にも人気があった。店で会った出島のオランダ商館員を介して、敬次郎は蘭語《らんご》を学んだ。

出島からの勝手な外出は厳禁するというのが、長崎奉行所の建前である。

しかし実際は出島役人との交渉次第で、外泊までも可能だった。

六分儀も商館員から、七両もの大金で譲り受けていた。

これも村田屋の決め事で、珍品購入には費《つい》えを惜しむなとされていた。

びーどろの女将は蘭語も話せた。手伝いの仲居はおらず、四十見当にしか見えない女将が、ひとりで切り盛りしていた。

店の天井には四角い穴が穿たれており、商館員が持ち込んだガラス板が嵌《は》まっていた。卓に座ったまま、振り返って天井を見上げれば、夜空の月が見られた。

ガラス板を持ち込んだオランダ人が、女将のわけありらしいと、卓の客がうわさを交わしていたら……

「その通りよ。わたしの大事なひと」

きっぱりと言い切ったことで、さらに女将目当ての客が増えたという。

敬次郎が通い始めた安政二年十二月には、女将の相手は蘭国に帰ったあとだった。

長崎では江戸弁を喋《しゃべ》る者はめずらしくない。しかし女将のような歯切れのいい、生粋の江戸弁を話す者は少なかった。

二年近く通い続けた敬次郎が、四日後の船で江戸に帰ると明かした夕。

「あさっての五ツに、かならず来て」

いつになく強い口調で、女将に言われた。遥《はる》かに年上だと分かっていたが、様子のよさと、歯切れのいい江戸弁、そして小鉢と酒の美味さに惹《ひ》かれて敬次郎は通い続けてきた。

まさか……でも、もしや……

女将との乙な一幕を期待しつつ、言われた五ツの手前にびーどろを訪れた。店は提灯を下げておらず、格子戸も閉じられていた。

一瞬だけだったが、からかわれたのかと敬次郎はほぞを噛んだ。が、五ツの鐘が撞かれ始めたとき、格子戸が開かれた。

戸の外に立った敬次郎と女将の目が合った。店の外で見た女将は五尺五寸（約百六十七センチ）の上背があった。下駄を履いた姿は、敬次郎と肩を並べていた。

「なかに入ってください」

女将のあとから店に入ると、格子戸に心張り棒をかませた。

もしかしたら……と、胸が高鳴った。

「今夜はびーどろを休みにします」

檜《ひのき》一枚板の卓の真ん中に座った敬次郎に、女将はぬる燗《かん》の酒と小鉢を供した。

「二年の間、よく通ってくれてありがとう」

卓の向こう側に入った女将は、見慣れた背丈に戻っていた。

「お客さんより上背があるのは、あまり喜ばれないから」

卓の向こう側の土を、三寸掘って低くしていた。卓の手前に出てくることが一度もなかったことで、敬次郎も他の馴染み客同様に、まことの背丈には気づかず仕舞いだったのだ。

「敬次郎さんは本当に、うちのいいお客さんだったわ」

女将は敬次郎も驚いたほどの佳い酒呑みだった。ぬる燗一本槍《やり》の酒。徳利《とっくり》を供したあとは、客も自分もすべて手酌である。

「呑みたいとき、呑みたいだけ手酌で満たすのが一番おいしいもの」

そんな女将なのに……。

今夜の酒はまだ一合にも満たなかった。

江戸町では半刻ごとに、番太郎が拍子木を叩いて刻を報《しら》せた。

「五ツ半でござあああいい」

町木戸が閉じるのは江戸も天領地の長崎も、ともに四ツである。

「支度を始めるから、敬次郎さんも手伝って」

たすき掛けをして調理場から出てきた女将は、檜の卓に布巾《ふきん》を広げた。その上に大鉢を置き、ふるいにかけた小麦粉を落とした。さらには卵を割り、卵黄を三個落とした。

「ここからは力仕事だから、敬次郎さんが代わってちょうだい」

女将の物言いが、間合いを詰めていた。

「がってんだ」

敬次郎も調子を合わせたら、女将の瞳《ひとみ》が潤んだかに見えた。

大鉢に水を注ぐと、敬次郎に混ぜてちょうだいと、すりこぎを渡した。

小麦粉の固さが肝となるらしい。女将はていねいな手つきで、水を注ぎ入れた。そのあと、大きな匙《さじ》で砂糖を加えた。

江戸では砂糖は薬屋が商う、高価な薬もどきの扱いだ。ところが女将はまるで小麦粉でも足すかのように、無造作な手つきで砂糖を加えた。

思えば過ぎた二年の滞在中、なにより驚いたのが砂糖の潤沢さだった。長崎料理は献立を問わず、砂糖の甘みが際立っていた。

「砂糖の使いっぷりがいいですね」

敬次郎の言葉にうなずいた女将は、固さが変わるたびにわずかずつ水を加えた。さらには大豆をすり潰した粉も加えた。

敬次郎が混ぜ続けているうちに、固さが増していた。すりこぎが巧《うま》く回らなくなった。

「あとは手でこねるのよ」

敬次郎と一緒に調理場に入った。水瓶《みずがめ》からすくった水で、両手を洗うのだ。

敬次郎には女将が水をかけ、敬次郎も女将の手にひしゃくの水をかけた。

流し場で肩を並べて手を洗ったのだ。女将から漂う鬢付《びんつ》け油の甘い香りが、敬次郎の心持ちを強く刺激した。

まだ二十二の若者が、いま、どんな心持ちでいるのか……女将にはお見通しだろう。

敬次郎に勘違いさせぬよう、女将は巧みに、そして相手を傷つけぬよう気遣いをして、ふたりの間合いを開いていた。

女将は仕上がった生地を麺棒《めんぼう》で、うどん三本分の太さにまで引き延ばした。

「もとは唐土《もろこし》から伝わってきたお菓子だけど、この土地のひとたちが磨き上げたのよ」

女将は二つ折りにした細長い生地を、巧みな手さばきで撚《よ》り合わせた。敬次郎はただ、脇で見ているだけだった。

二つ折りだった生地が、しっかりと結び合わされて、ひとつ身に撚り合わさっていく。

「いなか菓子だけど、これからきっと、長崎名物のひとつとなる、よりよりのもとがこれよ」

鍋《なべ》で熱したごま油で、女将はゆっくりと手間をかけて揚げ続けた。

仕上がる寸前に、四ツを告げる鐘が江戸町に響き始めた。番太郎が打つ、拍子木の乾いた音も聞こえていた。

が、びーどろも六角堂も、同じ江戸町の内である。木戸内の行き来なら咎められない。

「あと一本で出来上がるから」

ふたりで仕上げた生地は十本だ。揚がった菓子は、桜紙に包んで油切りをした。紙が油を吸い取ったよりよりを、女将は桐箱に納めて敬次郎に差しだした。

「長崎みやげはこのよりよりと」

女将は敬次郎に天井を見上げさせた。丸い月が空の高いところに浮かんでいた。

「びーどろから見上げたお月さまですよ」

江戸に帰っても、ここからの月を思い出してと言ってから、ふと表情を改めた。

「百人一首に、たしかいまわたしが言ったようなことを詠んだ一首が、あったはずだけど」

「あります。阿倍仲麻呂《あべのなかまろ》の歌です」

敬次郎が即座に答えたら、女将は瞳を見開いて間合いを詰めた。

「天の原　ふりさけ見れば　春日なる……」

敬次郎と女将は口を揃えて、下の句まで吟じ終えた。

詰めた間合いのまま、女将は敬次郎を見詰めて口を開いた。

「いまこのとき」

女将は大きな月を指さした。

「江戸でも同じ月を見られるはずです」

どこの町から見上げても、その土地その町の名月があります……と、女将は結んだ。

「覚えておきます」

応えていながら敬次郎は得心できずにいた。

「なぜおれを、呼び出したんだろう」と。

小鉢は美味かったし、熱々のよりよりも初めて口にした美味さだった。

しかし、なぜ……の思いは消えなかった。

オランダ人をも夢中にさせた、小股《こまた》の切れ上がった江戸っ子女将である。並んで立っているだけで、強い昂《たか》ぶりを覚えた。

ところが勝手に思い描いた乙な二幕目など、かけらもないまま、月を見上げただけでお開きとなった。

女将を想う気は褪《あ》せなかった。

が、なぜおれをにも、答えは見付けられず仕舞いだった。

土産にと差し出されたよりよりは息ができるように、目の粗い紙に一本ずつ包み、柳行李に詰めて持ち帰った。

傷んでいない限り、大事にちびちびと食べる気の敬次郎である。両親、頭取番頭に一本ずつ手渡していた。

船のなかで二本食べており、はや残りは五本である。

奉公の合間につきかげ行きを親方から許されたら、あきなへの土産にと考えていた。

吾妻橋の上で背伸びをして、昇りゆく朝日を身体に浴びた。

約束の五ツまでには、まだたっぷり間があった。昨夜のあの親方兄弟なら、気軽な口もきいてもらえそうだと思っていた。

びーどろ女将の姪、あきなのいるつきかげも研ぎ常と同じ町内だ。

佳き奉公先をありがとうございます。

朝日に手を合わせた敬次郎は、長兵衛に気持ちを込めて礼の言葉を唱えた。早起きのつがいの都鳥が、敬次郎の頭上を舞っていた。

四

研ぎ常への奉公は、敬次郎が抱いてきた見当とは、まるで違う形で始まった。

研ぎ常に行き着いたのは、約束の刻限よりも大きく手前だった。吾妻橋からの道々、五ツを告げる鐘は聞いていなかった。

研ぎ常を訪れる客の入り口は、道幅十間（約十八メートル）の通りに面していた。間口は八間で、瓦葺《ぶ》きの平屋である。屋号を示す看板の類《たぐ》いは、周囲の民家に遠慮したのか、どこにも掲げられてはいなかった。

研ぎ常以外は、通りの両側ともに仕舞屋《しもたや》ばかりだ。研ぎ常だけが、いかにも職人宿という造りだった。

建屋の脇には路地があった。砥石屋などの業者や担ぎ売り、御用聞きなどが出入りする勝手口が、路地に面して構えられていた。

柳行李を担いだ敬次郎は、当然ながら勝手口に回り、戸の外から声を投げ入れた。

まだ五ツ前なのに、砥石のろくろを回す音が、勝手口の外でも聞こえた。

戸を開いて、もう一度声を投げ入れるべきかと思案しながら、勝手口をつぶさに見た。

一本の紐《ひも》が、戸の脇に垂らされているのに気づいた。

村田屋の勝手口にも、同じ紐が垂らされていた。用ある者は紐を引いて、炊事場に報せる。

ろくろで回される砥石は、外に漏れるほどの音を立てている。勝手口から出入りする者が、仕事場に報せる紐だと敬次郎は判じた。

力を込めて紐を引いたら、内で鐘が鳴るのが外にまで聞こえた。

客に気づいた兄弟のどちらかが出てくると思い、敬次郎は長着の胸元を合わせ直した。しかし一向にひとが出てくる気配はなかった。

砥石も回り続けている。

敬次郎はもう一度、さらに力を込めて紐を引いた。ガランガランと大きな音が生じた。

二度目の鐘で、ろくろが止まった。そして常次が戸を開いた。

「おはようございます」

目一杯の明るい声であいさつをした。そして地べたに下ろしていた行李を、肩に担ぎ上げた。

常次は眉間《みけん》に縦皺《たてじわ》を刻んだ顔で、敬次郎を睨《にら》みつけた。

「ろくろは一度回し始めたあとは、滅多なことでは止めないもんだ」

昨夜の常次とはまるで違う顔と声で、敬次郎を勝手口から内に入れた。

一歩入った敬次郎は、仕事場を見て言葉を失った。外からでは見当もつけられないほど、仕事場は広かった。

三十畳はある土間に、大きさが異なる砥石のろくろが、五台も並んでいた。なかの小ぶりな一台を、常市が回していた。

形が小さいだけに、回る音は静かだ。常次が回していたのは、一番大きな砥石だろうと、敬次郎は判じた。

仕事場に見入っている敬次郎に、常次は硬い顔つきのまま、続きを話し始めた。

「いまを限りに、肝に銘じてもらう大事なことが、ひとつある」

「はい」

敬次郎は背筋を張って常次と向きあった。

「なかで砥石が回る音を聞いたときは、一切おれにも兄貴にも話しかけるな」

「はいっ」

気を張って返事をした。

「土間に座って、平の砥石を使っているときも同じだ」

話しかけるのはおれたちからだと、静かな声で告げた。言い終えたあとは敬次郎の返事も聞かず、ろくろ踏みに戻った。

敬次郎が察した通り、常次は一番大型の砥石を回し始めた。

グオーンと唸《うな》り声のような音を発して、ろくろが回り始めた。

常次は両足でろくろを踏みながら、両手で持った特大の鋤《すき》の先端を砥石に当てた。

シャッシャッ……

先端が研がれるときの、甲高い音が発せられた。常次は両足の踏み込み方を加減して、ろくろの回転を調節していた。

村田屋でも毎日、玉を磨いている。

同じ研ぎ仕事でも、玉磨きは静かである。生まれて初めて刃物の研ぎを目の当たりにした敬次郎は、土間に立ったまま、研ぎ常兄弟の仕事をかぶりつくような目で見続けた。

兄弟が同時にろくろを止めたのは、四ツの鐘が上野から響いてきたときである。じつに一刻以上もの間、ふたりは研ぎにのめり込んでいた。

両足はろくろを踏み続けて、両手と目は砥石と刃物とを見続けていた。一度も敬次郎のほうを見ることはなかった。

それでいながら四ツでろくろを止めたときには「もう腰をおろしてもいい」と、立ち続けていたことを承知していた。

ろくろを止めた兄弟は、幅八尺・奥行四尺の大型卓に敬次郎を呼び寄せた。

「研ぎ常は朝の五ツが仕事始めだ。休みは四ツと正午からの半刻、あとは八ツ半（午後三時）だ。仕事上がりは暮れ六ツの三打の捨て鐘を、上野の寛永寺《かんえい》が撞き始めたときだ」

これだけのことを、常次は一気に口にした。こども時分から物覚えのよかった敬次郎は、一言一句、聞き漏らしはしなかった。

「朝・昼・夕のメシは、町内のおかねさんが支度に出張ってくる」

四ツと八ツ半休みの茶菓も、おかねさんの仕事だと教えた。

「承知しましたが、わたしは手伝わなくてもいいんでしょうか」

敬次郎が問いかけたとき、勝手口からおかねが入ってきた。

「おまちどおさま」

おかねは買い物籠《かご》を提《さ》げていた。

「たけやが今日に限って、まんじゅう蒸《ふ》かしをしくじったというのよ」

薄皮まんじゅうの仕上がりを待っていたから、大きく遅れたとこぼした。ひとしきり言いわけをしてから敬次郎を見た。

「あんたが敬次郎さんだね？」

「おかねさんですね？」

敬次郎は答える代わりに問いかけた。

「そうだけど、なんであたしの名を知ってるのさ」

「常次さんから教わったばかりです」

「ふうん……」

鼻を鳴らしたおかねは、まじまじと敬次郎を見詰めた。そして……

「あんたは幾日もつかしらねえ」

きつい言葉をこともなげに発してから、茶の支度に取りかかった。

常市も常次も、おかねが口にしたことは聞き流していた。茶の支度ができたところで、薄皮まんじゅうが敬次郎にも供された。

研ぎ常兄弟はまんじゅうを頬張り、番茶に口をつけた。その間、敬次郎にはひとことも話しかけなかった。

おかねは敬次郎を見ようともしなかった。

茶菓を味わい終えるなり、兄弟はろくろに戻った。敬次郎にはなにも指図を与えずに。

ろくろが回り始めたあと、敬次郎は卓の腰掛けを仕事場の隅に移した。常市と常次の仕事ぶりがよく見える位置に、である。

腰を下ろしたあとは、兄弟の仕事ぶりに見入った。

おかねは昼の支度に取りかかったようだ。野菜を刻む音が、炊事場から流れてきた。

ろくろの回転音と、砥石に押しつけられた刃物が発する甲高い音。

炊事と仕事場の、三つの音を聞きながら、敬次郎は研ぎ仕事を見詰め続けた。

＊

昼飯のあと兄弟は、小料理屋の小上がりのような畳の上で昼寝を始めた。敬次郎は腰掛けに座したまま、居眠りをしていた。

九ツ半（午後一時）の手前で、おかねは敬次郎を揺り起こした。

「あのふたりより先に起きてなきゃ、しょうがないからね」

物言いは尖《とが》っていたが、敬次郎を見る目の光はさほどきつくはなかった。

九ツ半から始まった仕事を、敬次郎はまた腰掛けに座して見続けた。同じ姿勢で座り続けていたら、尻《しり》が痛くなった。

立ち上がり、両手を突き上げて身体に伸びをくれた。そのあと脇腹に片手を当てて、横倒しに曲げ伸ばした。

この曲げ伸ばしを左右に繰り返した。

その間も、両目は研ぎ仕事を続ける兄弟から離さなかった。

何事が起きたのかと、おかねが様子を見に炊事場から出てきた。敬次郎の動きをしばし見ていたが、なにも言わずに引っ込んだ。

＊

八ツ半休みも、そのあと暮れ六ツまでの仕事も、さらには夕食時も、敬次郎には兄も弟も一切口をきかず仕舞いだった。

さりとて意地のわるさはまるで感じられなかった。メシが終わったところで、常次が口を開いた。

「あんたは奥の四畳半を使えばいい」

朝は明け六ツの鐘で起きる。

「朝飯は六ツ半で、そのあとは四ツの休みに教えた通りだ」

これだけを言って、兄弟は卓から離れた。

炊事場の隅に立ったおかねは、ていねいに片づけをこなす敬次郎の様子を見詰めていた。

五

研ぎ常兄弟の仕事っぷりを、黙って見ているだけの修業見習い。一日の休みもなく、二十日間も続いた。

明け六ツで起床。六ツ半の朝飯、五ツの仕事始め……この繰り返しである。

来客は毎日あったが、馴染み客ばかりだ。兄弟のどちらかが応対するのは四ツ休み、もしくは八ツ半の休み、もしくは暮れ六ツの仕事上がりあとのいずれかだった。

大震災に襲われた得意先の多くが倒壊したり、いまだ改修の途中だ。そんな既存の得意先に代わり、新たな商いが月を重ねるごとに勢いを増していた。

刀を庖丁《ほうちょう》に転用して販売する「庖丁屋」がその隆盛組だった。

慶長《けいちょう》八（一六〇三）年から安政四年までの二百五十年以上のなかで、もっとも大きな変化は武家が太刀を使う機会をほとんど失ったことである。

太刀は武士の魂だと言うものの、新規に誂《あつら》える武家は皆無に近かった。太刀が役に立つ機会も、ほとんどなくなった。

二年前の大地震で家屋を失ったのは、武家も同じだ。俸給が暮らしの費えに追いつかない、貧乏御家人の住まいは安普請である。

町人の長屋同様、御家人の住まいも潰れた。

目端の利く町人が始めた「庖丁屋」は、暮らしに詰まった御家人に話を持ちかけた。

「刀なら善し悪しを問わず、質屋よりも高く買い取ります」と。

買い集めた太刀を、仕事のない刀鍛冶《かじ》に持ち込み、庖丁の長さに切り分けさせた。

太刀とは違い、庖丁は片刃だ。研ぎ宿で片刃に直し、柄をつけて庖丁として売り出した。市中相場の七掛けで。

切れる庖丁の欲しかった女房連中は、安価ながら質のいい庖丁を、競って買い求めた。震災のあおりで仕事が激減していた研ぎ宿は、庖丁屋の指し値で研ぎを引き受けた。

これを続けたことで職人の研ぎの腕が鈍《なま》った。

常は庖丁屋を相手にしなかった。そのうわさを聞いた玄人の板前たちは、研ぎ常に心底の信頼を寄せた。

結果、いまの研ぎ常はあの震災前よりも仕事に追われていた。

敬次郎が研ぎ常の四畳半で寝起きを始めてから二十日後、九月九日の朝。いつも通りの朝飯を終えたとき、常次が口を開いた。

「今日からろくろの脇で、研ぎ方を見ていい」

やっと敬次郎を修業見習いと認めたのだ。

この日の四ツの休みには、おかねは栗まんじゅうを菓子として添えた。旬の菓子で、たけやでは一個二十文もした。

いつもの薄皮まんじゅうの倍もする、季節限りの逸品だ。

「よかったじゃないかさあ」

あとで分かったことだが、栗まんじゅうはおかねのおごりだった。二十日もの間、敬次郎は黙って兄弟の仕事を見続けた。

これまで何人も研ぎ常は見習いを受け入れてきた。いずれもが得意先の子息などだった。

しかしだれひとりとして続かず、最長でも三日目の朝には宿から出て行った。

そんな連中ばかり見てきたことで、おかねは敬次郎にも辛口で接してきた。

常次に仕事場入りを許されたのは、おかねにも嬉しかったようだ。

この日の昼飯のあと、今度は常市が敬次郎に問いかけてきた。

「二十日もの間、ただ見ているだけでつらくなかったか？」

「まったく、それはありません」

即答した敬次郎に、常市は「なぜだ」と問いを重ねた。

「義太夫《ぎだゆう》の稽古場《けいこば》と同じですから」

その子細の説明を、敬次郎は始めた。

長兵衛の姉は薬研堀《やげんぼり》の平屋で、浄瑠璃《じょうるり》の稽古場を開いていた。女義太夫はめずらしく、多くの旦那《だんな》衆が稽古場に詰めかけていた。

十五の元服を終えた年に、敬次郎は伯母《おば》の稽古場での「見張り役」を頼まれた。

よこしまな思いを隠し持った旦那衆も、少なからずいた。稽古場の隅に詰めていることで、危ない振舞いを抑えるためだ。

ただ座しているだけだったが、義太夫に引き込まれた。独特の節回しに惹かれたのだ。

稽古中は旦那衆も懸命である。ひとがひたむきに打ち込む姿を見ることに、敬次郎は強く惹かれていた。

研ぎ常でも同様だった。研ぎ仕事の中身は、毎日違っていた。座り続けていても、なんら苦痛など感じなかった。

敬次郎の言い分を聞いた常市は、初めてなまの物言いで応じた。

「しっかり研ぎを覚えなせえ。おまいさんには、研ぎ師の見込みがある」

気が昂ぶった敬次郎は、この日の昼寝はできず仕舞いとなった。

*

夕食も終わり、おかねも帰ったあとの六ッ半どき。勝手口の紐が何度もひっ張られた。

「おまえが出てくれ」

嬉《うれ》しいことに常次は、敬次郎を研ぎ常のひとりと認めてくれていた。戸を開いた外には、料亭の半纏《はんてん》を羽織った男が立っていた。

「こんな時分に申しわけありませんが、急ぎ桜田《さくらだ》までご一緒ください」

男は料亭桜田の下男だった。気が急《せ》いているので声が大きい。用向きが聞こえたらしく、常次が出てきた。

「なにがあったんだ、弥助《やすけ》さん」

常次に話しかけられて、安堵したのだろう。半纏の肩から力が抜けた。

「七ツ（午後四時）過ぎに庖丁棚に火が回ってしまい、すべてがなまくらになってしまって」

板前たちが手を尽くして研ぎをかけた。が、どうしても生き返らず、研ぎ常に助けを求めてきたと、次第を明かした。

「もっと早くに来たかったのですが、うちの板前たちにも見栄があるもので……」

話の途中で遮った常次は、道具の支度を敬次郎に言いつけた。急な呼び出しに応ずるための砥石など道具一式は、医者の診療箱のような形の桐箱に納めてあった。

軽くするために桐を使っていた。わずか今日一日のなかで、敬次郎は研ぎ常の細部まで伝授されていた。

先に宿を出た弥助は、大通りで辻駕籠を二挺《ちょう》押さえた。常次と敬次郎のためにである。

急ぎ駕籠に乗り、浅草の桜田に向かう道々、敬次郎は身の内から湧きあがってくる晴れがましさを感じていた。

行き着いた桜田の調理場では、板長が辞を低くして常次を迎えた。道具箱を提げた敬次郎にも、調理場の板前衆があたまを下げた。

粗研ぎ、中研ぎ、仕上げ研ぎの三種の砥石は、敬次郎が流し場脇の台に並べた。すかさず追い回し（下働き）が、百匁《もんめ》ロウソクの灯された燭台二基を、砥石の両側に立てた。

取り急ぎの研ぎが必要な庖丁は、三種・十二本である。たすき掛けになった常次は、直ちに粗研ぎを始めた。

砥石の上を刃物が走り、シャキッ、シャキッと小気味よい音が調理場に響き始めた。その音を耳にするなり、板長を筆頭に板前の全員が濃い安堵の色を顔に浮かべた。

敬次郎の両足が股引《ももひき》の内側で震え始めた。常次の仕事が、板前衆を深く安堵させた。その仕事への敬いが、身体を震わせていた。

＊

桜田が用意した駕籠で、常次と敬次郎はつきかげに向かった。すでに五ッ半を過ぎていたが、あきなは顔をほころばせて迎え入れた。

「酒を頼んでもいいですか？」

「好きにすればいい」

常次の許しを得た敬次郎は、あきなにぬる燗を頼んだ。

「おれも、それがいい」

ふたりの注文を、あきなはしっかりとうなずいて受けた。運ばれてきたぬる燗を、あきなは敬次郎に酌をしようとした。押し止《とど》めたあと、手酌で盃を満たした。

「若いのに、佳き呑み方をするぜ」

常次に褒められた敬次郎は、長崎びーどろの女将の話を聞かせた。

「いいひとに出会えたな」

手酌を続ける常次に、今夜の桜田で感じた震えを明かした。

「ひとを喜ばせるに留まらず、安堵させた常次さんは、まこと大したお方です」

感極まったという物言いで、感じたままを話した。一献を呑み干した常次は、盃をおいて敬次郎を見た。

「それを言うなら、村田屋長兵衛さんも同じだ、敬次郎」

「えっ……」

思いがけないことを言われて、敬次郎の目が見開かれた。

「おまえはあの地震のときは、江戸にいなかったと、長兵衛さんから聞かされたが」

大震災の翌日から、村田屋は店を開いた。達者な姿を見せて、萎《しお》れかけた江戸の息を吹き返させた。

「それだけじゃない」

親方の声も目の光り方も同時に強くなった。

「村田屋さんで誂えたメガネではなくても、長兵衛さんは修繕を引き受けた」

親方の目を見詰めている敬次郎が、座り直した。

「しかも手間賃なし、材料費だけで修繕するようにと、あのおひとは職人たちに言いつけておられた」

できることじゃねえぜとつぶやき、また手酌で満たした。それを卓に置いたまま、敬次郎を見詰めた。

「オランダかぶれを止めはしないが、うちも村田屋さんも、ひとの役に立つことじゃあ、長崎にもオランダにも負けてはいねえぜ」

言い終えてから、盃を呑み干した。

常次が卓に戻した仕草を見て、敬次郎は一気にびーどろの女将を思い浮かべた。

そして……

見つけられずにいた「疑問への答え」も、いまはすべてはっきり呑み込めたと実感した。

江戸に帰ったあとの長崎かぶれを、女将は案じてくれていた……名月は、どの町にもありだ。

よりよりは、かぶれを治す特効薬だった。

もとは唐土から伝わってきたものだが、いまでは土地の者たちが自前の菓子として大事にしている。

いつまでも異国に寄りかからず、自前のものへ育てることに汗を流せと、女将はよりよりで教えてくれていた。

長崎にも江戸にも、その土地に見合った生き方がある。

長崎で見た月は江戸でも、いや江戸ならではの趣向を持って、愛でることができる。

女将のこころに、いまやっと触れることができたと、敬次郎は深く得心した。

「明日の四ツ休みには、研ぎ常兄弟、おかねさんと、よりよりをいただきます」

胸の内でつぶやき、天井を見上げた。
まだ育ち盛りの月が、夜空に浮かんでいた。

第三話　秘伝

一

朝夕の冷えがめっきり厳しいものとなってきた、安政三（一八五六）年十月三日の未明。

小網町のうなぎ屋「初傳《はつでん》」の調理場の鴨居《かもい》には、火の灯《とも》された二十匁《もんめ》ロウソクが吊《つる》されていた。

細い明かりだが十坪の調理場を照らすには充分である。蒲焼《かばや》きの煙にいぶされ続けてきた樫《かし》の堅い柱は、表面が艶々《つやつや》と光っている。蒲焼きの煙がまとわりついてできた艶である。

初傳自慢のタレに含まれた味醂《みりん》・醤油《しょうゆ》・うなぎ脂・酒が備長炭《びんちょうたん》で焼かれると、旨味《うまみ》をたっぷり含んだあの煙となる。

煙は初代創業から五十年以上もの間、樫の木肌に塗りつけられてきた。うなぎ屋の柱の艶は、老舗《しにせ》のあかしそのものだった。

寒さが際立ってくると、多くのにおいが寒の内に包み込まれる。路地のゴミ捨て場がにおわなくなるのも、これからの季節だ。

そんななかでも調理場では、柱や鴨居に染み通った蒲焼きの香りが達者だった。

「今朝はひときわ冷えがきついから、この綿入れを羽織ってください、親方」

息子の太一郎《たいちろう》が父親の傳助《でんすけ》に、袖《そで》と胴が膨らんだ綿入れを差し出した。

冷えが厳しいのも道理で、今日は今年のこたつ開き、玄猪《げんちょ》の日に当たっていた。

「ひと昔前なら、余計なお世話だと声を荒らげたところだが」

傳助は素直に綿入れを受け取り、その場で羽織った。

「玄猪だと言うと、昨日の陽気とは打って変わってこの凍えぶりだ」

調理場の柱に吊した、日めくり暦に目を向けた。物日は赤字、その他は黒字仕上げ。

調理場の隅からもはっきり読み取れる、木版刷りの大型日めくりだ。

日本橋の須原屋《すはらや》特製品で、一部二百文もする逸品だ。高価だが客商売には欠かせない暦だ。初傳では初代から五十年の長きにわたり、この品を使っていた。

すでに太一郎が今日の一枚をめくっている。太い赤字で「玄猪」と書かれていた。

「まったく季節の移ろいてえものは、この暦どおりに働く、根っからの律儀者だぜ」

苦笑いをしたものの、五十二歳の傳助には綿入れの温《ぬく》もりが心地よいらしい。ロウソクの明かりを浴びた綿入れの紐《ひも》を、きちんと結び合わせていた。

「支度はいいですか、親方」

太一郎は敬意を込めて、父親を親方と呼んでいた。

「おれはいつでもいいぜ」

傳助は両手に竹の丸籠《かご》を提げていた。仕掛けから取り出したうなぎを収める籠だ。傳助は差し渡し一尺五寸（直径約四十五センチ）もある大型だが乾いた籠は軽い。傳助は両手にいつもの倍、二籠ずつ提げていた。

「おれが半分、持ちましょうか？」

先を行っていた太一郎が、傳助の脇に戻ってきた。丸籠四つを持つのが、難儀そうに見えたらしい。

「そいつぁお断りだ」

傳助はきっぱりと拒んだ。

「先代もこの籠だけは、おれに持たせることはしなかった」

炉の前に立ってうなぎを焼いている限り、丸籠を運ぶのは、初傳のあるじの仕事だと言い渡した。

「分かりました」

ぺこりとあたまを下げて、太一郎はまた先を歩き始めた。

＊

初傳の商いは正午から五ツ（午後八時）までで、中休みはなしの通し商いだ。

仕舞いが五ツと遅いのは、小網町という土地柄によるところが大だった。

直ぐ近くの元四日市町には、江戸で一番大きい魚河岸がある。

小網町は魚河岸の魚介類を加工して売りさばく、塩乾物問屋が軒を連ねていた。

「このあとは、晩飯をいただきながら……」

問屋の手代は顧客との商談場所として、初傳の創業当時から使ってきた。

ゆえに仕舞いは五ツである。

普段の日でも、客は一日六十人は下らない。手間賃が支払われる五十日《ごとおび》には、一気に百人を超えたりもした。

今日は玄猪の物日だ。五十日以上に客が押し寄せることは分かっていた。傳助が提げた籠も、いつもの倍だった。

＊

「まだ真っ暗ですから、足元に気をつけてください」

先を行きながらも、息子は傳助を気遣った。

「あいよう」

父は上機嫌で声を弾ませた。

両手に提げた四つの籠に、目一杯のうなぎを収めたら百匹を大きく超えるだろう。

玄猪の今日なら、百匹が二百匹でも売り切れるのは間違いない。大商いを思うと、つい声も弾んでいた。

五歩先を歩く太一郎は小田原提灯《おだわらちょうちん》で足元を照らし、傳助の道案内を務めた。初傳から思案橋《しあんばし》たもとの桟橋までは、わずか一町半（約百六十四メートル）だ。

星はまだ空に散っていたが、十月三日の空に月はない。日の出にはまだ半刻《はんとき》（一時間）以上も間があった。

夜明け前は一番闇が深いという。太一郎の提灯が頼りだが、店から桟橋までは通い慣れた道である。

「大丈夫ですか、親方」

太一郎がまた訊《き》いてきた。四つの籠を提げた父親を気遣い、無用だと言われても何度も後ろを振り返った。

「くどいぜ」

傳助が声をわずかに尖《とが》らせた。が、寝静まった町を気遣い、小声だった。

「通い慣れた道だ。目をつぶっていても、川に落ちることはねえ」

伝法な口調で応《こた》えた。

「承知しやした」

太一郎も口調を変えて、足取りを速めた。行き着いた桟橋には、自前の猪牙舟《ちょきぶね》が舫《もや》ってあった。毎朝、季節を問わずこの刻限に舟を出して両国橋を潜りに向かっていた。

「それじゃあ親方、今朝もしっかりお願いしやす」

「がってんだ」

毎朝、父子で交わす仕事始めのあいさつである。棹《さお》を使って猪牙舟の向きを変えたあと、太一郎は櫓《ろ》に持ち替えて舳先《へさき》を大川に向けた。

猪牙舟の牙が、川水を蹴散《けち》らし始めた。

＊

イノシシ月（おおむね十月）の、最初の亥《い》の日が玄猪である。

室町《むろまち》時代の武将・武家は、子だくさんのイノシシを縁起よしとして、この日を玄猪として祝った。

武家には跡取りを授かることが、一番の大事だったからだ。

玄猪の祝いは餅《もち》である。武家はこの日に餅をつき、子を授かることと、授かった子の息災を祈念した。

江戸時代の元禄《げんろく》中期からは、町民も玄猪を祝うようになった。武家の習わしに工夫を加えて、ただの餅ではなく、あんを包んだ亥子《いのこ》餅を祝いの品とした。

同時にこの日を、こたつ開きと定めた。

日ごとに夜が凍えを増し始める季節である。こたつ開きが加わったことで、玄猪の日は町民にも欠かすことの出来ない物日となった。

この日に初傳のうなぎが特別に売れたのも、玄猪の日にちなんでのことだった。

「夏場は土用の丑《うし》の日に、冬の入り口は玄猪の日に、それぞれうなぎを食えば、滋養が行き渡って身体が喜ぶ」

うなぎ屋の知恵者が言い出したことに、江戸町民が応じた結果である。

初傳は神田川《かんだがわ》に自前の独占漁場を持っていた。いまから二十一年前に、くじ引きで当たって傳助が手に入れた漁場である。

大川と神田川とが交わる場所から、神田川を浅草橋方面に四町ほど上れば柳橋だ。

この区域（大川端―柳橋）の神田川両岸を、初傳はうなぎ漁場として、神田川漁師会所から買い取っていた。

漁場の近くには公儀の御米蔵がある。

毎日、膨大な量の米がはしけに積まれて神田川を行き来した。満載の米俵からこぼれ出た米粒は、神田川に落ちた。

うなぎもしじみも、この米粒を餌として育っていた。

「初傳のうなぎがうめえのは、あたぼうでよう。なんたって、蔵前《くらまえ》のおまんまを食って育ってやがるんでえ」

客が傳助に代わって、うなぎのうまさを自慢してくれた。

店で供するうなぎご飯（うな重）には、肝吸いに加えて、客の注文次第でしじみ汁の用意もされていた。

まさに米粒を食って育ったしじみである。

「初傳の肝吸いだけで、訳知り顔をするんじゃねえ。あのしじみ汁を味わってから、あれこれ言ってみろてえんだ」

「いや、それだけじゃあ足りねえ」

別の客が割り込んだ。

「味噌汁《みそしる》のしじみはダシで、身を食うのは野暮だと、したり顔で言うやつもいるが」

その男は小上がりの客を見回した。

「ここのしじみは、たっぷり育ってるからよう。存分に身まで食ってくんねえ」

これもまた、客が声高に言いふらしてくれていた。

傳助が運良く買い取れた漁場は、餌に恵まれたこともあり、一年を通じて豊漁だった。

店の休みは正月三が日、春と秋の彼岸、そして七月十五日のみ。あとは毎月二十三日の、先代の月命日である。

「七月十五日はお盆の中日だ。この日には地獄の釜《かま》のふたが開くから、川に近寄っちゃあならねえ」

初傳を興した先代の言いつけを、傳助は守り続けていた。息子の太一郎も、骨の髄に祖父の戒めが刻みつけられていた。

＊

漁場に行き着いた猪牙舟は、いつも通り神田川の北岸から仕掛けの引き揚げを始めた。南岸に比べて、わずかだが米蔵に近いのが北岸である。

神田川を遡行《そこう》するはしけも、なぜか右舷《うげん》側の米俵から多くの米粒を川に落とした。

そんな次第で北岸の仕掛けのほうが、うなぎの獲《と》れ方がよかった。

仕掛けは神田川の両岸とも、石垣から一尋《ひろ》（約一・五メートル）離れて突き立てられた孟宗竹《もうそうちく》の根元に結わえ付けられていた。

川岸に近すぎると、不心得者が石垣の上から勝手に仕掛けを引き揚げかねない。

さりとてこの幅を広げすぎると、川を行き来する船舶往来の邪魔になる。

竹杭を突き立てることからすべて、初傳が責めを負うのだ。神田川を行き来する川船に文句をつけられては、店の評判に障る。

ゆえに石垣から一尋の幅は、念を入れて守ってきていた。

普段の朝なら神田川を船が行き来し始めるのは、明け六ツ（午前六時）を過ぎたあとだ。まだ朝日の明かりがない暗い川を走る船など、皆無に近かった。

ところが今日は玄猪の物日である。川上の蔵から荷出しをしたはしけが、三杯連なって下ってきた。

三杯ともに北岸に沿って向かってきていた。傳助は、いつになく急いで仕掛けを引き揚げようとしていた。

川の流れにはみ出さぬよう、杭に船端をくっつけて、太一郎は錨《いかり》を投じていた。はしけとの間合いは充分である。

しかし傳助は気を焦らせていた。

いつもの倍は引き揚げる必要があったからだ。しかも今朝はどの仕掛けも大漁で、うなぎの重さが半端なものではなかった。

引き揚げようとして、上体が大きく前のめりになっていた。身動きが楽なように、綿入れは脱いでいた。

動きが身軽な分、身体はさらに前のめりとなっていた。

目一杯に傳助が身を乗り出していたとき、三杯のはしけが猪牙舟の真横を行き過ぎた。

荷物を満載にした、大型のはしけだ。

夜明け前には相手先に着岸したいのか、二丁櫓船の船頭たちは、全力で櫓を漕《こ》いでいた。

はしけが生み出した横波が、猪牙舟にまともにぶつかった。

大きく揺らいだことで、傳助は仕掛けを摑《つか》んだまま神田川に落ちた。

「おとっつぁん！」

太一郎が大声を発したとき、はしけは三杯とも行き過ぎていた。

二

初傳から思案橋に向かって三軒離れた先が、薬種問屋・柏屋《かしわや》だ。

敷地三百坪の内には薬草蔵が三棟、調剤処が二棟もある大店《おおだな》である。

当主は八代目柏屋光右衛門《こうえもん》、六十一歳。

還暦から、はや二年が過ぎた。いまも季節を問わず明け六ツの鐘で起床し、裏庭の泉水脇に向かうことから一日が始まった。

木綿の手拭《てぬぐ》いで上半身の乾布摩擦を行うためだ。三年前の正月に、立ちくらみで寝込んだことがきっかけである。

玄猪の日の今朝も、光右衛門は本石町の「時の鐘」が鳴っている間に、泉水脇に立った。

すかさず奥付き女中が、木綿の手拭い二本を盆に載せて運んできた。

光右衛門はまだ、縞《しま》柄の寝間着姿だ。銘柄にことさらうるさい光右衛門は、寝間着といえども室町の寝具老舗・岡田屋《おかだや》で仕立てさせていた。

上半身裸になると、贅肉《ぜいにく》でたるんだ胴回りが現れた。

獣肉好きの光右衛門である。医者から止められて久しいいまでも、五日に一度は両国橋たもとのももんじやから、イノシシの肉を取り寄せていた。

光右衛門好みの甘辛いシシ鍋《なべ》は、料理人頭の菊三《きくぞう》が一手に調理していた。

長崎から直送させる砂糖と、野田《のだ》の醤油で整えた。

「菊三でなければ。この味は出せない」

当主が相好を崩して褒めるたびに、嫡男平之助《へいのすけ》は口元を引き締めていた。

「シシ鍋をほどほどにならぬ限り、またも立ちくらみとなるのは必定ですぞ」

医者に苦言を呈されても、光右衛門のシシ鍋好きは治まらない。回数こそ三日に一度から五日に一度へと減ってはいたが、ほとんど身体への効果はなかった。

「乾布摩擦を続けて、うちの特効丸薬さえ飲んでおれば、医者の言うことなど恐るるに足らずだ」

光右衛門は自信たっぷりだ。が、たるんだ上半身はいかほど乾布摩擦を繰り返したとて、まるでしまりにつながらなかった。

手拭いを女中に返すと、代わりに白湯《さゆ》と丸薬二錠が手渡された。柏屋謹製の特効薬だ。

泉水縁《べり》の小岩に腰を下ろし、丸薬を白湯で服用するのも毎朝のことだ。

ところが昨日とは異なり、玄猪の今朝は冷え込みがきつかった。

白湯がたっぷり注がれた湯呑《ゆの》みを持つ手が、小刻みに震えた。その直後、背筋もぶるるっと激しく震えた。

そばで見ていた女中の顔がこわばった。

その顔が気になったのだろう。平気を装った光右衛門は、さっさと白湯を飲み終えるなり、脱いでいた寝間着に両腕を通した。

「朝餉《あさげ》はいつも通り、六ツ半（午前七時）でよろしゅうございましょうか」

女中の声は、まだ光右衛門を案じていた。

「うむ」

うなずきで応えられた女中は、光右衛門に一礼して母屋へと向かい始めていた。

＊

柏屋の名を広く知らしめたのは、二代目が調合した「乙丸《おつがん》」「丙丸《へいがん》」「丁丸《ていがん》」の三種丸薬である。

調合方法は一子相伝の秘伝とされて、今日に至っていた。

乙丸は男の精力増強剤。疲労全般に効能ありとする丸薬だ。八代目が毎朝二錠を服用しているのも、この乙丸である。

丙丸は武家の内室・内儀、老舗商家の内儀が顧客である。女の血の道に障る症状に効く丸薬として、高い評価を得ていた。

丁丸は小児の夜泣き・疳《かん》の虫・夜尿症などの症状改善に、大きな効果ありと評価が定まっていた。

三種の丸薬を売り出そうとしたとき、当時の頭取番頭が二代目に問いかけた。

「なぜ甲丸《こうがん》から始めず、乙丸からなのでございましょうか」

問われた二代目は、よくぞ訊《たず》ねたという顔を番頭に向けた。

「こうがんとは」

二代目は目元を緩めて番頭を見た。

「男のきんたまを指す、医者の用語だ」

二代目から教わるなり、番頭は当主の前にもかかわらず爆笑した。

「それであれば旦那様《だんなさま》、男のいちもつが達者となる丸薬ができましたときには、迷うことなく甲丸と名付けてください」

番頭の言い分に二代目は膝《ひざ》を打った。

「そのときのために、大事に取り置きをしておこう」

二代目と番頭が得心顔を見交わした。

以来、いまに至るも三種の丸薬は柏屋の屋台骨を支えていた。惜しくも甲丸は、いまだ調合されていない。

八代目嫡男の平之助は今年で三十三だ。妻を迎えて、すでに六年。十代目となる男児も息災に育っていた。

家業は順風に押されて、売り上げも伸びている。特効薬三種も売れ行きは上々だ。

平之助は三年前から、二番番頭を務めていた。いずれは家督を相続する者として、商いの舵取《かじと》りの案配を、日々、頭取番頭の良之助《りょうのすけ》の下で学んでいた。

平之助がみずから采配《さいはい》を振った初の大仕事は、父親光右衛門の還暦祝いだった。

「盛大な宴《うたげ》を催して、親仁《おやじ》様の隠居花道としたいのですが……」

平之助は正直にこれを良之助に打ち明けた。光右衛門の体調を心底、案じていたからだ。

いまから三年前、光右衛門五十八の正月三日に、朝餉のあとで激しい立ちくらみを覚えた。立ち上がる途中で倒れ込み、そのまま寝込むことになった。

三日には四ツ（午前十時）どきから、年賀客を迎えるのが習わしだった。

柏屋を大得意先とする器屋・紙屋・貝殻屋・白扇屋《はくせんや》・薬草農家などの年賀客には、平之助が応対。補佐役として良之助が脇についた。

「到来物のあわびに、食あたりとなりまして」

とても立ちくらみで寝込んでいるとは言えず、当たり障りのない口実をでっち上げた。

男の滋養強壮に効能ありが、乙丸最大の売り文句である。正月早々、当主の立ちくらみなど、言えるわけがなかった。

「貝の食あたりは、ことさらきついと言われておりますでなあ」

平之助の言いわけを真に受けた年賀客たちは、親身の言葉を残して早々に辞去した。

すべての客が帰ったあとで室町の医者、大久保《おおくぼ》大善《たいぜん》が出向いてきた。

「新年早々、ひともあろうに柏屋ご当主から往診を頼まれるとはの」

柏屋自慢の乙丸でも効き目はなかったのかと、心配顔の平之助に皮肉をかました。

屠蘇《とそ》気分を壊されたことへの、きつい嫌みだった。

「なにとぞご気分を直していただき、的を射た診療をお願い申し上げます」

平之助も負けずに言い返したとき、光右衛門がパチッと両目を開いた。そしていきなり布団の上で上体を起こした。

「わたしは……」

喉《のど》に痰《たん》が絡んでいるらしく、大きく「うっうん」と痰切りをした。すかさず平之助が、ちり紙を手渡した。

使い捨てするちり紙にまで、光右衛門はうるさく指図をしていた。遊郭の花魁《おいらん》が使うものと同じ、白い紙を痰切りにまで使っていた。

「この通り、なんともない」

布団に起きたまま、光右衛門は大善を見た。見たというよりは、睨《にら》み付けたに等しかった。

「あとは乙丸を飲めば充分です」

光右衛門はなんと、立ち上がろうとした。慌てた平之助が、父親に手を貸した。布団の上に立ったあと、光右衛門は呆《あき》れ顔を拵《こしら》えている大善を見下ろした。

「どうぞお帰りいただき、酒の続きを楽しんでください」

痰も絡まず、かすれもしない声で、医者に言い放った。

言い出したらきかない光右衛門の気性を、息子も医者も分かっていた。

「裏に駕籠《かご》を待たせてありますので」

大善を乗せてきた駕籠は、そのまま勝手口に停めおかれていた。

「達者でよかったの」

大善は言葉を吐き捨てると、持参した診療箱を開くこともなく手に取った。

この立ちくらみをきっかけに、光右衛門は二代目が命名の枠を残していた「甲丸」の調合に取りかかった。

長崎にも手代を差し向けて、清国から伝わってくる「男の強壮剤」の仕入れを命じた。

柏屋が取引を持っている本両替・三井両替店の長崎店に百両の大金を送金し、仕入れの元手に充てさせた。

手代が清国人とじかに談判できるはずもない。三井両替店の口利きで、江戸町の薬剤問屋への顔つなぎを得た。

さまざま、七十六両もの強壮剤の原料を買い付けた。さらに十四両もの回漕《かいそう》賃を払って、江戸まで送った。

しかしまったく役には立たず、大金をドブに捨てる結果となった。

光右衛門はへこたれなかった。

「二代目が残して下された枠は、わたしの手で埋めてみせる」

光右衛門は甲丸調合への没頭を続けた。

「旦那様の還暦祝いは、まさしく隠居をいただく恰好《かっこう》の花道です」

良之助も心底、賛成した。

「かつてなかった売り上げを達成いたし、旦那様の隠居花道といたしましょう」

良之助は手代を叱咤《しった》激励し、柏屋三丸の売り上げ倍増を指図した。その甲斐《かい》あって、光右衛門還暦を祝う正月には、前年比四割増しという画期的な業績を達成した。

「目を瞠《みは》るほどの売り上げを達成しての、旦那様の還暦祝いとなりましたことは、薬効あらたかということにございます」

祝い口上は良之助が担った。

「薬種問屋にとりましては、この上なき慶事にございます」

良之助の音頭取りで、盛大な還暦祝いの宴が催された。平之助と良之助とで、念入りに趣向を練っての宴だった。

浜町で、得意先・取引先など総勢百人を迎えての大宴会となった。

光右衛門好物のシシ鍋が宴席の主献立だった。菊三を料亭に差し向けてのことだ。

宴では上機嫌だった光右衛門が、二月にまた立ちくらみを発症した。直ちに大久保大善が往診に駆けつけた。

「シシ鍋を控えるのが肝要ですな」

獣肉の脂が血の管を塞《ふさ》いでいると診断し、半年のシシ鍋厳禁を言い渡して帰った。

乙丸の効き目にシシ鍋から離れた効果も合わさり、四月には快癒した。

柏屋では還暦を過ぎた当主が床に臥《ふ》せったときは、それを機に代替わりするのが不文律とされていた。

ところが八代目は違った。

「なんとしても甲丸調合を成し遂げるのが、わたしに課せられた宿題だ。そのためにご先祖様は、目を瞠る業績でわたしに還暦を迎えさせてくれた」

平之助と良之助の思惑は、裏目に出てしまった。

還暦から二年が過ぎたいまも、光右衛門は意気軒昂《けんこう》である。商いの舵取りは良之助にすべてを委《ゆだ》ね、甲丸創りに打ち込んでいた。

＊

柏屋の土圭《とけい》が六ッ半の鐘を打ち始めたところで、光右衛門は居室で立ち上がろうとした。朝餉を摂《と》りに板の間に向かうためだ。

ところが立ち上がる途中で倒れた。そして身体を激しく震わせていた。

音を聞いて、平之助が飛び込んできた。

「だれかいないのか！」

平之助の声は調理場にまで届いていた。

三

玄猪の日、初傳は早々と店仕舞いする羽目になった。

「申しわけありません、うなぎが品切れとなってしまいましたもので」

この日の傳助は裏方を務めた。

うなぎ屋の花板は裂き方である。正午の開店直後から、傳助は裂き方を太一郎に任せた。

初傳は客が選んだ魚《うお》(うなぎ)を、店先から見える場所でさばいた。調理場の外に裂き台を用意していたのだ。

先代から伝授された裂きの見せ方である。

ぬるっと滑るうなぎは、素人には掴めない。そのうなぎを左手で掴み、まな板に載せるところから調理の始まりだ。

技量がまだ甘い板前だと、摑むだけはできても、まな板で暴れるうなぎを押さえることができなかった。

傳助は、うなぎ裂きの神業を持っていた。これは先代にもなかった、傳助固有の技だ。

左手で摑んだうなぎをまな板に載せ、摑んでいた手でうなぎを撫《な》でた。手のひらで、魚に引導をわたしているのだ。

観念したうなぎは動きを止めて、真っ直ぐの一文字となった。そのさまを確かめたあとに、頭部に千枚通しを突き刺した。

うなぎの急所で、突き刺されるなり命は果てる。うなぎに苦痛を感じさせることなく、念入りに研ぎをくれた庖丁《ほうちょう》を走らせて、一気に背開きにした。

開いたうなぎを二枚に切り分けて、竹の串を打つ。ここまでが傳助の仕事だ。あとは焼き方に回した。

傳助から渡された開きを蒸籠《せいろ》に入れて、頃合いを見計らいながら蒸し上げる。

この蒸しからが太一郎の受け持ちだ。案配よく蒸し上がった開きを、炉に載せる。

炭火は火力の強い備長炭だ。

火熾《おこ》しのむずかしい備長炭だが、近頃では傳助以上に太一郎は上手に火熾しをした。

初傳では二番手の太一郎だが、うなぎ裂きの技も相当なものである。

傳助につけられた稽古《けいこ》が、いまでは大きな花を咲かせていた。

＊

五十路《いそじ》を越えるなり、傳助は立っているとふくらはぎがひきつることが頻発し始めた。

毎日というわけではないが、前触れもなしに不意に痙攣《けいれん》に襲われるのだ。

「すまねえが、少し休むぜ」

裂き台から離れたあとは、たぬき脂をふくらはぎに塗り、揉《も》みほぐした。四半刻も休めば、ひきつりは治まった。

しかし初傳は店を開いている限り、客が途絶えることはない。

名の通ったうなぎ屋はどこも、仕上がりは遅いとされてきた。傳助が裂きの途中で休んでいても、客から文句は出なかった。

しかし客に甘えてはいられない。

「おまえも裂きの稽古を始めろ」

息子が庖丁と千枚通しを持つことを、傳助は三年前の正月に許した。店を閉めている三が日を使い、みっちりと稽古をつけた。

あの年の傳助一家は、元日からうなぎばかりを食うことになった。

元来が庖丁を持つ筋がよかったのだろう。三日の日暮れ前にはうなぎを落ち着かせて、頭部に千枚通しを打てるまでになっていた。

「ここからが本当の修業だぜ」

稽古は毎晩、四ッ（午後十時）まで続いた。太一郎が裂いたうなぎは傳助が手を加えて整えたあと、翌日の焼き方に回した。

「太一郎に稽古をつけたうなぎでやすんで、半値で結構でさ」

毎日、二十四のうなぎが、半値で供された。稽古うなぎと言っても、傳助が整えて串を打ったのだ。味に遜色《そんしょく》のあるはずもなかった。

初傳のうな重が半値で食えるのだ。評判を聞きつけた連中が、開店と同時に店先に長い列を作った。

しかし限定二十四である。なんとか数の内に加わりたい客は、開店の半刻も前から初傳に並び始めた。

あとから列に加わる客は、自分が何番目かを数えて並んだ。

いつしか二十番目の客は、自分が最後だと後に並ぼうとする者に教えるようになった。

「なんとも、ありがたいことでやす」

傳助は二十番目の客だとひと目で分かるように、赤いちゃんちゃんこを用意した。まるで還暦祝いの如しだ。

「こいつあ縁起がいいやね」

「うなぎを食っていれば、還暦まで長生きができるてえことだ」

これがまた大きな評判を呼んだ。赤い袖無しを着たいがため、早くから並んでいながら、最後尾の客と入れ替わろうとする者まで出始めた。

二十人目に赤い袖無しを渡すのは、娘のおみきだ。あのときは十六で、肌の色艶がすこぶるつきによかった。

「さすがは初傳の娘さんだ、うなぎの脂が身体に回っているにちげえねえ」

色白の肌もそうだが、黒髪も陽を浴びると艶々と輝いた。細い眉《まゆ》はきりりっと引き締まっており、両目は常に潤いを宿している。

おみきに岡惚《おかぼ》れして来店する客も、多数いた。そんなおみきが、ちゃんちゃんこを渡すのは、四ツの四半刻（午前十時半）を過ぎることはなかった。

なにしろ一番乗りで列を作る者は、四ツ前には店先にいたからだ。

わずか二十人限定である。二十人目が並ぶまでに、さほどの時はかからなかった。

しかし四ツ過ぎなどという時分から、うなぎ屋に並ぶのだ。それができる者は限られていた。

職人もお店者《たなもの》も、四ツどきは昼までの仕事に追われている刻限だ。好き勝手に、持ち場を離れられるわけがなかった。

初傳の限定二十人に並べる者は、次第に顔ぶれが決まり始めていた。

「嬉《うれ》しいねえ。またおみきさんから、渡されましたよ」

小網町の乾物屋の若旦那は、うなぎよりもおみきが目当てらしい。なにも長い列に並ばなくても、正味の値段でうなぎは食えたのだ。

「また、あいつがちゃんちゃんこだよ」

ぶつくさ文句を口にする者もまた、わざわざ室町から通ってきた飴屋《あめや》の三男坊だった。

さまざま評判を呼びながら、稽古うなぎの半額売りはその年の暮れまで続いた。

翌年の一月四日は、一日限りの御礼日とした。うなぎ百食を半額で供したのだ。

「おかげさまで、太一郎が裂いたうなぎをお客様にお出しできることになりました」

この日は終日、太一郎が裂き方を務めた。焼き方が傳助である。

「春からこんなうなぎが食べられるとは、長生きはするものだ」

初春一番に初傳を訪れてきた老舗の当主は、太一郎とおみきにお年玉を差し出した。

十年来の初春の祝儀である。今年のうなぎが太一郎の裂き方だったと知った当主は、一朱金二枚をポチ袋に収めてくれた。

太一郎の裂き方が顧客に受け入れられたことで、傳助は大いに気が楽になった。

もしも自分が起き上がれなくなったら、初傳はどうなるのか。

創業して、評判のいい店に育ててあげてくれた先代に、申しわけができない。

この想いに、いつも責められていた。

早い時期に太一郎に裂き方を仕込まなければと分かっていながら、先延ばしにしていた。

傳助が先代（父親）から裂き方を仕込まれたのは、先代五十五、傳助が三十路を迎えた正月だった。

「おれはまだ二年や三年は足腰も達者だろうが、おめえを仕込むにはいまがいい時期だ」

先代は一年がかりで傳助を仕込んだ。その間、裂きの稽古に使ったうなぎは、今回と同じで半値で客に供した。

違っていたことがふたつある。

ひとつは豊かな漁場を、傳助は買い取ることができていたことだ。

常に百匹に届くうなぎが手に入ることで、稽古の数を案ずることはなかった。

おかげで太一郎は傳助のときよりも倍、二十匹のうなぎを裂くことができた。

傳助のときは毎日十人分を、半額で供していた。

もうひとつの違いは、娘のおみきを授かっていたことだ。先代夫婦が授かった子は、傳助ひとりだけだった。

女房おまつの器量よしを受け継いだおみきは、馴染《なじ》み客の若い衆から「小網町小町」と呼ばれていた。

気性のはっきりしているおみきは、若い衆に向かって礼を言った。

「小町と呼んでくださって、ありがとうございます」

正面から礼を言う娘はめずらしい。これがまた評判となり、おみきは初傳の看板娘となっていた。

＊

玄猪から三日が過ぎた、十月六日。まだ初傳が支度を始めたばかりの五ツ半（午前九時）どきに、新蔵が顔を出した。

火熾しの支度を始めようとしていた傳助が、慌てて手を止めて新蔵に近寄った。

「玄猪の日は、申しわけねえことをしやした」

うなぎが足りなくなって、顔を出した新蔵を座敷に上げられなかったのだ。

首に巻いていた手拭いで、傳助はひたいの汗を拭った。火熾しはまだだったし、いまは汗を浮かべる季節ではない。むしろ逆で、こたつが嬉しい時季だ。にもかかわらず、傳助はまたひたいを拭った。

「あれっきり、親方は裂きを太一郎に譲りなすったんで？」

新蔵に問われるなり、新たな玉の汗が傳助のひたいに噴きだした。

「でぇじょうぶですかい、親方？」

時季外れの汗を新蔵は案じた。

「親分に失礼したことを思うと、つい汗が浮いてくるんでさ」

おみきに茶を言いつけた傳助は、先に立って店の座敷に向かった。長い馴染み客の新蔵と話をしたかったからだ。

まだ客のいない座敷は、新蔵には思いのほか広々として見えたらしい。隅々にまで目を走らせてから、傳助を見た。

「これだけの座敷を毎日ひにち、客で埋め尽くしているてえのは、やっぱり傳助さんはてえしたおひとだ」

しみじみ、初傳の繁盛ぶりを思い知ったという声だった。

「繁盛のもとを作ってくれたのは先代ですし。これからは太一郎に任せられます」

つくづく自分は果報者だと、傳助は正味の想いを新蔵に明かした。

「それは違いやすぜ」

新蔵が強い語調で拒んだとき、おみきが茶と茶請けを運んできた。熱々の番茶に、初傳自慢のぬか漬けである。

「玄猪の日は、本当に失礼いたしました」

ぺこりとあたまを下げたあと、気持ちのこもった笑みを見せてからおみきは下がった。

「町内の若いのが、あの娘《こ》を小町だと称《たた》えているのも道理でやすぜ」

おみきの器量よしを褒めてから、新蔵はぬか漬けに箸《はし》を伸ばした。だいこんのこうこだ。

「うめえ！」

美味《うま》さが凝縮された褒め言葉を新蔵は漏らした。傳助もつられて箸を伸ばした。

ほどよい酸味で、ほどよき厚みに切られただいこんには、削り節が散らされていた。

こうこの味を流すのは惜しいという表情で、新蔵は番茶をすすった。湯呑みを戻したあと、傳助に目を戻した。

「いまの初傳は、この町内に暮らす者みんなの自慢でやすぜ」

初傳は傳助さんあってのうなぎ屋だと、声の調子を高くした。

「先代も太一郎も大したものでやしょうが」

新蔵は親しみを込めて太一郎と呼び捨てにした。まだガキの時分から見てきた新蔵だからこその、情のある呼び捨てだった。

「初傳は傳助さんあっての店ですぜ」

裂き方から焼き方に回った傳助を、新蔵は案じていた。ことによると気弱になっているのではないかと、心配もしていた。

五ツ半早々に顔を出したのも、傳助と膝詰めで話したかったがゆえである。

「親分に余計な心配をかけたようですが、あっしはいたって元気でやすぜ」

湯呑みを手にした傳助は、声の調子にも張りが戻っていた。

調理場から、おみきの笑い声が流れてきた。

四

玄猪の日の未明に神田川に落ちたことで、傳助は身体の衰えを実感した。

いままで数えきれぬほど、獲物の引き揚げ時に猪牙舟が横波を食らうことはあった。今回とは波の強さに違いはあったが、川に転がり落ちたことは一度もなかった。

身体の節々が硬くなっていると、引き上げられたときに思い知った。

玄猪の日の未明だ、川水は冷えていた。太一郎がかぶせてくれた綿入れの内なのに、身体の震えは止まらなかった。

「引き揚げを急ぎますから、親方も踏ん張ってください」

父を気遣う息子の言葉にも、震える身体でうなずいた。両手・両足をきつく、くっつけた形で、傳助は先代の言葉を思い返した。

「歳を重ねると、身体の節々が硬くなる。それまで平気でまたげていた小岩なのに、膝を持ち上げるのが億劫《おっくう》になったりする」

「動きがにぶったから、おめえに初傳の裂き方を譲るぜ」と、先代はきっぱりと告げた。

「店がでえじなら、おめえの番になったとき、てめえの引き際を間違えちゃあならねえぜ」

先代は自分の言葉に従った。

足元がふらついて調理場の土間に転んだ翌日、花板を傳助に譲った。

玄猪の日の初傳は、だれも望んでいなかった早仕舞いに追い込まれた。

大事な物日に、自分のしくじりで中途半端な商いとなってしまったのだ。太一郎や娘から気遣いを言われるたびに、傳助のこころは痛みを感じた。

「明日もまだ暗いうちから、仕掛け揚げがあるんだ」

息子に身体を気遣われてあれこれ言わさぬように、五ツ（午後八時）過ぎにこれを口にした。

「明日に備えて、おれは早寝するぜ」

傳助はさっさと床に入った。熟睡できるように、厚い壁で囲まれた寝部屋である。いつもなら二十も数えぬうちに眠りに落ちた。

あの夜は一日の撞《つ》き仕舞いである「四ッ（午後十時）の鐘」も、床の内で聞き終えた。

寝返りを繰り返しながら、あたまの内を走り回っていたのは先代の言葉だった。

「これは明日やろうなどと、先延ばししちゃあいけねえぜ。明日の朝も目覚められるかどうかは、だれにも分からねえんだ」

先代は常から口にしていた通りに、ある朝、いきなりのお迎えで息を引き取った。

突然の死だったにもかかわらず、とむらいを済ませた初七日明けから、初傳は店を開いた。

先代が備えをきちんと講じていたからだ。

傳助が裂き方に回ったあとの焼き方は、傳助の母が務めた。一年がかりで、母も焼き方修業をこなしていた。

初傳秘伝のタレの調合方法は、傳助が裂き方稽古を始めた日に先代から授かっていた。

自慢のぬか漬けは母の仕事だった。焼き方修業を始めるなり、母はおまつにぬか漬けのすべてを委ねた。

ぬかの煎《い》り方、塩加減、漬けるだいこん・きゅうりなどの野菜選び、ぬかの量。

おまつが訊ねればていねいに教えたが、問われぬ限り、ひとことも口を挟まなかった。

新しい初傳のこうこを、おまつに預けた。

これもまた、先代の流儀だった。

「訊かれもしねえのに、おせえるやつが口出ししたんじゃあ、おそわる者は上達しねえ」

この流儀が功を奏し、初傳を支える二代目たちは、しっかりと育っていた。

母は太一郎が焼き方修業を始めた翌年の夏に、満足そうな笑顔で黄泉《よみ》へと旅立った。

思い返せば返すほど、両親が傳助に示した引き継ぎの大事が身に染みた。

明日からの二日が正念場だ……

胸の内で強く言い聞かせたことが、眠りを連れてきてくれた。深い眠りは未明の支度どきまで続いていた。

十月四日も傳助はみずから綿入れを羽織った。身につけることで、決意が揺るがずに済んだ。

猪牙舟を漕ぐ太一郎に決めを明かしたのは、新大橋《しんおおはし》を潜った先だった。

「今朝から仕掛け揚げは、おまえがやれ。猪牙舟はおれが操る」

短い物言いだったが、太一郎も呑み込んだ。昨日のことを思い、傳助の決意を太一郎は、櫓を漕ぎながら全身で受け止めていた。

仕掛け揚げは、ただ竹の籠を揚げるだけではない。魚を取り出したあと、どこにまた仕掛けを沈めるかの判断を問われるのだ。

傳助は一言も発せず、息子にすべてを委ねた。肩に力が入っていたものの、太一郎も沈め方と場所とを自分で判じていた。

うなぎの裂き方。

仕掛け場所の選定と、籠の沈め方、揚げ方。

蒲焼きのタレ作り。

仕掛けを任せたのが、花板修業の仕上げとなった。

初傳に伝わる先代からの秘伝すべてが、傳助から太一郎に伝えられた朝となった。

この日の獲物を店まで持ち帰ったのは、いつも通り明け六ツの四半刻過ぎだ。おまつとおみきが仕上げた朝餉を摂り終えた傳助は、日本橋川に面して建つ両替屋・杉浦屋《すぎうらや》に出向く身支度を始めた。

察するものがあったのだろうが、おまつは問いかけはしなかった。当人が口にしない限り、問い質《ただ》さぬのが初傳流なのだ。

黙々と火熾しと焼き方の修業を、おまつは随分前から始めており、いまでは一人前だった。

火熾しの下働きを始めていた。

ことが生じても慌てぬ備えを講じておくことこそ、初傳の神髄である。いまはおみきがぬか漬けの支度を受け持っていた。

しかしこの役は太一郎が迎えるであろう女房の役目だ。小町と呼ばれて看板娘を務めているおみきだが、兄が女房を迎えたときには実家を出ると、確かな覚悟を抱いていた。

まだ五ッ（午前八時）の四半刻も前である。両替屋の商いは五ツからだ。それでも十二間《けん》間口の杉浦屋は、はや雨戸の半分が開かれていた。

店先の掃除にかかっていた小僧は、傳助を見るなり寄ってきた。毎朝、前日の売りダネを預けに来るのが傳助かおまつだったからだ。

「堂三郎《どうざぶろう》さんにつないでくだせえ」

頭取番頭に面談を求められた小僧は、すぐさま座敷に上がり、帳場へと向かった。

堂三郎との面談には、上客用の六畳間が充てられた。

「昨日は傳助さんも、えらく難儀な目に遭われたそうですな」

数軒先の両替屋頭取番頭の耳には、昨日のうちに神田川の一件が届いていた。

「そのことで、堂三郎さんに折り入ってのお願いがありやすんで」

あぐらを正座に直した傳助は、店の修繕費用の融資願いを切り出した。

初傳は先代の創業時から、売りダネは翌朝早くに杉浦屋に預けていた。

室町には公儀御用金や大店の蓄えを預かる本両替があった。杉浦屋は町場の商家を相手とする両替屋だ。が、創業は元禄初期である。

小網町に留《とど》まらず、両国、本所《ほんじょ》などにも取引先を有していた。

初傳が杉浦屋に預けてある蓄えは、八百両を超えていた。神田川の漁業権を購入する際も、傳助は杉浦屋から融通を受けていた。そのカネは二年前に完済していた。

「いかほど融通すればよろしいか？」

「屋台骨からの取り替えになりやすんで、七百両をお願いしやす」

預けてある蓄えよりは内輪な金高だが、初傳の規模に照らせば巨額の融資願いだ。

堂三郎は即答はせず、傳助を見詰めた。

「あっしは今朝を限りに、すべてを太一郎に譲りやす」

これからの初傳は、三代目に委ねる時期を迎えやしたと、堂三郎の目を見て明かした。

「分かりました。ご用立ていたしましょう」

傳助が代替わりを決意したことを、堂三郎は高く買っていた。

まだ充分に親方を張っていられる余力を遺して、庖丁を置いたのだ。職人にはできにくいことだ。

「先代の見事な代替わりの子細を、わたしは三番番頭のときに見させていただきました」

必要なことは先延ばししないという先代の考え方には、当時の杉浦屋当主も感心していたと、傳助に明かした。

「費《つい》えは、てまえどもが引き受けます」

堂三郎の承諾に基づき、傳助は改築に向けて動き始めていた。もちろん太一郎・おまつ、そして手伝い役のおみきにも承諾を得てのことだった。

＊

「そんな次第でやすんで、なにとぞ親分、今後とも初傳をごひいきに願いやす」

あぐら組の膝に手を載せて、傳助はあたまを下げた。

「そんな……どうか親方、あたまをお上げなすって」

新蔵が慌てた。傳助のほうが年長者ということもあるが、よろしくお願いしたいのは自分のほうだと思っていた。

杉浦屋が融資を引き受けた根底には、傳助のいさぎよい気性も大きく響いているはずだ。

「あっしのほうこそ、今後とも親方によろしくお付き合いを願いたいんでやす」

相手を見詰めて話していた新蔵は、口を閉じて傳助の両目を見詰めた。

「親方の両目とも、白目に赤いのが混じってるようにめえやすが、目の具合がどうかしやしたかい？」

問われた傳助は、両目の根元を指で押さえてから返事を始めた。

「近くのものが、めっきり見えにくくなりやしたもんで、始終、両目にぎゅっと力を込めてしまいやす」

白目が赤いのは、そのせいだと答えた。

「そいつあ、うまくねえ」

新蔵は正味で傳助の目を案じた。

「室町の村田屋さんを、親方はご存じでやすかい？」

「眼鏡屋の村田屋さんのことで？」

深くうなずいた新蔵は、村田屋に相談したらどうかと勧めた。

「あちらのご当主の長兵衛さんには、心やすくしてもらってやす」

いつでも顔つなぎしやすと、新蔵は請け合った。傳助が上体を乗り出した。

「お言葉に食いつくようで気がひけやすが、今日にもあっしを連れて行ってもらえやすか」

「もちろんでさ」

傳助の目の具合は相当にわるそうだった。

新蔵は自分の胸を叩《たた》き、あとを続けた。

「善は急げてえやす。親方さえ都合がよければ、いまから行きやしょう」

新蔵の言葉に、傳助は直ちに腰を浮かせた。

「息子と女房に、そう言ってきやす」

おまつもいまでは焼き方を務められる。次第を聞かされた太一郎とおまつは、二つ返事で了とした。

太一郎は新蔵の前にまで進み出てきた。

「どうか親方の目に合う眼鏡を、村田屋さんに頼んでください」

息子・妻・娘が揃って、新蔵にこうべを垂れた。急ぎ身支度を調えた傳助は、新蔵と一緒に店を出た。

杉浦屋の辻《つじ》を曲がるまで、太一郎はふたりの後ろ姿を見送っていた。

五

村田屋で初誂《はつあつら》えの客は手代頭の誠太郎が面談し、目の容態の聞き取りをしてきた。

今回は新蔵が長兵衛に、顔つなぎをした客である。しかも小網町の初傳といえば、長兵衛も屋号は知っている評判のいい店だ。

誠太郎を通り越して、長兵衛がじかに聞き取る形で、誂えは進んだ。

「親方はどちらの目に、はっきりとした不具合を感じておいでてでしょうか」

いわば、医者の問診である。問い質す項目の多くは、当主に就いた折に、長兵衛がみずから書き加えていた。

「どちらというよりは両方の目が同時に、調子がわるくなっていると気づきやした」

口頭での返答を、長兵衛は小筆で書き込んだ。問診を続けていた長兵衛が、ある返答を聞いたとき、小筆を置いて傳助を見た。

「うなぎの裂き方を息子に譲ったのをきっかけに、代替わりを胸の内で考えやした」

はっきりと代替わりを決断したのは、玄猪の朝、神田川に落ちたことだと明かした。

「なぜ親方は、代替わりが必要だと思われたのですか？」

長兵衛の問いは、問診票から外れていた。が、ぜひとも傳助から決断した理由を聞きたかったのだ。

「先代から叩き込まれた、いわば初傳の家訓のようなものでさ」

聞いた長兵衛は、さらに上体を乗り出した。

「ぜひともてまえに、初傳さんの家訓を聞かせていただけませんか」

「それは構いませんが、村田屋さんはお忙しいと、親分からうかがっておりやす」

長兵衛と傳助を引き合わせたあと、新蔵はひとり辞去していた。小網町からの道々、いかに長兵衛が忙しい身であるかを、新蔵は強く聞かせていた。

「村田屋さんは代々が御城に出入りがかなう、御公儀御用達《ごようたし》の名店です」と。

長兵衛の多忙を気遣う傳助に、当人がぜひにと頼んだ。承知した傳助は、新蔵に聞かせた子細を、長兵衛にも話した。

聞き終えた長兵衛は、居住まいを正して話し始めた。

「村田屋の家訓のひとつに、『明日は味方』があります」

「それは……どういうことでやしょう？」

傳助はいぶかしげな顔で問うた。

「今日をひたむきに生きていけばこそ、迎える明日が味方についてくれると、先代から聞かされて育ちました」

「かけがえのない、見事な教えでやすね」

納得した傳助は、正味の声で感心した。そんな傳助に、長兵衛は一段やわらげた声で、話を続けた。

「初傳さんの先延ばしするなとの教えは、てまえどもの家訓と相通じるものがあります」

「えっ……！」

驚き顔の傳助を見詰めつつ、長兵衛は初傳・村田屋両方の家訓を繋《つな》ぎ始めた。

「なにごとも億劫がらず、先延ばしせずに一日を終える。そんな生き方であればこそ、朝日は今日の恵みを授けてくれます」

初傳も村田屋も、一日一日を大事に生きよと先祖が教えてくれていますと、長兵衛は結んだ。

白目が充血している傳助の両目が、長兵衛の話を聞き終えて潤んでいた。

手拭いで傳助が目を拭ったところで、長兵衛は眼鏡の話を始めた。御公儀御用達眼鏡屋当主の、威厳ある口調となっていた。

「ひとはおおむね齢《よわい》を重ねるにつれて、手元が見えにくくなるものです」

傳助が眼鏡を必要とするのも、加齢が原因のひとつだと長兵衛は判じた。

「眼鏡新調の判断が傳助さんのように早ければ、玉は薄くて済みますから、仕上がりも軽い眼鏡です」

まこと、先延ばしをせずに事態と向き合うことこそ、最善の道です……傳助の為したことを称えながら、長兵衛はこの日の午後に向き合う柏屋光右衛門を思い浮かべていた。

六

初傳と村田屋とは今朝まで、眼鏡誂えの付き合いはなかった。

柏屋は初傳から、わずか三軒しか離れていない。その柏屋と村田屋とは、何代にもわたる付き合いがあった。

当代光右衛門は形、見た目にこだわる男だ。新蔵も傳助も、あたり前だが徒《かち》にて村田屋を訪れた。

光右衛門は室町の駕籠宿・大和屋《やまとや》の宝仙寺《ほうせんじ》駕籠を使い、あらかじめ伝えてあった八ツ（午後二時）どきに、村田屋正面に横付けさせた。

手代頭の誠太郎が光右衛門を迎えた。

「てまえどもの当主が客間にてお待ち申し上げております」

これが光右衛門出迎えの儀式だった。鷹揚《おうよう》なうなずきを示した光右衛門は、シシ肉の食べ過ぎで太った身体を、難儀そうに進めた。雪駄《せった》が室町の地べたに沈むかに見えた。

その後ろ姿が村田屋に入るまで、駕籠舁《か》きふたりは見送っていた。ひとり一朱の心付けが利いていた。

＊

「早速ですが、まずは光右衛門さん、検眼から始めましょう」

光右衛門の目の高さに合わせた書見台に、長兵衛は一冊の帳面を載せた。開かれた頁には、大小さまざまな丸が描かれていた。

今朝方、傳助が帰ったあとで、長兵衛が仕上げた検眼表だった。描かれた丸は上下左右のどこかに切れ目ができていた。

丸は横一列に五種類、同じ大きさである。

上下は十段あり、下に向かうにつれて丸の大きさが小さくなっていた。

光右衛門の検眼には、毎度新しい検眼表を作成した。

驚くほど物覚えのいい光右衛門である。前回の丸の切れ目を覚えている恐れがあった。

検眼の結果、上から三段目が判読できなくなっていた。三カ月前には五段目が見えていたし、一年前には六段目まで判読できていた。

「この視力では、もはや薬草の調合を自分だけで行うのは無理です」

光右衛門と向き合った長兵衛は、相手が半端な望みを持たぬように言い切った。

視力の衰えを自覚していたのだろう。検眼の結果に、光右衛門は文句をつけなかった。

「乙丸・丙丸・丁丸の調合には、指先の子細な感覚と、一粒を見極める視力が欠かせないと言われたのは、光右衛門さんですぞ」

長兵衛の言葉を、光右衛門は口を固く綴《と》じ合わせて聞いていた。

「いまの光右衛門さんには、てまえどもではもはや、眼鏡は誂えられません」

字を読む程度の短い間なら使用できる。しかし天秤《てんびん》を釣り合わせるために、薬種ひと粒、ときには半粒を量るには、視力が衰え過ぎている。

「調合を誤ると、柏屋秘伝の三種に大きな瑕疵《かし》をつけることになりましょう」

長兵衛の言葉を、光右衛門は途中で遮った。

「三丸の講釈を眼鏡屋のあんたから聞かされることはない」

あたまに血が上った反動なのか、顔色は青白くなっていた。

「眼鏡が作れないのであれば、ここに居ても無駄だろう」

「まこと、その通りです」

長兵衛は冷ややかな物言いで応じた。

「うちと村田屋さんとも、今日までということでよろしいか」

「それもやむを得ないでしょう」

答えを聞くなり、光右衛門は立ち上がろうと腰を浮かせた。長兵衛が止めずにいたら、光右衛門はもう一度、座り直した。そして深呼吸をしてから、口を開いた。

「あんたから容赦なく図星をさされたがゆえ、つい無礼なことを口走ってしもうた」

光右衛門の口調も表情も、落ち着きを取り戻していた。

「過ぎた何ヵ月もの間、わしは近くが見えなくなった目に、うろたえ続けてきた」

息子も頭取番頭も、わしの隠居を望んでいるはずだと、光右衛門は察していた。

「しかし村田屋さん、わしは隠居したらその日から生き甲斐を失う。代替わりして呆《ほう》けてしまった当主を、何人見てきたことか」

わしが当主の座に居座るのは罪深いことかと、長兵衛に質した。

「罪深いもなにも、このままその目で調合を続けていたら」

長兵衛は、あとを言う前にひと息をあけた。そして光右衛門を見据えてから続けた。

「調合を誤れば、薬も毒になります」

長兵衛の断言で、光右衛門は震え始めた。

「柏屋が死人を出したと、江戸中の読売（瓦版《かわらばん》）が大騒ぎをするのは必定です」

あなたの代で柏屋を潰《つぶ》すつもりですかと、穏やかな物言いで問いかけた。

無言のまま、光右衛門の両目から涙がこぼれ落ちた。

突き当たりまで問い質さずとも、光右衛門が悔いているのは分かった。

しばしの間、ふたりは黙したままだった。

頃合いよしと判じた長兵衛は、目元をゆるめて光右衛門を見た。

「柏屋さんご近所の、初傳の親方ですが」

長兵衛の口調が柔らかなものに変わっていた。

「つい今し方、眼鏡を新調に来店されました」

検眼を終えた光右衛門を見て、長兵衛は落ち着いた物言いを続けた。

「あちらさんも身体の方々に不具合を感じ始めたということで、代替わりをされたそうです」

代替わり……と聞くなり、ごくんと生唾を呑み込んだ光右衛門だ。が、驚きを抑えつけて、先を促す目を長兵衛に向けた。

「代替わりのあとも息子さんの手伝いに回って、仕事は続けていますと、満足げな物言いで教えてくれました」

「ううむ……」

言葉にはならない唸《うな》りを漏らしたが、光右衛門の両目から先刻までの尖りが薄らいでいた。正座の膝を合わせると、静かな物言いを発した。

「我を忘れて働いた無礼の段、ひらにご容赦くだされ」

言葉をごまかさず、きちんと詫《わ》びてから光右衛門は村田屋を辞去した。

柏屋へ戻る道々、光右衛門は何度も立ち止まった。そして深呼吸をして、気を取り直した。

今後、為《な》すべきことの思案が、あたまの内を駆け回っている。それらをひとつずつ吟味した。

まだ息子には任せられぬと思い込んでいたことが、なんと浅慮であったかを、長兵衛から思い知らされた。

薬屋の本分は、薬での人助けに尽きる。

長兵衛から指摘された通り、もしも調剤を誤り、死人を出せば、身代を潰すことになる。

この大事にまったく思い至っていなかった。そんなおのれを思うにつけ、足が止まった。

天秤が見えにくいのだ、もはや一刻の猶予もならない。柏屋に帰り次第、息子・番頭と話をしよう。

これを決めたら、重たく感じていた足もこころも、久々に軽くなったと実感できた。

もう一度、存分に息を吸い込んだ。ゆっくり吐き出していたら、長兵衛の言葉を思い出した。

「手伝いに回った親方……いや、元の親方を交えて、三人で一献、傾けましょう」

ぜひそう願いたいと肚《はら》を決めた。

光右衛門の歩みは、まるで小躍りしているかの軽やかさだった。

第四話　上は来ず

一

安政三（一八五六）年十一月五日、四ツ（午後十時）。

本石町が打つ「時の鐘」が鳴り終わるのを待っていたかのように、響きのいい拍子木が「チョ〜ン」と打たれた。

火消人足十一人による、室町の夜回りが始まった。

十月中旬からこの日までの二十日間、室町界隈《かいわい》には一しずくの雨も降っていなかった。商家の並ぶ室町大路は、建屋も地べたもカラカラに乾ききっている。それゆえ火消人足による「火の用心」の夜回りを、町のだれもが信頼し、あてにもしていた。

冬場の夜は大通りですら、深い闇が町にかぶさっていた。

昼間は人通りの絶えない大路も、夜は物音までも絶えた。

凍えを運び込む隙間風の忍び込みは、商いの種別にはかかわりなく、どの商家も嫌った。そして戸締まりをきつくした。

十一月に入るなり室町の夜は、戸の隙間から漏れる灯火も皆無となり、闇は濃くなった。

代わりに町に響き始めたのが、火消人足による、夜回りの音だった。

「火の用心……火の用心、さっしゃりやしょおうう〜〜」

夜回りが発する響きのいい声は、町の隅々にまで行き渡った。声に続き、拍子木が乾いた音で「チョ〜〜ン」と鳴った。

その柝《き》の音にかぶさるように、地べたを引かれる金棒の鈴が「ジャラン、ジャラン」と調子のいい音を響かせた。

室町の冬の夜は四ツから真夜中までの一刻《いっとき》（二時間）、町の安泰を請け負う夜回りの声と物音が、深い闇を突き破っていた。

「しっかり柝を打ちねえ」

「声の響きがよくねえぜ」

夜回り組十人を率いる小頭《こがしら》は、わずかな疵《きず》も聞き逃さず、配下の者を叱咤《しった》した。

それも道理で、室町の商家百軒の火の用心を請け負っている夜回り組には、大金が対価として支払われていたからだ。

十一月初日から翌年二月末までの約定で、百両という大金が支払われていた。

請負は万年橋《まんねんばし》北詰の鳶《とび》宿・豊《と》島亭《しまてい》である。

豊島亭との約定を取り交わした長兵衛は、今夜も人足が打つ柝の音を居室で聞いていた。

室町暖簾《のれん》組合（商店会）が夜回りを委託したことは、それが始まった十年前の十一月から、江戸各所の暖簾組合に知れ渡っていた。

「百両も払って夜回りを請け負わせるとは、室町暖簾組合はなにさまのつもりだ」

うわさを聞きつけた江戸各所の組合肝煎《きもいり》たちは、えらい剣幕でののしりを吐き出した。しかしそれが聞こえてきても室町の商家は、聞こえぬふりを続けた。

他所《よそ》の組合が目の色を変えて室町暖簾組合に押しかけてきたのは、去年（安政二年）の大地震のあとである。

室町の冬場を警護する夜回り組は、地震直後に室町に駆けつけた。そして被災した商家の後始末の手伝いと見回りに励んだ。

その働きぶりを知ったことで、ぜひうちの組合の夜回りも請け負ってほしいと肝煎衆が泣きを入れてきた。

対応したのも長兵衛だった。

遠くから響いてくる柝の音を聞きながら、長兵衛は十年前の顚末《てんまつ》を思い返し始めた。

*

いまから十年前の春。鳶宿豊島亭への夜回り委託を発案したのは、日本橋南詰の飴《あめ》屋《や》本舗当主、吉右衛門《きちえもん》だった。

室町大通りに店を構える老舗《しにせ》は、大路の東西両側で百軒を数えた。飴屋本舗は橋を渡った南側で、本来の室町暖簾組合の枠外に位置していた。

が、飴屋本舗は江戸開府から間もない慶長十（一六〇五）年の創業で、室町のどの商家よりも暖簾は古かった。

ゆえに飴屋本舗当主は代々、室町暖簾組合の御意見番を務めていた。そもそも室町暖簾組合の結成を言い出したのが、飴屋本舗の二代目当主だったのだ。

十年前の三月深夜、小名木川《おなぎがわ》に架かる高橋《たかばし》南側のあんこ屋から火の手が上がった。

花見だんごの注文に追われて、この日も夜通しの仕事を続けていた。

徹夜続きで寝不足気味だった職人が、脚の長い燭台《しょくだい》を蹴飛《けと》ばした。転がった先に油の詰まった瓶があった。

が、炎が上がったわけではなかった。しかし職人のだれもが夜通しの働き詰めだったがため、適切な火消しができなかった。

あんこ屋の周辺には武家屋敷と町人の商家が密集していた。

すわっ、大火事になるぞと、火の見やぐらは擂半《すりばん》をジャラジャラと擦りまくった。

幸いなことにこの夜は途中から大雨となり、天が火消しの味方をした。

駆けつけた火消しの敏捷《びんしょう》な活躍もあって、大火事にもならず、火元のあんこ屋など七軒の焼失で鎮火した。

吉右衛門は日頃から、火事には人一倍の気を払っていた。高橋の火事についても、一部始終を出入りの耳鼻《じび》達《たつ》（瓦版《かわらばん》の記者）から聞かされていた。

吉右衛門の耳に火事の子細を入れれば、いい小遣いになる……このことは、耳鼻達の間に知れ渡っていた。

「万年橋の豊島亭てえ鳶宿の火消人足たちは、大川の東側では一番の働きぶりでさ」

吉右衛門が最も信頼している耳鼻達から、これを聞かされた日の午後。

「村田屋のご当主に、これを届けなさい」

吉右衛門は小僧に封書を持たせた。

「明日の都合は、いかがなものか」

身体は空いているかとの問いである。

商いに障りのない限り、長兵衛は御意見番には従ってきていた。

「なんなりとお申し付けください」

長兵衛からの返事を了とした吉右衛門は、万年橋までの同行を言いつけた。

「室町の冬場の夜回りについて、鳶宿に相談を持ちかける。あんたも一緒に来てくれ」

吉右衛門が向かった先が、万年橋の鳶宿・豊島亭だった。

夜回りを鳶宿に相談するとは？

長兵衛には吉右衛門の真意が呑《の》み込めなかった。が、唐突な振舞いはいつものことだ。そしてその大半が、あとになれば室町のためだったことが明らかになっていた。

この日も長兵衛は、異を唱えずに従った。

十年前の吉右衛門は四十七で、同行した長兵衛は三十六。ふたりはともに五尺七寸（約百七十三センチ）の偉丈夫だ。

室町暖簾組合で吉右衛門と同じ上背があったのは、長兵衛ひとりだった。

このたびのように万年橋への同行を求めたり、寄合などの場で長兵衛を可愛がったりするのは、同じ背丈ということも深く作用していた。

室町から万年橋まで、ふたりは徒《かち》にて出向いていた。それを知った鳶宿の親方安次《やすじ》郎《ろう》は、みずから土間に降りて迎え入れた。

安次郎もまた、五尺七寸の上背である。

土間で向き合った三人は、それぞれが見詰め合っただけで、相手の男ぶりを察していた。

安次郎は神棚を背にし、長火鉢の向こう側に座した。吉右衛門と長兵衛は横並びで、長火鉢の手前に座っていた。

若い者が茶を運んできた。ひと口をすすってから、吉右衛門が口を開いた。一切の前置きもなしに、用向きを切り出した。

「わたしは今年で四十七になりました」

吉右衛門が歳を明かしたら、安次郎は顔をほころばせて目尻《めじり》を大きく下げた。

「あっしもご当主と同い年でさ」

この安次郎の返答で、座が一段とくつろいだ気配となった。あとはまた、吉右衛門が用向きを続けた。

「年を追うごとに冬の夜回り当番がきつくなっていますが、辞めることはできません」

吉右衛門は思案顔を安次郎に向けた。

「店の者はだれもが、精一杯に働いております。夜回りに出るのは奉公人ではなく、店のあるじの務めと考えております」

吉右衛門の言い分に、安次郎は深くうなずいた。多くの町で、夜回りは商家のあるじが交替で務めていたからだ。

「とは言うものの豊島亭さん、五十路《いそじ》が近くなるにつれ、寒い夜がきつくなってきました」

わたしより年長の当主には、なおさらきついでしょうと言ってから、訪問の真の目的に言い及んだ。

「室町暖簾組合には、百の商家が名を連ねております」

個々の商家が、間口に応じた費《つい》えを負担することで、玄人の夜回りに冬場の町の安泰を請け負っていただきたい……

吉右衛門は安次郎を真正面から見詰めて、これを切り出した。

なにも聞かされていなかった長兵衛は、胸の内では仰天した。

夜回りを火消し宿に委《ゆだ》ねるなどは、一大事中の一大事だ。たとえ御意見番といえども、勝手に進められることではなかった。

安次郎も同じことを思ったようだ。

「いまの申し出は、室町の旦那《だんな》衆全員のお考えでやしょうか？」

「違います」

吉右衛門は即座に答えて、あとを続けた。

「冬場の火事が怖いのは、どの商家とて同じです。それゆえ当番での夜回りにも、文句を言わずに出張っています」

当番が交替で毎夜四ツ前に集まる場所は、町内の会所だった。炭火の火鉢と囲炉裏は、会所に調っていた。

しかし町内をひと回りするだけで、四半刻（三十分）はかかった。わずかな間の暖をとっても、再び見回りに出るのは、身体にこたえた。

「結局のところ、二度目、三度目の夜回りは、ただ回っているだけです。声も出なければ拍子木も叩《たた》かないし、金棒も湿っている」

こんな夜回りを続けていたら、いつ高橋の商家と同じ目に遭うやもしれない。

「相応の費えを払うことで、火消しの玄人に町を守ってもらえるなら、反対する当主など室町にはおりません」

吉右衛門は脇に座した長兵衛を見た。

気魄《きはく》に押されたわけではない。吉右衛門の言う通りだと得心して、長兵衛は深くうなずいた。

「飴屋さんの考えには、太い筋が通っているようだ」

百の商家が賛同すれば、相応の費えも集まることでやしょうと、安次郎も得心できたらしい。

「五日のうちに、あっしのほうから費えの見当を差し出しやす」

安次郎の返答を聞いた吉右衛門は、両手を膝《ひざ》に載せて、背筋を張った。

「なにとぞ、よろしくのほど」

吉右衛門は背筋を伸ばしたままだったが、脇に座している長兵衛は、こうべを垂れた。

長火鉢の向こうにいる安次郎が漂わせる風格が、長兵衛にそうさせていた。

＊

今夜の思い返しには、まだ長い先がある。茶が欲しくなった長兵衛は、五徳の上で湯気を立てている鉄瓶に手を伸ばした。

番茶には熱湯がいい。急須《きゅうす》に注ぎながら、ふっと思った。

ここしばらく鈴焼きを食べていないと。

幸いなことに新蔵とひたいを突き合わせるような、難儀からは遠ざかっていた。

揉め事、荒事がない日々はめでたいが、鈴焼きからも遠ざかることになった。

知恵の限りを尽くす難儀が片付いたとき、新蔵と味わう甘味が鈴焼きだったからだ。

さりとていまのように、夜更けての番茶に甘味は無用だ。

いれたての茶をすすったとき、夜回り組が叩く拍子木の音が響いてきた。

夜の凍えを突き破る乾いた柝の音は、年季の入った者でなければ出せない響きだ。

チョ～ンの音を聞きながら長兵衛は、豊島亭に夜回りを預けてよかったと、いまさらながら思いを新たにしていた。

二

刻はすでに四ツ半（午後十一時）が近いはずだ。いま聞こえているのは、今夜二度目の夜回りの声だったからだ。

ほとんどの商家は、深い眠りの内にいるだろう。豊島亭の火消人足たちが発する声と物音は、そのいずれもが眠りの邪魔はしないと思われた。

それでいて火の用心の触れは、まだ起きている者にはしっかりと届いている。

これぞ玄人の極意だと深い感銘を覚えながら、長兵衛はまた思い返しに戻った。

＊

約束通り五日が過ぎた昼過ぎに、安次郎は代貸《だいがし》を伴って室町暖簾組合の会所に出向いてきた。

会所には吉右衛門の呼び出しで組合の肝煎八人が顔を揃えていた。長兵衛もそのひとりだった。

「来月から、うちの火消人足十人と小頭ひとり、都合十一人の夜回り組が室町の火の用心を請け負いやす」

　安次郎が告げ終わるのを待って、代貸は肝煎八人と吉右衛門に、子細を筆書きした「見当書」を配った。

　夜回り期間は十一月一日から翌年二月末日まで。雨天、雪降りの夜は町が湿っているので、夜回りはしない。

　小頭と十人の火消人足を一組とし、会所脇に普請する夜回り飯場に常駐する。夜回りを休む雨天などの夜も飯場には詰めている。

　四ツから真夜中九ッ（午前零時）まで、少なくとも四度の見回りを行う。

　天水桶《おけ》に溜《た》まった水量も、毎夜確かめる。

　見当書を読み進めた安次郎は、紙から目を上げて肝煎衆を見た。

「もしも町内から火が出たときは、真っ先にうちの夜回り組が火元に駆けつけやす」

　飯場には火消道具、火消頭巾《ずきん》も揃えておくと明言した。

「ありがたい限りだが」

　安次郎の話が一段落したとき、吉右衛門が口を挟んだ。

「それだけの請負をお願いするために、費えはいかほど入り用となりますのか」

　肝煎のだれもが知りたいことである。全員の目が安次郎に集まった。

「十一月から二月までの請負で、百両を申し受けやす」

費えの見当を明かされて、肝煎衆が吐息を漏らした。その吐息はしかし、同じ思いのものではなかった。

吉右衛門と長兵衛は、見事にこちらの腹づもりを突いてきた眼力に、感心したからだ。

百両で町を火事から守れるなら、商家一軒に均《なら》せば一両の負担で済むと、吉右衛門は考えていた。安次郎もそこを突いてきた。

しかし、肝煎のなかには、夜回りごときに百両など沙汰《さた》の限りだと考えた者も何人かいた。

場の空気を察した吉右衛門は、三日後に答えさせてほしいと頼んだ。暖簾組合の総意を確かめるための日数だった。

安次郎はその返答に驚き顔を見せた。

「三日でよろしいので？」

これほど短くて大丈夫なのかと、その短さに驚いたようだ。

「町を冬場の火事から守る、見事な思案です」

四の五の言わず、費えの分担方法を話し合うだけのことだと、吉右衛門は言い切った。

「わたしの肚《はら》は決まっているが、勝手なことはできません」

三日後までお待ちくださいと、吉右衛門は安次郎の目を見て頼んだ。

安次郎もその目をしっかり受け止めた。

「よろしくお願い申し上げやす」

吉右衛門から目を逸《そ》らさず、安次郎は言葉を結んだ。

＊

意外にも、百両の拠出には大半の商家が大賛成を示した。

「冬場のきつい夜回りを、一軒あたり一両の分担で済ませてもらえるなら、なんの文句もありません」

間口の小さな商家がこぞって、百両を均一に負担すればいいとの声を上げた。

少人数の商家なればこそ、真冬の夜回り当番が回避できるありがたみが大きかったのだ。

吉右衛門が約束した三日もかからず、二日目の午後に長兵衛が豊島亭を訪れた。

「なにとぞ今年の十一月から、夜回りをお引き受けくださりますように」

「うけたまわりました」

五尺七寸の男ふたりが長火鉢を挟んで向かい合い、互いに深々と辞儀を交わした。

豊島亭からの帰途も長兵衛は、往路の日本橋で誂《あつら》えてきた屋根船に乗った。

「今日の村田屋さんは、室町暖簾組合と豊島亭との約定を結ぶ、大事な使者だ。室町の体面にかけても、ぜひにも屋根船で行き来してもらいたい」

肝煎衆の言い分に得心した長兵衛は、四畳半の屋根船で往復し、豊島亭との夜回り約定を締結した。

帰りの船で吉右衛門と安次郎という、同い年の傑物ふたりを思い返した。

ふたりとも物事を判断するにおいて、一切おのれを加えていなかった。

室町暖簾組合のためになるならという思いが、吉右衛門の判断の根っこにあった。

ゆえに百両の費えを提示されても、まるで驚かなかった。

暖簾組合には所帯の小さな商家も多数加わっている。奉公人の少ない店こそ、一両の負担で夜回りから解放されれば楽になる。

かならずこの思案を小店は呑んでくれると、吉右衛門は確信していた。

組合員の多数を占める小店を、ただの一度も吉右衛門は裏切ったことはない。

小店の当主たちも白紙委任状も同然の信任を、御意見番に寄せてくれていた。

他町のように商家のあるじが、半ばいやいや夜回りをするのではない。身なりの調った玄人の火消し衆に、火事が起きぬように町を守ってもらうのだ。

そのための相応の費えは惜しまない。

室町大通りの商家なら、小店でも一両の割り前を負うと、吉右衛門は信じていた。

ここは尾張町でも麴町《こうじまち》でもない。

日本橋につながる室町暖簾組合だとの矜持《きょうじ》を、どの商家も抱いていた。

吉右衛門に仕えていられる身の僥倖《ぎょうこう》を、長兵衛は屋根船の内で嚙《か》み締めた。そして同じ敬いを、豊島亭の安次郎にも強く感じていた。

夜回りの請負など、火消し宿の豊島亭でも初めてのことだった。しかも江戸でも図抜けた格式の高さを誇る、室町暖簾組合百軒からの頼みである。

そんな相手から、辞を低くして頼み込まれたのだ。豊島亭が頭を高くしても当然だった。

もしも安次郎が儲《もう》けを第一に考えたなら、請負金額を百両の半値ぐらいに抑えただろう。

最初は安値で請け負う。そして相手をもはや解約できぬ状況に追い込んでから、毎年のように請負金額を吊《つ》り上げる。

相手のきんたまを握ったと読み切った商売人の、常套《じょうとう》手段がこのやり口だった。

ところが安次郎は最初から百両を提示した。

御意見番たる吉右衛門なら、この金額の持つ正当性を呑むと信頼したのだ。

確かな額の請負なら、突発的な難儀にも対処できる。

夜回りを請け負うからには、室町を守り抜くという、火消しの矜持が請負金額算出の根っこにあった。

ものごとに上中下があるとすれば、判断基準を相手のために置けることこそ、上の上だと、長兵衛は先代から教えられていた。

年長者たちの見事な判断ぶりを目の当たりにした長兵衛は、ふたりへの敬いを深く胸に刻み留めた。

長兵衛三十六歳の春のことだった。

＊

いま一度、長兵衛は急須に熱湯を注いだ。葉がすっかり開いた二煎《せん》目である。

直ちに熱々を分厚い湯呑みに注ぎ、両手持ちで温《ぬく》もりを楽しんだ。

居室に手焙《てあぶ》りはあるが、深夜の凍えは厳しい。番茶の温かさを伝える湯呑みが、手のひらには心地よかった。

豊島亭への使者に立ったあの一件で、吉右衛門との間合いはことさら詰まった。

長兵衛が求めたわけではない。吉右衛門がさらに気を許したのだ。可愛がり方を、一段と深めてくれていた。

長兵衛が四十となった年には、浜町の料亭やなぎの広間を使い、不惑の祝い宴を催してくれた。

三十畳の座敷に、客は長兵衛と吉右衛門だけだ。しかし芸者は地方《じかた》も含めて十人も呼ばれていた。さらに幇間《ほうかん》が加わり、座を大いに盛り上げた。

「飴屋本舗初代は、カネは天下の回り物と常に言っておられた」

飴屋本舗の家訓の一に明記もされていた。

「遣える者が遣えばこそ、この料亭も芸妓《げいぎ》衆も幇間も生きていかれる」

達者に生きていてくれれば、いつの日か飴も買ってくれるだろう。

「あんたの店で、眼鏡を誂えてくれることもあるだろう」

カネは大事だが、遣うことはもっと大事だと、吉右衛門は年長者の教えを垂れた。

やなぎの座敷は長兵衛には、あの夜が初だった。以来、月に一度、長兵衛はやなぎでの料亭遊びを楽しんできた。

それを女将《おかみ》から聞かされた吉右衛門は、顔をほころばせて喜んだという。

安次郎とはその後、無沙汰が続いていた。

三

江戸の雨知らずは、さらに日を延ばした。

どれほど夜回りが丹念に町を見回ってくれたとて、乾きを湿らせることはできない。

十一月八日も、朝から強い北風が室町の大路を吹き抜けていた。

室町の商家が店を開くのは、時の鐘が五ッ（午前八時）を撞《つ》くと同時に、ほぼ一斉にだ。

その手前、六ッ半（午前七時）から朝食を摂《と》っていた手代も小僧も、箱膳《はこぜん》を片付けるなり濡《ぬ》れ雑巾を手に持った。

「柱も壁板も、乾き方が尋常じゃない」

掃除を監督する番頭は、雑巾の湿らせ方を細かに指図した。

乾いた木材はわずかな火の粉を浴びても、たちまち燃え上がる恐さをはらんでいた。

しかも江戸の町は、地べたの土まで硬く乾いていた。

開店前の往来には、個々の店の小僧が水撒《ま》きを続けた。土埃《つちぼこり》が舞うのを抑えるためである。

「お客様のお目に入らぬように、両隣まで含めた店先には、おまえたちがしっかり打ち水をくれなさい」

村田屋の二番番頭は開店前の往来に、確かな打ち水を言いつけていた。

「はあい〜〜」

小僧が引っ張った語尾は、なんとも億劫《おっくう》そうだった。

夏場の水撒きなら、言われる前に取りかかる小僧だ。が、真冬は手桶に水を汲《く》み入れるのも難儀である。

しかも厳冬期の水撒きは、量を間違えると地面が凍り付くおそれもある。

指図通りに働いているのに、二番番頭からさらなる小言を食らうこともあるのだ。

薄く、真っ平らに。

これを肝に銘じつつ、土埃を抑える水撒きを小僧は心がけていた。時折強く吹く木枯らしに顔をしかめながらも、ひしゃくに汲み入れる水の量はしっかり見極めていた。開店前にくれた打ち水である。しかし冬の陽が室町の地べたに届き始める四ツ前には、すっかり乾いていた。

十一月八日、四ツ半（午前十一時）前。

この日二度目の打ち水を小僧は始めた。手桶の底が見え始めたとき、年配の男が小僧に近寄ってきた。

小豆《あずき》色の半纏《はんてん》を羽織った姿を見た小僧は、男が料亭の下足番だと察しをつけた。

大きな宴席を控えた料亭では、この半纏姿の下足番が来客の案内役を務めた。小僧はその仕来りを、番頭から聞かされていた。

水撒きの手を止めた小僧は、寄ってきた下足番と向き合った。

「浜町《はまちょう》のやなぎの下足番、丈助《じょうすけ》でやす」

小僧を相手に、男はていねいに名乗った。

「検番から、旦那様への言伝《ことづて》を預かってめえりやした」

手間をかけるが都合を訊《き》いてもらいたいと、用向きを告げた。

「表は木枯らしですので、土間に入ってお待ちください」

小僧は手桶を手に持ったまま、丈助を村田屋の内へと案内した。

「商家の格を決めるのは、手代でも番頭でもない。小僧のしつけの善し悪しで決まる」

各種の「見立番付」を発行する須原屋が、「小僧番付」の口上でこれを告げていた。

村田屋は小僧番付で、東方の役力士に名を連ねる常連である。下足番への応対にも、心遣いが行き届いていた。

土間に入った丈助には、すかさず別の小僧が茶を供した。冬場に供されるのは、湯気の立ち上っている焙《ほう》じ茶である。

「ありがとさん」

丈助は両手で湯呑みを受け取った。

木枯らしの吹き渡る大路を股引《ももひき》腹掛けの上に、木綿のひとえ半纏一枚を羽織っただけで歩いてきたのだ。

剝《む》き出しの両手に凍えが嚙みついた。

きつい凍えを避けるには、懐に手を突っ込むのが一番だ。しかし小豆色の半纏を羽織った男には、下足番の見栄《みえ》があった。

しかも背中には料亭やなぎの文字が、白抜きになっている。店の暖簾を背負っている限り、半端な真似などできなかった。

凍えなんぞ平気とばかりに、半纏の袖《そで》から両手を出して歩いてきたのだ。小僧から受け取った湯呑みは、火鉢に手をかざしたも同然の温もりを恵んでくれた。

両手で持ったまま茶をすすっていたら、用向きを告げたあの小僧が戻ってきた。

「仕事場で旦那様がお待ちです」

小僧は丈助の先に立ち、売り場座敷脇から入る仕事場へと向かい始めた。

土埃の舞っている往来を、浜町から歩いてきたのだ。客間に招き上げるのは、丈助に面倒をかけることになる。

座敷に上がる前には、すすぎを使う。その手間を丈助にかけることを、長兵衛は嫌ったのだ。

仕事場での面談なら、すすぎも履き物を脱ぐのも無用である。長兵衛の気遣いを感じつつ、丈助は小僧に従っていた。

奥の居室から仕事場には、店の帳場や売り場座敷を通らずに行き来できる。丈助が案内されたとき、長兵衛はすでに腰掛けに座して待っていた。

小僧と入れ替わりに、奥付き女中が茶菓を運んできた。店先で供された焙じ茶ではなく、緑色の鮮やかな煎茶である。

添えられた菓子は長兵衛好みの、鈴木越後の干菓子だった。

「寒いなか、ご足労をかけました」

丈助にねぎらいを言い、茶菓を勧めた。

「いただきやす」

半端な遠慮は失礼とのわきまえが、丈助には備わっている。煎茶の美味《うま》さを味わってから、干菓子を口に運んだ。

前歯で噛むと、カリッと小気味よい音がした。この音と、和三盆のみで仕上げた干菓子が、鈴木越後の売りである。

舌のうえに広がった極上の甘味を堪能《たんのう》してから、その美味さを煎茶で流し入れた。

丈助が飲み終えたのを確かめてから、長兵衛は用向きを問いかけた。

「検番からの言伝があるやにうかがったが」

小僧は丈助が口にしたことを、長兵衛にきちんと伝えていた。

丈助は背筋を張って長兵衛に目を合わせた。

「純弥《じゅんや》さんからの言伝を、預かってめえりやしたので」

丈助はわずかに上体を前に動かして、腹掛けのどんぶりから封書を取り出した。そして長兵衛の目を見詰めたまま、封書を長兵衛のほうに押し出した。

純弥からの言伝と知った長兵衛が、いかなる表情に変化するのか、その変わり工合を見極めようとするかのような、丈助の目の光り方だった。

真正面から丈助に見詰められた長兵衛は、咄嗟《とつさ》に丹田に力を込めた。そして表情が動くのを抑えつけた。

純弥からの言伝を、料亭の下足番がじかに届けにきたのだ。長兵衛は内心で、大いに気を動かしてしまった。それを丈助に気づかれぬようにと、気を配っていた。

「いまこの場で言伝に目を通して、何らかの返事をあんたに伝えるのか？」

「お願いしやす」

丈助は背筋を張って応じた。

承知したとうなずき、長兵衛は丈助の前で封書を開いた。

＊

長兵衛と純弥との出会いは、吉右衛門が催してくれた不惑の宴《うたげ》だった。

「村田屋さまには初めてお越しいただきましたので、てまえども今日が初座敷の妓《こ》に、地唄舞を舞わせます」

女将の口上のあと、座敷で舞を披露したのが純弥だった。

初座敷だけに、純弥の舞には初々しさがあった。しかしただ清楚《せいそ》に見えただけではない。

舞の基本は足の運びと手の動きにある。純弥の手は、地唄の唄いを余すところなく表現していた。

師匠の厳しき教えあってこその舞いだと、長兵衛はおのれに照らして実感した。

手習いの師匠について、長兵衛は習字の稽古《けいこ》を続けていた。

「筆を持つ前から、お稽古は始まっています」

座り方から息遣いに至るまで、師匠は筆を持つ手前の心構えに厳しい目を向けた。

初座敷で舞う純弥にも、座敷に出る手前の修練の厚みが備わっていた。

同時に、なぜ舞っているのか、だれに見せようとしているのか、その心構えの確かさも伝わってきた。

すっかり魅了された長兵衛は、やなぎを使わせて欲しいと吉右衛門に許しを求めた。

「いいとも。女将も喜ぶに違いない」

快諾した吉右衛門に、もうひとつの許しも求めた。

「座敷に純弥さんを呼びたいのですが、これもご承知いただけますか？」

ひいきの取り合いにならぬかと、それを確かめたのだ。

「あの妓は芸の筋がいい。それを見抜くとは、あんたもやるもんだ」

吉右衛門は上機嫌で承知した。以来、少なくとも月に一度、多いときは二度、三度とやなぎを使った。その都度、純弥にお座敷をかけてきた。

やなぎを使い始めて、今年で七年目だ。長兵衛が純弥をひいきにしているのは、芸者衆も料亭も、さらにはやなぎを使う室町の老舗旦那衆も知っていた。

だれもが長兵衛に一目置いて、純弥とのことを見ていた。長兵衛は芸事のためなら、きれいな金遣いができる男だと心底、信じられたからだ。

「わたしも芸者衆をひいきにするときは、長兵衛さんを手本としたいものだ」

長兵衛より年長で、料亭遊びに通じている老舗の当主が、正味でこれを口にした。

純弥に遣うカネなら、長兵衛は惜しまなかった。さりとて旦那風を吹かすことなど、ただの一度もしなかった。

この長兵衛の姿勢には、花柳界に身を置くだれもが深い敬いを抱いていた。

「あれでこそ、本物の旦那だ」と。

純弥は二十七人を擁する浜町検番で、いまや一番の売れっ子芸者である。歳は二十六。古株の多い検番では、若手の部類だ。

江戸で大尽《だいじん》と称されるのは、安政のいまでも材木商と札差だ。なかでも材木商は、いままでに増して鼻息が荒かった。

安政の大地震で多くの家屋が倒壊した。建材を一手に差配する材木商は軒並み、向こう五年分もの丸太受注残を抱えていた。

全盛時の札差をも上回る大尽ぶりである。そんな材木商が競い合うかのように、純弥を落籍《ひか》せたいと検番の女将に申し出ていた。

純弥は一顧だにせず、途方もないといわれる落籍金高を、女将に聞こうともしなかった。

旦那に囲われる気など、さらさらない。ひたむきに芸の精進に励んでいた。

その姿勢を了として、長兵衛も純弥をひいきにしていた。

＊

長兵衛とて、まだまだ男盛りだ。ここまで幾度も純弥と一夜をと、思うことはあった。が、村田屋長兵衛の名にかけて、一線を越えることは思い止《とど》まってきていた。

そんな長兵衛の想いを百も千も承知で、純弥は丈助に言伝を託し、村田屋に差し向けたのだ。

料亭の下足番は口の堅さが身上である。長兵衛と向き合っているが、仕事場でのやり取りが外に漏れる気遣いはなかった。

封書の中身はいかなる文面なのかと、長兵衛は逸《はや》る気持ちを抑えつつ封を切った。

四

丈助を帰したあと、長兵衛は頭取番頭の淳三郎《じゅんざぶろう》を居室に呼び入れた。

「純弥さんから封書を託された」

つい先刻、丈助が届けてきた封書を、長兵衛は卓に載せた。黒漆仕上げの大型三六《さぶろく》（三尺×六尺）卓である。

長兵衛が載せた封書の白を、卓の漆黒が際立たせていた。

「これを読んだあとで、淳三郎さんの考えを聞かせてもらいたい」

長兵衛は封書を卓の向こうに押し出した。

両手で受け取った淳三郎は、長兵衛に一礼してから封書を開いた。

＊

長兵衛が純弥をひいきにしていることは、淳三郎も充分に承知していた。

得意先を招いてのやなぎでの宴席には、淳三郎も常に陪席していた。

宴席で芸者衆を仕切り、座を盛り上げる役を純弥が受け持っていた。年長者の芸者衆も、純弥の仕切りを当然と受け止めて従った。

それだけの器量が純弥には備わっていた。

純弥をひいきにしながらも長兵衛は、旦那にはならない。長兵衛が黙していても、どこからともなく、そのことは漏れ聞こえた。

宴席で舞う純弥の地唄舞に、魅了される客も少なからずいた。

「村田屋さんにその気がないのなら、わたしが名乗りを上げてよろしいか？」

あけすけなこの手の問いは、常に淳三郎に向けられた。

「旦那様のお考えです。てまえは一切、承知いたしておりませんもので」

どうぞご随意にと、淳三郎は答えた。

「そういうことなら」

勢い込んだ客は、やなぎの女将に純弥の落籍仲介を頼んだ。

「あの妓は芸一筋の精進を、固く決めているようですので」

女将は誰から頼まれても、仲介を拒んだ。

「木場《きば》の旦那衆ですら、あの妓のことは諦《あきら》めておいでです」

女将にここまで言われても、客のなかには長兵衛を逆恨みする者もいた。表向きは知らぬ顔を貫きながら、その実は純弥を独り占めにしているのだろう、と。

麴町の薬種問屋当主が、その邪推男だった。

村田屋との付き合いは三代も続いていた。店の奉公人はもとより、親戚《しんせき》一同まで、眼鏡の誂えはすべて村田屋に任せていた。

あるとき唐突に、村田屋の手代が呼びつけられた。

「今後、村田屋さんとは、ご縁がなかったことにさせてもらおう」

御用をうけたまわりにきた手代に、当主は絶縁宣告を投げつけた。わけが分からない手代は一大事勃発《ぼっぱつ》とばかりに、麴町から室町まで息を切らして駆け戻った。

「わたしが出向こう」

顔色ひとつ変えずに聞き終えた淳三郎は、その日のうちに麴町を訪れた。が、客に翻意を促しに出向いたわけではない。

「長らくのごひいきを賜り、厚く御礼申し上げます」

頭取番頭みずから出向き、儀礼としての礼を言っただけで辞去した。

相手は純弥のことを邪推し、まるで見当違いの思い込みをした。その果てに、出入り無用との意趣返しに及んだのだ。

淳三郎は引き留めを一言も口にせず、相手の仕打ちを受け入れた。

村田屋の眼鏡は江戸で一番との自負が、淳三郎にはある。

出入り無用を言い放って、困るのはあなた様のほうだと、胸の内で断じていた。

この淳三郎の応対がまた、うわさとなって旦那衆に聞こえた。

吉右衛門はやなぎに一席を設けて、長兵衛と淳三郎をもてなした。

「おまえはまこと、ひとに恵まれておるぞ」

これだけを長兵衛に言い、淳三郎の忠義を称《たた》えた。同時に純弥を大事にする長兵衛の男気をも、言葉には出さずに褒めていた。

その純弥が長兵衛に寄越《よこ》した封書である。淳三郎は押し頂くようにして読み始めた。

純弥がお茶屋を持つ決心を伝える封書だった。

「去年の大地震のあおりを受けて、大きくお座敷が減っています」

やなぎですら、地震前の半分にまで宴席が減っていた。

このままでは芸者の廃業が止められないと、純弥は現状を危惧《きぐ》していた。宴席が減ったことで、お茶を引く芸者が続出した。食べて行けなくなり、酌婦などへの転身が相次いだ。

いまも芸者の廃業・転身は続いている。

「料亭遊びとはご縁のなかった方々に、手の出せる費えで芸妓の舞い、幇間芸を楽しんでもらえるお茶屋を普請します」

本物の歌舞音曲《おんぎょく》を、職人でも楽しめるお茶屋。

酒肴《しゅこう》は安く供して、多くの客に来てもらう。

限られた金持ち相手ではない。庶民が少しだけ背伸びすれば遊びに行けるお茶屋。純弥は蓄えをすべて投じて、このお茶屋開業を目指すと決めていた。

検番の女将もやなぎの女将も、芸の道を行く純弥には賛同していた。力を貸しますと、はっきり伝えていた。

お茶屋は新大橋の東詰たもとに普請する。去年の震災をも乗り越えた二階家で、寛《かん》政《せい》時代に建てられていた。

土台も柱もしっかりしており、改修すれば純弥が思い描くお茶屋が実現する。

「このお茶屋ができますように、なにとぞお力添えをお願い申し上げます」

純弥は封書を、こう結んでいた。

その封書をあのときの長兵衛は、下足番の前で読み終えた。

「あっしもやなぎの女将から、許しをいただきやしたんで、純弥姐《ねえ》さんを手伝いやす」

大した蓄えがあるわけではないが、そっくり純弥に差し出したと明かした。

「純弥姐さんが言う通り、あの地震で大方の旦那衆はカネを遣わなくなりやした」

やなぎはいま、木場の大尽でなんとか保《も》っていると、丈助は語尾を下げた。

「金遣いが荒っぽいだけで、芸妓の芸を楽しもうという気はねえんでさ」

小判をじゃらじゃら鳴らして、閨《ねや》の相手をしろと声高に言う。そんな客がやなぎを支えていると、丈助は苦い顔を見せた。

「庶民相手の茶屋が巧《うま》く運べば、芸妓衆も幇間のあにさんたちも、いままで見せることのできなかった面々に、気軽に存分に見てもらえやす」

ひと息をおいて、丈助は大事を付け足した。

「芸の裾野を広げてみんなの新しい生きる道もできやす」

やなぎの女将も正味で純弥を後押ししていると、言葉を重ねた。

「純弥姐さんの思いがかないやすよう、なにとぞ村田屋さんのお力を貸してくだせえ」

仕事場の腰掛けから立ち上がり、丈助は身体を二つに折って頼み込んでいた。

＊

淳三郎は、封書をていねいに畳み、押し戻した。

「すぐにも奉加帳《ほうが》を作りましょう」

淳三郎の物言いに迷いはなかった。

「筆頭《ふでがしら》は旦那様が務めることと存じます」

長兵衛を見る目にも、ぶれはなかった。

「すべて、淳三郎さんに任せます」

直ちに取りかかるようにと指図して、頭取番頭との話し合いは終わった。

冬の柔らかな陽が、障子戸越しに、居室に差し込んでいる。純弥の封書と卓とが、陽を浴びて色比べを始めていた。

五

封書を受け取った当日の夕刻、長兵衛はやなぎを訪れた。玄関につながる敷石の手前で、生け垣に打ち水をくれていた丈助が出迎えた。

不意の客だったが、丈助はまるで驚かなかった。長兵衛の今夕の訪れを、下足番は確信していたらしい。

「ようこそ早々と」

丈助は長兵衛が引き連れてきた六人に目を走らせて、後を続けた。

「大勢さまでお越しくださりやした」

長兵衛の後ろには村田屋出入りの広目屋《ひろめや》（広告屋）五人と、淳三郎が従っていた。

事前に座敷を頼んでの訪れではなかった。純弥の訴えかけで、一日でも早くやなぎに顔を出したかったのだ。

広目屋は淳三郎の手配りだった。

「村田屋さんのお越しでやす」

丈助が声を張った。予約なしで、しかもまだ七ツ半（午後五時）過ぎだ。玄関には、客を迎え入れる仲居の姿はなかった。

丈助の声で、女将が真っ先に顔を出した。

「勝手に押しかけてきましたが、座敷に空きはありますか？」

淳三郎に問いかけられた女将は、相好を崩して、きっぱりとうなずいた。そのあと、長兵衛に向かって問いかけた。

「検番にお座敷をかけても、よろしゅうございますか？」

いつも通りの手配りでいいのかと、女将は確かめた。

「今夜は純弥さんと、折り入っての話し合いがあります」

できれば純弥さんひとりということで、座敷をお願いしたい。地方の姐さんたちは、話し合いが済んでからにと頼んだ。

すべてを察した女将は、丈助に目で指図した。

「へいっ」

短い返事のあと、丈助は検番へと駆け出した。純弥のお座敷を告げに、である。

女将に従っていた仲居三人が、客の履き物を整理した。下足番が検番に向かっていたからだ。

長兵衛たち七人は、女将の先導で客間に向かった。一階奥の十二畳間である。

純弥との話し合いには、周囲からの物音が響きにくいこの部屋だと判じたのだ。

「大型の卓をご用意いたしましょうか?」

広目屋の面々は、だれもが大型の画板を持参していた。話し合いには大きな卓が入り用だと読み取っていた。

「膳の支度が入り用となったときは、こちらからお願いしますので」

淳三郎の頼みを了と受け止めた女将は、仲居に卓の支度を言いつけた。分厚い座布団が用意されたのを見届けて、女将は客間を出た。

支度を調えた純弥は、暮れ六ッ(午後六時)の鐘が響いているさなかに座敷に入ってきた。

「今夕、来てくださることを待ち焦がれておりました」

初顔合わせの広目屋の前も気にせず、純弥は気持ちのこもった言葉を口にした。長兵衛のほうが戸惑ったほどに、純弥は直截《ちょくせつ》な物言いをした。

「ここに同席を頼みましたのは」

長兵衛に代わり、淳三郎が話を始めた。

「てまえどもが仕事をお願いしている、広目屋の方々です」

絵描き、文案、摺《す》りの職人たち五人が、分担を明かして名を名乗った。純弥が各人にあいさつを終えたところで、長兵衛が場を受け取った。

「純弥さんが始めようとしている、芸を楽しめるお茶屋は、とても佳《よ》き思案です」

開業初日からの盛況を成し遂げるために、事前の広目をしっかりと行うべきです……

長兵衛は広目の大事さを説いた。純弥には、考えが及ばなかった事柄だった。

「建屋の改修にばかり気がいっておりました」

長兵衛の広目の必要さの指摘に、純弥は心底の感謝を示した。

「ここからは広目屋さんにも、話に加わってもらいますが……」

淳三郎の言葉の途中で、純弥は同意のうなずきを見せた。一気に話し合いが熱を帯びた。

開業日の目処《めど》を、純弥は安政四年二月十二日、初午《はつうま》の日に定めていた。検番との長い付き合いがある易者の、確かな見立てだった。

「そういうことなら純弥さん、開店十日前の二月二日から、連日馬の着ぐるみで深川《ふかがわ》界隈と高橋周辺への広目をいたしましょう」

発案したのは文案職人だった。

庶民が少し背伸びをすれば楽しめるお茶屋を、純弥は目指していた。

初午の開業を報《しら》せるには、こどもも寄ってくる馬の着ぐるみが効果的だと、職人は力説した。

「演《だ》し物によっては、カミさん連中やこどももお茶屋に寄ってくるはずです」

開業の広目は男客に止めず、妻子にまで行き渡らせるほうがいい……この発案には、座の全員が深く賛同した。

その後も一同はやなぎの仲居がいれた焙じ茶だけで、五ツまで思案を話し合った。

長兵衛も純弥も心底の得心がいった思案で、話し合いは終了した。

長兵衛の指図で検番から差し向けられた地方四人の三味線に合わせて、純弥は広目屋の前で舞を披露した。

すっかり魅了された広目屋の五人は、純弥の舞いに目が釘付《くぎづ》けになっていた。

＊

奉加帳を起こす前に、淳三郎は出入りの大工棟梁《とうりよう》、広目屋の五人と連れ立って、純弥が改修を進めようとしている建屋を見に行った。

建屋の内には入れなかったが、外からつぶさに検分した棟梁は、感嘆の吐息を漏らした。

「改修の手入れがどうこうの前に、よくぞこんな物件を手に入れたもんでさ」

大川に面した二階家は寛政二年の新築から、七十年が間近という歳月が過ぎていた。

今日に至るまでの間に、野分は何度も吹き荒れた。

去年はあの大地震に襲いかかられた。そんな難儀を幾つも潜り抜けてきたのに、二階家は瓦一枚、剝《は》がれてはいなかった。

「この家なら柱も鴨居《かもい》も、びくともしてねえでやしょう」

どれほど内装に費えを投じたとしても、二百両もあれば充分でさと、棟梁は費えの見当を淳三郎に明かした。

「棟梁の見当に合わせて、奉加帳を回すことにしよう」

村田屋に戻るなり、棟梁が示した費えの見当を長兵衛に伝えた。

奉加帳は室町暖簾組合の各戸の内、やなぎの得意客に限って回そうと長兵衛は考えた。その回し方でいいか否か、長兵衛をやなぎに連れて行った吉右衛門に相談した。

「あんたの思案通りに進めればいいが、目標はいかほどだ、長兵衛」

親しみを込めて、吉右衛門は長兵衛と呼び捨てにした。

「二百両あれば内装の改修と、開業を知らせる広目の費えが賄えます」

もしも足りないときは、てまえが負いますと吉右衛門の前で言い切った。

その言い分を吉右衛門は了とした。両目に力を込めて長兵衛を見詰めた。

「わしは二番筆で四十両を書き記そう」

吉右衛門の物言いには重みがあった。

「筆頭のあんたとわしとで百両の奉加を示したら、二百両に届くだろう」

吉右衛門の見当に、長兵衛は深くうなずいた。まさに同じことを胸算用して、飴屋本舗を訪れていたからだ。

奉加帳を回した先は村田屋、飴屋本舗を含めて二十四軒である。じつに二百三十両が集まった。

筆頭と二番筆の拠出が、他の商家を引っ張った成果だった。

開業を翌日に控えた、安政四年二月十一日。お茶屋「権兵衛《ごんべえ》」の広間では、内祝いの宴が催された。招かれたのは奉加帳に名を連ねた二十四名。そしてやなぎと検番の両女将、芸妓衆である。

屋号の権兵衛についての由来は、純弥が明かすことになった。

「多くのお方からお力添えをいただき、明日の開業を迎えられる運びとなりました」

だれか特定の方の名を挙げるのではない。力を貸してくれた全員、名も知られておらず、この場にもお招きできなかった方々への感謝を込めて、権兵衛とした。

「名無しの権兵衛さんに感謝して、屋号としました」

純弥の口上を聞いた全員が、気持ちのこもった拍手を続けた。

権兵衛からの帰り道、吉右衛門と長兵衛は日本橋で誂えてきた屋根船に乗った。六畳の大型船で、まだコタツが用意されていた。

「結構な会でした」

船頭が用意していた燗酒《かんざけ》を、長兵衛は吉右衛門の盃《さかずき》に注いだ。そのあと、手酌で自分の盃も満たした。

盃を干した吉右衛門は、息を吐いてから長兵衛に話しかけた。

「あんた、上は来ず、を知っているか」

吉右衛門はいきなり問うてきた。急ぎ盃を干して卓に置いた長兵衛は「存じません」と答えた。

「遊郭の花魁《おいらん》が口にする、客の品定めをいう言葉の最初だ」

吉右衛門はその全部を長兵衛に聞かせた。

上は来ず。

中は朝来て昼帰る。

下は夜来て朝帰る。

下下はそのまま居続ける。

「まったく今日という今日は、豊島亭の安次郎さんに、してやられた」

吉右衛門はもう一度、吐息を漏らした。

何年かぶりに、長兵衛は安次郎の名を耳にした。しかし、してやられたとは何を意味するのか、呑み込めなかった。

「安次郎さんと、上は来ずとは、なにかかわりがあるのでしょうか？」

問われた吉右衛門は、長兵衛の目を見詰めたまま、わずかにうなずいた。

自分の不覚を恥じる思いが、そのうなずき方に顕《あらわ》れていた。

「あの二階家の持ち主は豊島亭だ」

「なんですと！」

仰天した長兵衛は、つい声を大きくした。

吉右衛門は室町の周旋屋を使い、二階家の持ち主を調べさせていた。開業早々、火事に遭うことのないようにとの気配りだったのだ。

「あの安次郎さんのことだ、純弥から使い道を聞いたあとは、破格に安い店賃《たなちん》で二階家を貸そうと決めたことだろう」

そうだったのかと、やっと長兵衛も得心がいった。去年、二階家を検分に出向いた棟梁が、びくとも揺らいでいない家屋に感心した。淳三郎から聞かされた子細を、いま船のなかで思い出した。

長兵衛を見詰めたまま、吉右衛門はさらに先へと続けた。

「わしもあんたも奉加帳を気張ったことで、このたびの費えが集まったのだと」

先を言うのがきついのか、吉右衛門は手酌で盃を満たした。その盃を一気にあおり、あとを続けた。

「胸の内では、自慢顔を拵《こしら》えていた」

あんたもそうだろうと、長兵衛に問うた。

「はい……」

返答した語尾が消え入りそうだった。

「ところが桁違《けたちが》いの手助けを純弥に示した安次郎さんは、まったくの無言を貫いた」

純弥も固く口止めされていたのは間違いない。いかに長兵衛相手でも、止められた口を開くことはできずにいたのだ。

「上は来ずは、なにごとにも通ずる至言だな、長兵衛」

繁盛の手助けをしている者こそ、その店には顔を出すのを自制するがいい。そしてまた手助けが必要となったときは、無言のまま手伝うことだ。

「正直なところ、わしは飴屋本舗のほうが稼業では格上だと、安次郎さんを下に見ていた」

吉右衛門の言い分は、長兵衛の胸に深く突き刺さった。こころの隅では、吉右衛門とまるで同じことを考えていたからだ。

下に見ていたがゆえ、豊島亭に対して六年もの無沙汰を続けていた。そのおごりを、長兵衛は猛反省した。

「明日にでも、豊島亭さんを訪ねてみます」

長兵衛が言うのを聞いて、吉右衛門の顔に朱が差した。

「善は急げだ、いまから豊島亭に向かうぞ」

吉右衛門は障子戸を開けて、船頭に行き先変更を告げた。

「がってんでさ」

船頭は櫓《ろ》の漕ぎ方を変え、舳先《へさき》を万年橋へと向け直した。

「純弥への礼を言ったあとは、存分に酌み交わすぞ、長兵衛」

ひとたび決断したあとの吉右衛門が、なんと敏捷な振舞いに及べたことか。

声にも表情にも、屋根船内での動きにも、ふんどしを締め直した男の張りが感ぜられた。

負けてはいられない長兵衛である。

「お供させていただきます」

胸を張り、弾んだ声で返答した。

二月の西陽は足が速い。はや江戸城の近くにまで沈み始めていた。

第五話　湯どうふ牡丹雪

一

安政三（一八五六）年十二月六日、七ツ半（午後五時）。

新蔵の誘いに応じた長兵衛は、王子村《おうじむら》の旅籠《はたご》「鷹ノ湯《たかのゆ》」の湯殿にいた。

この旅籠で一番の売り物は、石神井川《しゃくじいがわ》の湧き水を使う檜風呂《ひのきぶろ》である。

昨日に続きこの日も長兵衛は、日没の夕闇が忍び寄っている湯殿にいた。

客間は二階に構えられた四室だけだ。一階には旅人が夕餉《ゆうげ》と朝餉を摂《と》る十二畳大の板の間と台所、あとは風呂場だ。

檜風呂自慢の宿だけに、湯殿は二十畳大であった。こんな広い風呂を昨日、今日と長兵衛たちは占有していた。

師走《しわす》初の五十日《ごとおび》がらみで、わざわざ王子村まで出張ってくる客は皆無だった。

分厚い檜の湯船を、長兵衛は独り占めしていた。身体を檜に寄りかからせて、やわらかな湯の温《ぬく》もりを堪能《たんのう》していた。

秋の日は釣瓶《つるべ》落とし、という。

夜明けから日没までを十二等分する時の刻み方ゆえ、秋分を過ぎたあとの秋・冬は、日が短くなるのも道理だ。

七ツ半だと思っていたら、あっという間に暮れ六ツ（午後六時）の鐘撞《つ》きが始まる。湯に浸《つ》かったまま、釣瓶落としの日暮れを味わうぜいたく。

長兵衛は二日続きでこれを堪能していた。

ひとを誘っておきながら、長湯が苦手だという新蔵は、先に出て二階の客間に戻っていた。

旅籠の夕餉は今夜も六ツ半（午後七時）からだ。ロウソクもこの村の特産であるがため、旅籠の夕餉は他所《よそ》より半刻も遅かった。

高価なロウソクの明かりの下で摂る夕餉。

他の旅籠では味わえない豪勢さもまた、鷹ノ湯の売り物だった。

間もなく撞かれ始める暮れ六ツの鐘を聞いたら、湯から上がろうと長兵衛は決めていた。ひとり檜の湯船に身体を預け、肩まで浸かって湯を味わっていた。

「あれから、もうひと月近くが過ぎたのか」

存分に手足を伸ばした長兵衛は、肩の凝りを撫《な》でてから目を閉じた。

一年で一番せわしない師走。そんな十二月の五日に、長兵衛は日本橋から王子村まで遠出をしていた。

湯船のなかで目を閉じた長兵衛は、十一月のあの日のことを思い返していた。

＊

室町の大路を吹き抜ける木枯らしが、とりわけやわだった先月（十一月）十日。

小春日和を思わせる陽が降り注いでいた昼過ぎに、新蔵がぶらりと村田屋に顔を出した。

「小網町の親分がお見えです」

つないできた誠太郎は、十手持ちの来訪を嫌がっていた。商いとは無縁の話しか持ち込んで来ない新蔵を、誠太郎は疎ましく思っていたからだ。

とはいえ新蔵はあるじには格別の客である。おのれの思いを長兵衛にも新蔵にも気づかれぬよう、応対には気を遣っていた。

「お通ししなさい」

あるじの許しを得た誠太郎は、土間仕立ての仕事場に新蔵を案内した。茶が供されるなり、新蔵は口を開いた。

「室町のどちらさんもが滅法に忙しくなる十二月十日の手前で……」

新蔵にしてはめずらしく、長兵衛の気をそそるかのような物言いで話を区切った。

仕事場に置かれた大型の火鉢には、備長炭《びんちょうたん》がいけられていた。五徳には長兵衛好みの南部《なんぶ》鉄瓶が載っている。

ほどよく灰をかぶった備長炭は、火力が加減されていた。鉄瓶から出る湯気も穏やかだ。

湯を急須《きゅうす》に注ぎ入れながら、長兵衛は目で新蔵にあとの口を促していた。

「五日から七日までの二泊三日で、飛鳥山《あすかやま》の鷹ノ湯てえ旅籠に行きやしょう」

行きませんか、ではない。

行きやしょうと、強い誘いを口にした。

「藪《やぶ》から棒に遠出の誘いとは、いったいどうしたんだ、親分」

問いかけた物言いはしかし、誘いをあたまから拒んではいなかった。

二日前の八日に、料亭やなぎの下足番丈助が、純弥からの言伝《ことづて》を届けに来た。

取り急ぎの返事はしたが、今後のことをじっくり考えたいとも思っていた。

新蔵からの鷹ノ湯への遠出誘いは、機を得たもののようにも思われた。

長兵衛みずからの手で代わりを供された新蔵は、土間に置かれた椅子で背筋を張った。

「師走の五日、六日ごろなら、例年鷹ノ湯も空いていると聞きやした」

新蔵に王子村を勧めたのは、一年に三度顔を出す、越中富山《えっちゅうとやま》の薬売り、雄三《ゆうぞう》だった。

「てまえは江戸に出張りますたびに、鷹ノ湯に投宿いたしております」

湯もメシもいいし、なにより旅籠が世話をする按摩《あんま》が飛びきりにいいと、強く勧めた。

「鷹ノ湯の檜風呂でたっぷりと温もった身体には、按摩の効き工合も倍になりますで」

按摩の効きがいいの部分に、新蔵はことさら惹《ひ》かれた。

それは誘いを受けた長兵衛とて同じだった。近頃の長兵衛は、目の疲れを強く感じていた。眼鏡屋のあるじで、筆頭職人でもある身を思えば、目の疲れほぐしは最重要だった。

「飛鳥山は桜の名所だとは聞いているが、鷹ノ湯は知らない……」

思案顔の長兵衛だが、気持ちはすっかりそそられていた。

「按摩がいい旅籠なら、気持ちが動く」

長兵衛が応じると、新蔵は雄三からもらったという摺《す》り物を差し出した。

「武蔵《むさし》野台地北端の高台が飛鳥山。その台地を横切る石神井川は、さながら水墨画の渓谷を流れる大河のごとしである」

読み終えて目を上げた長兵衛に、新蔵は「鷹ノ湯」の講釈を始めた。

「八代将軍吉宗《よしむね》様は、鷹狩りの場として何度も王子村と飛鳥山に出向かれたそうでやす」

新蔵は飛鳥山由緒を記した別の摺り物を取り出して、読み上げ始めた。

「飛鳥山の由緒は、遠く平安《へいあん》の世の末期にまでさかのぼります」と。

王子周辺を領地としていた豊島《としま》氏は、紀州熊野《きしゆうくまの》から、飛鳥明神と王子権現をこの地に勧請《かんじよう》した。

八代将軍吉宗もまた、出生は紀州である。豊島氏とのえにしを感じた吉宗は、この地への桜植樹を思い立った。

「景勝に富んだ飛鳥山に、もしも桜の名所なる幸《さち》が加わったなれば」

江戸城からの苗木移植を命じたときの吉宗は、吉野山《よしのやま》の千本桜を想起していたのかもしれない。

享保《きようほう》五（一七二〇）年、手始めに江戸城吹上《ふきあげ》にて育成された桜の苗木二百七十本を、飛鳥山に移し植えた。

その後も移植は継続され、最終的には千二百七十本もの桜が、飛鳥山に植えられた。まさに千本桜を成就させたのだ。

苗木は着実に育った。

改元された元文《げんぶん》元（一七三六）年には、早くも桜は開花を始めた。改元されても、将軍は吉宗である。

「さすがは吉宗様だ」

江戸っ子は将軍に喝采《かっさい》した。

鷹狩りの場でしかなかった飛鳥山には、江戸中から物見遊山客が押し寄せ始めた。

旅籠「鷹ノ湯」開業も、元文元年である。王子村の旧家でもある旅籠だが、開業当初から当主は御上の御用拝命は辞退を続けた。

「うちは石神井川の湧き水を売り物とする、ただの旅籠でいい」

初代が遺《のこ》した旅籠としての家訓は、いまの当主も遵守していた。

「親分もぜひ一度、鷹ノ湯に浸かり、按摩に身体の疲れをほぐしてもらってくだっせ」

雄三の強い勧めを新蔵が受け入れる気になったのは、近頃とみに左腕がうまく上がらなくなっていたからだ。

「四十を過ぎればだれもが肩に痛みを覚えるものです」

新蔵を前にして、雄三はぐるぐるっと左腕を大回しした。いまの新蔵には、一番苦手な動作だった。

座したまま目を見開いた新蔵は、雄三の話に聞き入った。

「鷹ノ湯の檜風呂と、宿が呼ぶ按摩は、とりわけ肩の痛みに効きます」

越中の薬屋仲間内では「四十肩」と呼んでいると、雄三は明かした。

「四十肩を放っておいたら肩が固まって、腕がまったく上がらなくなります」

痛みがひどいときはこれが一番と言った雄三は、赤色の頓服《とんぷく》袋に「あんま膏薬《こうやく》」を五枚も加えた。

「炭火であぶった膏薬を、肩の痛い部分に貼りつけるだけです」

しっかり置き薬を売り込んでから、さらにあとを続けた。

「あんま膏薬の効き目を保《も》たせるためにも、鷹ノ湯まで出向いてくだっせ」

左腕の痛みに往生していた新蔵は、長兵衛を誘おうと決めた。長兵衛もまた、腕と肩の痛みに難儀をしていたからだ。

「冬の訪れとともに、眼鏡の玉磨きがつらくなる。肩と腕の痛みがきつい」

気の置けない新蔵を相手に、長兵衛はこれをこぼしていた。

師走はどこの商家も多忙だ。しかし正味で忙しくなるのは十日を過ぎてからだと、新蔵は承知していた。

江戸市中の商家はいずこも、師走も十日を過ぎれば節季払いへの対処に追われ始める。

手代は得意先への掛け取り（集金）と、年末の納め段取りに追われた。

「室町が正味で忙しくなる手前の三日間、飛鳥山の鷹ノ湯に行きやしょう」

新蔵は誘いの語調を強くした。

「温泉ではありやせんが、鷹ノ湯の檜風呂は、湯が柔らかで香りが飛び切りいいてえ評判らしいんでさ」

四十肩にも効きやすと、雄三からの受け売りを聞かせた。

武蔵野台地と石神井川とが行き違いになっている渓谷は、湧き水が豊かだ。

「湧き水を沸かす風呂は、腕だの肩だのの痛みには、温泉も顔負けの効き目でさ」

すでに鷹ノ湯に浸かったかのように、新蔵は身を乗り出して勧めた。

「按摩もいいてえ話でやす」

按摩もいいのひとことで、長兵衛は新蔵の熱い誘いを受け入れた。

初日の十二月五日は、七ツ（午後四時）前に着いた。さすがは風呂自慢の宿だ、旅籠は投宿客に浴衣《ゆかた》と丹前を用意していた。

浴衣に着替える前に、ふたりは一服を楽しんだ。仲居が支度した焙《ほう》じ茶も熱々だ。

「この宿は佳《よ》い」

長兵衛から満足のつぶやきが漏れた。

檜の湯船に身体を首まで浸けたふたりは、向かい合わせで存分に足を伸ばした。

「あんたの勧めは大当たりだ」

すくった湯で顔を湿しながら、長兵衛はご機嫌だった。物言いの弾み工合に、立ち上る湯気も調子を合わせて揺れた。

「あっしもこれほどまで王子村が佳き村だとは、思いやせんでした」

湯に浸かった初日は鷹ノ湯を勧めた当人が、一番喜んでいた。が、新蔵は長湯が苦手だと長兵衛に詫《わ》びた。

「先に湯から出て、部屋で煙草を吹かしておりやすから」

茶の支度もしておきやすと言い添えて、新蔵は湯殿から出て行った。

あとを追って暮れ六ツが撞かれ始めた。

初日の夕餉はシシ鍋《なべ》だった。近在の猟師が仕留めてさばいたイノシシは、両国橋のもんじやのシシ肉を超える美味《うま》さだった。

新蔵も長兵衛も素性は明かしていなかった。宿帳には「小網町新蔵。同、長兵衛」としか記してはいなかった。

旅籠の仲居も番頭も、客が口にしたこと以上の詮索《せんさく》はしなかった。

客の目利きに長《た》けている番頭である。ふたりの身なりと物腰から、上客だと判じたのだろう。

湯にもシシ鍋にも大満足した長兵衛は、上機嫌の物言いで仲居に按摩の手配りを頼んだ。

「ふたりが同時に、かかれれば嬉《うれ》しいが」

ポチ袋に小粒銀ひと粒を詰めて、長兵衛は仲居に差し出した。八十文を超える心付けに、仲居は素早い動きで応じた。

按摩宿は旅籠の五軒先だった。息を切らして駆け戻ってきた仲居は、四ツ（午後十時）からなら、ふたり同時に治療できるとの答えを持ち帰ってきた。

「それで結構だ」

長兵衛の返答を聞くなり、仲居はまた按摩宿へと駆けだしていた。

薬売りの雄三が請け合った通り、按摩の腕は見事だった。あまりの心地よさに、治療の途中で長兵衛も新蔵も深い眠りに落ちていた。

代金は旅籠のツケである。心得ている按摩たちは、ふたりを起こさずに治療を終えた。

湯治場の初日は、ふたりの大満足の熟睡で閉じられた。

＊

二日目も長兵衛は、暮れ六ツを湯に浸かって聞いていた。

今夜は湯豆腐だと、朝餉の折に仲居から聞かされていた。

「お客さん方、今夜もふたりいっぺんに、按摩をなにするだかね？」

問われた長兵衛は、昨日のひとたちをお願いしたいと即答した。

気前のいい心付けをくれた長兵衛を、仲居は気にいったらしい。朝餉の給仕をしながら、心底の笑みを長兵衛に見せていた。

食事のあと、茶を供しながら仲居は今夜の夕餉の献立を湯豆腐だと明かした。

「村の湧き水で仕上げる豆腐だもんでよう。板橋宿《いたばししゅく》からも買いに来てるだよ」

仲居が顔をほころばせると、桃色の歯茎が見えた。

「桜をここに植えなさった、将軍吉宗様も大のお気に入りだったでよ」

仲居の自慢口調を思い出した長兵衛は、存分に両手ですくった湯で顔を湿した。

豆腐の美味さを期待しているのか、湯に浸かったままの胃ノ腑《ふ》のあたりが、ぐぐっと強く鳴いていた。

二

湯豆腐の美味さは、仲居の自慢を大きく上回っていた。

「こんな豆腐は御府内でも食べたことがない」

長兵衛の褒め言葉は、番頭にも聞こえたようだ。湯豆腐の盛りどき、番頭が板の間に顔を出した。

今夜も相客はおらず、長兵衛と新蔵だけである。給仕役の仲居の脇に座した番頭は、王子村の豆腐講釈を始めた。

「この豆腐に使っている大豆は、村の畑一反歩で作っておりますで」

番頭の話の区切りで、仲居は長兵衛と新蔵に燗酒《かんざけ》の酌をした。

ふたりが盃《さかずき》を干したのを見届けて、番頭は豆腐講釈を続けた。

「畑の周囲には、ただの一本の雑木も植わっておりませんで」

一年を通じて、恵みの陽が降り注ぐ畑だ。

「ここで穫《と》れた大豆で豆腐をこさえるときは、湧き水をたっぷり注いだでかい桶《おけ》に、丸一日浸けときますだ」

番頭は両腕を使って円を作り、桶の大きさを示そうとした。

「そっただちっこい桶ではねって」

いきなり板の間に寝転んだ仲居は、お仕着せの裾《すそ》をまくり上げた。緋色《ひいろ》の蹴出《けだ》しもめくれて、両足が剝《む》き出しになった。

その二本足を丸めて組合わせて、円を描いた。仲居の股間《こかん》が丸見えになり、濃い茂みがロウソクの明かりを浴びていた。

「もういい、おかね」

番頭の尖《とが》った声で、おかねはお仕着せの裾を引いてから起き上がった。

驚き顔の長兵衛と目が合うと、おかねは歯茎を見せて笑いかけた。

「うっ、うんっ」

咳払《せきばら》いをひとつくれて、番頭は講釈の続きに戻った。

「桶から取り出した豆は、柄のついた特大の石臼《いしうす》で挽《ひ》きましてのう」

石臼の挽き方の上手下手で、豆腐の美味さが左右されると番頭は力を込めた。

その言い分には長兵衛も深く得心できた。

「まこと、この豆腐は、おろそかにはいただけません」

儀礼ではなく、心底の物言いで長兵衛は豆腐を褒めた。番頭は相好を崩して、長兵衛の褒め言葉を受け止めていた。

深い満足のうちに夕餉は終わった。部屋に戻ると、すでに床がのべられていた。

昨夜は四ツからの按摩だったが、この夜は半刻《はんとき》早い、五ツ半（午後九時）からの治療が受けられた。

肩・腕・腰を揉《も》まれた心地よさは、昨夜以上に思われた。が、湯豆腐の夕餉では昨夜のシシ鍋ほどに酒は進まなかった。

眠気に襲われることもなく、長兵衛と新蔵は仰向《あおむ》けのまま、話を交わした。按摩治療を楽な姿勢で受けられるようにと、おかねはふたりにそば殻のまくらを用意してくれていた。

「今日の豆腐の美味さは、まだ舌に残ってやすぜ」

閉じた口の内で舌を上顎《うわあご》にくっつけたまま、新蔵は溜《た》まったつばを呑《の》み込んだ。そのあとで、さらに長兵衛に語りかけた。

「器に取り分けた湯豆腐にまぶした削り節と、その上に垂らした醬油《しょうゆ》……」

天井を見上げたまま、湯豆腐の味を新蔵は牛のように反芻《はんすう》していた。按摩に左腕を強く揉まれても、気は豆腐の思い返しにあるような表情だった。

「豆腐の絶品ぶりを際立たせたのは、まさにあの鰹節《かつおぶし》とあの醬油だ」

言葉が中断した新蔵に、長兵衛のほうから話しかけた。

「醬油のおかげで、豆腐は豆の甘さまで引き立ててもらっていた」

醬油のあと、長兵衛は削り節に言い及んだ。

「表通りの鰹節屋と、肩を並べそうな美味さを供してくれるとは、さすが吉宗様がひいきになされた豆腐だけのことはある」

言ったあと、長兵衛は按摩に話しかけた。

「鰹節と醬油をどこから仕入れているのか、先生方はご存じでしょう」

ていねいな物言いで問われた按摩は、

「わしは座頭の乙《おつ》で、連れは丙《へい》です」

問われもしないのに名を明かした。村の豆腐を激賞するふたりの客に、心地よさと好感を抱いたらしい。

「醬油は野田の蔵から、鰹節は千住《せんじゅ》の問屋から仕入れた品を、横持ちさん（配送業者）が取りまとめて運んでくるそうです」

按摩宿も豆腐屋も鷹ノ湯の近所だ。始終旅籠にも豆腐屋にも出入りしている按摩は、周辺の動静に通じていた。

元来は口の堅さが求められる按摩だ。座頭の乙も丙も、まさにそうだった。

昨夜も今夜も治療のこと以外は、客に話しかけはしなかった。

新蔵と長兵衛が正味で湯豆腐のことも、鷹ノ湯のことも褒めちぎっているのを聞いて、問われたことに返答したのだろう。

「野田の醬油なら、美味くて当たりめえだ」

得心した新蔵が、座頭との話に割り込んだ。

「願わくは鰹節は千住とは言ってねえで、お江戸日本橋から仕入れてもらいてえもんだ」

ちげえやすかい？　と、長兵衛に問うた。

「今夜の鰹節は、さっきも言ったが、充分に肩を並べられる美味さだ」

長兵衛の応じ方を聞いた座頭乙は、そうだとばかりに長兵衛の左腕の持ち方を強めた。

「そう言われても、あっしは鰹節にはうるせえもんでしてね」

新蔵は長兵衛の言い分に異を唱えた。

「やっぱり室町の品には、一歩どころか五歩はかないやせんぜ」

新蔵の言い分に長兵衛は答えなかった。

「うつ伏せになってくだっせ」

座頭乙と丙が、声を揃えた。客のふたりは指図に従い、うつ伏せになった。

江戸市中から遠く離れた旅籠で、按摩治療を受けている新蔵だ。心地よさにつられたのか枕に顔を押しつけたまま、つい村田屋の屋号を口にしてしまった。

「村田屋さんが総掛かりで取り組んでいる、あの天眼鏡でやすが」

村田屋。天眼鏡。

ふたつを耳にしたとき、新蔵の腰を揉んでいた座頭丙の親指が、深いツボを押した。

新蔵から声が漏れた。が、それは痛さを嫌ったのではない。痛いながらも心地よい
「ううっ」

と訴えた、気持ちよさから出たうめき声だった。

ひと息をおいて、新蔵はあとを続けた。

「いつ御城にお届けなさるんでさ」

部屋にいる他人は、治療中の按摩ふたりだけだ。目の不自由な座頭ということで、つい気が緩んだのだろう。

新蔵の口も緩んでいた。

「まだ磨きを始めたばかりだ」

短い言葉で長兵衛は、天眼鏡話の閉じを図った。長兵衛の口調で、新蔵もおのれの口が緩んでいるのを思い知ったようだ。

「繰り返しになりやすが」

新蔵は話題を変えた。

「あんな湯豆腐を口にしたのは、大げさなことを言うようでやすが、今夜が初めてでさ」

「まさに、そのことだ」

長兵衛も調子を合わせて応じた。

「かなうことなら、あの豆腐を近所で商って欲しいものだ」

長兵衛は居所を気づかれぬように、近所とあいまいな言い方をした。

いつもは察しのいい新蔵だが、按摩治療で身体のみならず、脳味噌《のうみそ》までもがほぐされていたらしい。

「近所てえのは」

新蔵はわざわざ、突き当たりまで確かめようとした。

大事を聞き逃すまいと思ったのか、新蔵を揉む座頭丙は指の押し方を和らげた。

「室町で、ということでやすんで」

新蔵が語尾を上げて問いかけた。

「そうだ」

そば殻枕に顔を押しつけたまま、長兵衛はくぐもった声で答えた。

新蔵を揉む丙の親指が、今度は肩のツボに深く食い込んだ。

「痛え！」

新蔵が漏らした声は、ひどく尖っていた。

「強すぎましたか」

丙は詫びるでもなく、さらりと応じたあと、ツボを押す親指の力を加減した。

新蔵も長兵衛も、あとは口を閉じていた。

＊

この夜の治療も半刻で終わった。江戸市中なら町木戸、川木戸が閉じられる四ツどきだ。

日本橋大通りといえども、町木戸が閉じられたあとは、めっきりひとの行き来は減った。二百を超える商家は、どこも固く雨戸を閉じていた。

野良犬ですら遠慮気味に、通りの端を徘徊《はいかい》するのが四ツという刻限だった。

昨夜のふたりは座頭の乙と丙とに凝りをほぐされながら、深い眠りに落ちた。真夜中や未明の用足しにも起きず、夜明けまで眠りこけた。

ゆえに初日は、四ツを過ぎた王子村を知らぬままだった。

二日目の夜、四ツ過ぎ。

存分に腕・肩・腰をほぐされたふたりは、のべられた床に横にはならず、敷き布団の上に座していた。

煙草盆を枕元に引き寄せた長兵衛は、キセルを膝《ひざ》に置いた。その形のまま、家から持参した煙草入れのふたを外した。

「これができるのが、旅籠での楽しみだ」

新蔵に話しかける長兵衛は、声を弾ませていた。

村田屋の寝部屋は、内儀のおちせと寝具が並んでいた。

「せめて寝部屋でやすむときだけは、煙草の煙を遠ざけてください」

おちせの言い分を受け入れた長兵衛は、就寝前と起床後の一服は居間で済ませた。

が、敷き布団に腹這《はらば》いになったり、座したりしての一服は、格別の美味さだ。

旅籠なら寝る前も、朝の起き抜けの一服も好きに味わえた。相部屋の新蔵も煙草好きだ。気にせず、好きなときに煙草が吸えるのが嬉しくて、声が弾んでいた。

煙草入れに詰まっているのは、室町の煙草屋・谷口《たにぐち》が江戸で専売している、京の刻み煙草・東山《ひがしやま》である。

薩摩《さつま》の国、国分《こくぶ》の特産煙草が元である。その葉に伏見《ふしみ》の酒と、都の東山で伐採した香木で香りづけをした刻み煙草・東山。

これを長兵衛に勧めたのは、飴屋の吉右衛門だった。香りと伏見酒の味わいの妙に惹かれている長兵衛は、どこに出向くにも東山を持参していた。

煙草入れも谷口特製の大型だ。軽く詰めただけで、長兵衛の吸い方なら三日は保《も》った。ふたを外しただけで、香りが漂い出た。

「なんべん嗅《か》いでも、その煙草の香りのよさには、あっしもくらっとしやす」

茶の支度を進めながら、新蔵が応じた。

部屋の隅に置かれた火鉢には按摩治療の終わり頃に、おかねが熾《お》きた炭火をくべていた。五徳に載った鉄瓶には、台所でほどよく沸かした湯が入っていた。

たとえ夜中でも、茶が呑めるようにとおかねが気を配っていた。夜明けには、新しい湯の入った鉄瓶が運び入れられた。

新蔵は湯を急須に注いでいた。湧き水を使う湯なら、たとえ番茶でも美味さが違った。

長兵衛は火皿の大きな銀ギセルに、親指の腹で東山を詰めていた。好みの固さに詰め終えたあと、煙草盆の種火にキセルを押しつけ、軽く吸った。

火が移ったキセルの吸い口に、あらためて口をつけた。そして存分に吸い込んだ。

遠州行灯《あんどん》ひと張りだけの薄暗い部屋だ。強く吸われた火皿が、真っ赤に灯《とも》った。

旅籠の湯呑みは大きい。新蔵は湯呑みの底に茶托《ちゃたく》をあてて、注ぎ入れた番茶を長兵衛の枕元へと供した。

「ありがとう」

吸い終えたキセルを煙草盆に戻し、茶托ごと手に持った。熱々の分厚い湯呑みは、手に持つのが難儀だった。

番茶でも、いれたては美味だ。しかも渓谷から湧き出した水だ。

長兵衛がすすると、ずずっと音がした。

部屋の静寂が、たちまち音を吸い込んだ。

いぶかしげな顔になった長兵衛は、もう一度、今度は強めの音をたててすすった。

前と変わらず、すする音を部屋が吸い込んだ。

「なんという静けさだ」

湯呑みを手にしたまま、長兵衛は驚きの声を漏らした。

「どうかしやしたんで？」

新蔵の問いかけも、部屋が吸い込んだ。

「王子村の四ツ過ぎが、これほどに静かだったとは、いま初めて気がついた」

長兵衛の言い分が、新蔵にはうまく呑み込めないらしい。相手の顔を見詰めたまま長兵衛は、部屋に満ちた静けさがいかに深いかを説き始めた。

「真綿を壁にも足元にも敷き詰めた部屋では、話し声は響かず、たちまち吸い込まれてしまうものだ」

「そのことなら、あっしも知っておりやす」

かつて一度、新蔵は小伝馬町《こでんまちよう》の揚屋《あがりや》（武家相手の牢屋《ろうや》）の詮議部屋に入っていた。部屋全体が真綿で包まれていたがため、音はすべて真綿が吸収していた。

「王子村の四ツ過ぎは、村全体が真綿に包まれたような静けさだ」

長兵衛は口を閉じて、手を打ち合わせた。パシッと立った音を、部屋が吸い込んでいた。

「昨夜《ゆうべ》はあんたもわたしも、夜明けまで起きることなく眠りこけていた」

「まったくでさ」

一度も用足しに起きなかったことで、新蔵は熟睡を実感していた。

「闇と静けさが底なしに深いがゆえ、心地よさまで含まれていたようだ」

長兵衛がしみじみと言い終えた、まさにそのとき。

ドン、ドン、ドンッ。

旅籠の雨戸が乱暴に叩《たた》かれた。剣呑《けんのん》な音は深い静寂をも突き破り、二階の客間にまで届いた。

行灯ひと張りの薄暗さのなかで、長兵衛は新蔵に目を向けた。

さすがは小網町の親分である。剣呑な音を聞いただけで、寝間着を脱ぎ捨てていた。

三

階段をドン、ドンッと踏み鳴らして上がってきたおかねは、まるで別人のようだった。

断りも言わず、ふすまを開いた。

「起きてっかね、あんたら」

明かりのない真っ暗な部屋に、乱暴な物言いを投げ入れた。

おかねは二十匁《もんめ》の細身ロウソクに火を灯した、杉板の燭台《しょくだい》を手にしていた。

階下の雨戸が開かれた音と同時に、新蔵は行灯を消していた。火鉢の炭火にも灰をかぶせて、火の赤い光も潰《つぶ》していた。

四ツを過ぎた王子村の闇と静寂が、客間を包んでいた。

おかねは寝入りばなを叩き起こされたらしく、すっぴんだ。化粧なしの眉《まゆ》は太くて濃い。ほどいた髪は、そのまま垂らされていた。

下からロウソクに照らし出された顔は、機嫌のわるい怨霊《おんりょう》のごとくに見えた。

「うっ……」

声を詰まらせた長兵衛に、おかねは尖った目を向けた。

「おめっちを見損なっただ」

いきなり言葉のつぶてを長兵衛にぶつけたあと、続きを吐き出した。

「自身番の出助《ですけ》さんが若いもんをふたりと豆腐屋の豆助《まめすけ》さんを連れて、下で待ってるだ」

仁王立ちのまま、おかねは不機嫌な物言いを続けた。

「一緒に下りねと出助とっつぁんは、若いのを上げると凄《すご》んでるだが、どうするね」

おかねが顎を突き出しただけで、顔の凄みが増した。

階下にいる自身番の出助に若い者ふたり。そのうえ豆腐屋の豆助……

目明しの新蔵ならともかく、長兵衛にはまるで合点がいかない展開だった。

「わけが分からないが、とにかく下りることは承知した」

着替えるから廊下で待っているようにと、長兵衛は穏やかな物言いで応じた。

「部屋を出る前に、行灯を灯してくれ」

新蔵に言われたおかねは、ロウソクの火で行灯の芯《しん》に火を灯した。

「廊下で待つだが、とっとと着替えるだ」

の間へと階段を下りた。


凄《すさ》まじい敵意を込めた目で、おかねは新蔵を睨《にら》みつけていた。

事情は分からぬままだが、人前に出るのだ。長兵衛も新蔵も着衣を正し、階下の板の間へと階段を下りた。

村の深夜は凍えがきつい。長兵衛は裏地に西陣《にしじん》を使った厚手の羽織に袖《そで》を通してい
た。

新蔵は木綿の綿入れを羽織っていた。御上の御用で厳冬の夜に出張る折を考えて、
細工が施された綿入れだ。

内側には十手を収める小袋もついていた。

板の間は階段を下りた正面だ。新蔵が目をしばたたかせたほどに、板の間は明るか
った。

先に向かおうとする長兵衛のたもとを引いて、新蔵は長兵衛の足を止めさせた。

「あの明かりは顔の動きを確かめるための、自身番の奥の手でさ」

気を落ち着けてくだせえと耳打ちした。

板の間の四隅には、長い脚の燭台が据え置かれていた。それぞれ百匁の特大ロウソ
クに火が灯されている。

大型火鉢の向こうには、長兵衛より年配に見える男ふたりが座布団に座っていた。

長兵衛と新蔵が並んで板の間に入ると、若い者が咎人《とがにん》を押さえるかのように両脇を

固めた。これもまた、自身番の手順である。

若い者に囲まれて長兵衛と新蔵は、火鉢の手前まで進んだ。

白髪が目立つ出助は長兵衛には目もくれず、新蔵の綿入れを凝視していた。

豆腐屋の豆助は長兵衛の落ち着いた様子を見るなり、戸惑い顔になっていた。

若い者は長兵衛と新蔵に、座布団なしの板の間に座れと示した。

気を落ち着けて……と耳打ちしていた新蔵が、つい気色ばんだ。それを抑えて、長兵衛はまだ名も知らぬ自身番親爺《おやじ》とおぼしき男に、立ったまま話しかけた。

「わたしは日本橋室町村田屋の当主で、連れは小網町を預かる新蔵親分です」

新蔵は綿入れの小袋から十手を引き出して、右手で握りを摑《つか》んだ。

名乗りを聞いた豆助は、日焼けとは無縁の白い顔を青ざめさせた。

出助は息遣いも顔色も変えず、長兵衛を見詰め返していた。

「何用かは存じませんが、こんな夜更けに叩き起こされた挙げ句、板の間に座らされることなど、断じて承服できませんぞ」

結びの語調を強めて、出助を見据えた。

新蔵の十手握りには滑り止めの紅色糸が、きつく巻かれている。新蔵が摑んだ手からはみ出した紅色糸が、ロウソクの光を弾《はじ》き返していた。

口を開いたのは出助ではなく豆助だった。座布団から下りた豆助は正座して、立ったままの長兵衛を見上げた。

「わしは鷹ノ湯の先で豆腐屋をやっとる、豆助ですら」

いきなり態度を変えた豆助に、得心がいかないのだろう。出助は眉間《みけん》に深いしわを刻んでいた。

「今夜のことがなんだったのか、大変な思い違いをしでかしたわしから、子細を話しますで、どうか座ってくだせ」

豆助は出助に座布団の支度を頼んだ。渋々ながら出助は、若い者に言いつけた。

ひとりが台所に向かい、火の始末をしていたおかねに、座布団二枚を頼んだ。

旅籠の箱膳《はこぜん》などを仕舞う納戸から、二枚を取り出したおかねは、得心のいかない顔で長兵衛と新蔵の足元に座布団を置いた。

「どうか、座ってくだせ」

板の間に正座した豆助は、立っている長兵衛たちに座布団をあててと頼んだ。

「豆助さんも、座布団に戻ってください」

長兵衛の言葉を受けて、豆助も座布団に座した。出助には構わず、豆助は子細を話し始めた。

「去年（安政二年）の残暑が続いていたころ、縞柄《しま》を着たお店者《たなもの》風の男が、店に顔を出しましてのう」

豆助は座布団に正座して話を始めた。

＊

男は浅草の料理屋八百善《やおぜん》の追い回し（調理場の下働き）から、おたくの豆腐を勧められたと切り出した。

豆助はそのひとことで、男の言い分を信用した。まさに村の若い者が八百善の追い回しに奉公がかなっていたからだ。

豆助は若者とじかに話したことはなかった。が、八百善の高名は王子村にも聞こえていた。

豆助は店の脇に卓と腰掛けを置き、この場で豆腐を賞味させる段取りを講じていた。遠くからの来店を喜んだ豆助は、湧き水で冷やした奴《やっこ》豆腐に、庭で摘んだミョウガと紫蘇《しそ》をあしらって男に供した。

美味い！　を連発し、冷や奴二鉢を平らげて、その日は帰った。

翌日の五ツ半（午前九時）過ぎ。男は「八百善」と屋号が描かれた黒塗りの角樽《つのだる》を手に提げて豆助と向き合った。

「八百善の女将《おかみ》が、ぜひにも賞味したいと言われるものだから、また顔を出した次第です」

二度目の来店で、男は日本橋室町の眼鏡屋、村田屋の手代頭・与四郎《よしろう》と名を明かした。

「自分で言うのもなんですが、てまえはあるじに深く信頼されています」

与四郎は角樽の屋号が豆助に見える形で土間に置き、話を続けた。

「八百善さんは村田屋でも、飛び切り大事な得意先のひとつです。手前はあるじから、八百善さんを預けると申しつかりました」

ここでまた与四郎は、角樽を手に持った。

「この八百善の女将が気に入ってくれたら、こちらの豆腐の評判が一気に江戸で高まるのは、村田屋が請け合います」

角樽に五丁の豆腐を収め、それ以上の無駄話もせずに帰って行った。豆助はぜひ女将に差し上げてほしいと、代金受け取りを拒んだ。

「こんな美味い豆腐を、粗末に扱ってはいけません。これが代金です」

一丁二十文で、都合百文だ。与四郎は持参した百文緡《さし》一本を押しつけて店を出た。

やり取りを聞いていた女房と息子は、与四郎の言い分に深い感謝の思いを抱いていた。

その同じ日、豆腐を仕入れにきたおかねに、豆助は声を弾ませて顛末《てんまつ》を聞かせた。

「あの八百善の女将の口にへえるかね」

「村の誉れだがね」

おかねは歯茎を剝き出しにして大喜びした。

三日が過ぎた八月二十二日、四ツどき。与四郎はまた、あの角樽を手にして顔を出した。

「女将も美味さに舌を巻いていますが、仕入れを決めるのは八百善の板長です」

板長は馴染《なじ》みの豆腐屋に義理もあり、首を縦に振らないと与四郎は声を曇らせた。

期待して、周りの何人にも話していただけに、豆助の落胆ぶりは大きかった。そんな豆助を見ながら、与四郎は物言いを変えた。

「こちらさまから板長に、天眼鏡を貢いでくだされば、あとはてまえが話をつけます」

板長は近頃、とみに目がわるくなっている。八百善が代々集めた文献も、読めなくなったとこぼしていると、与四郎は声を潜めた。

「てまえどもの天眼鏡を添えて豆腐を差し出せば、板長もかならず仕入れを承知します」

村田屋の天眼鏡代金は、九両二分と高い。

「高値を承知で貢げば、板長も落ちます」

巧みな物言いで迫った。決め手となったのは、次のひとことだった。

「天眼鏡を貢ぎますことは、てまえどものあるじも承知しております」

もしも板長が天眼鏡を受け取りながらも仕入れを拒んだときは、九両二分は村田屋がお返ししますと、与四郎は声を張った。

ここまで言われた豆助は、まんまと与四郎の騙《かた》りに嵌《は》まった。

一丁二十文で商う家業には、九両二分は途方もない大金である。とはいえ蓄えを思えば、出せない金高ではなかった。

「与四郎さん、これを預けますだ」

豆助は小判九枚と一分金貨二枚を、端切れに包んで差し出した。

角樽に収めた豆腐五丁の代金百文は、この日もきちんと与四郎は支払った。

この振舞いで女房も跡取り息子も、佳き商いが見えてきたと喜んだ。

カネを騙り盗《と》られるなど、王子村の住人には考えも及ばないことだった。

＊

「九両二分とは、野郎、考えやがったもんだ」

新蔵のつぶやきには、出助ひとりが深くうなずいた。

四

豆助と長兵衛を順に見たあとで、新蔵は出助に頼みを口にした。

「夜更けに済まねえこってやすが、紙と矢立を用意してもらいてえんで」

「承知した」

つい今し方までの仏頂面をきれいに引っ込めていた出助は、ただちに若い者に指図した。戻ってきたときは、半紙と矢立を手にしたおかねが一緒だった。

例によって仁王立ちのおかねは、きつい目を新蔵に向けた。

「咎人の分際であれだこれだと、注文できる身かね」

手に持った紙と矢立は、渡してたまるかとばかり、両手で抱え込んでいた。

「いいだ、事情が変わったらしい」

出助の口添えでおかねは立ったまま、抱え持ったものを新蔵に差し出した。

新蔵は半紙に手早く書き入れて、長兵衛と豆助に見せた。

どうしてくりょう（九両）　さんぶ（三分）　にしゅ（二朱）。

目明しの間で言い古されてきた語句だ。

「十両盗めば死罪は、御上の定めでやす」

奉公人に大金を使い込まれた商家は、十両未満の被害を申し出ることが大半だった。被害額が十両を超えれば死罪だ。カネを使い込まれた（盗まれた）挙げ句、死罪人まで出すことを商家は嫌った。

九両三分二朱なら十両までわずか二朱だが、死罪にはならなかった。

長兵衛は大店《おおだな》の当主だ。どうして九両……のいわれは知っていたが、あえて知らぬ顔を続けた。

豆腐屋あるじの豆助には初耳だった。

「与四郎は、うちに難儀ば降りかからぬように、あんな金高に留《とど》めていただかね？」

問いかけられた新蔵は、豆助の人柄のよさに打たれて言葉を失った。

豆腐屋を思ってのことではない。

もしも捕らえられても、九両二分なら死罪を免れる……そう考えた与四郎の姑息《こそく》で身勝手な手口だと、新蔵は断じていた。

あえて言い分を正さずにいたら、豆助は持参した天眼鏡を取り出した。小型だが長兵衛には、ひと目で村田屋の品だと分かった。

「これが村田屋手代頭のあかしだと言うて、わしに預けた天眼鏡ですら」

受け取った長兵衛は、天眼鏡の縁と柄を見た。柘植《つげ》細工で、柄には村田屋の刻印がされていた。

「紛れもなく村田屋の天眼鏡で、一分二朱の品です」

長兵衛が売値を明かすと、豆助と出助から同時に吐息が漏れた。

一分二朱をゼニに直せば一貫八百文以上だ。騙りの男が見せかけのカタに預ける、まがい物ではなかった。

天眼鏡を長兵衛が本物だと断じたことで、板の間の気配が大きく変わった。

与四郎は果たして九両二分だけで、騙りを仕舞いにしようと考えていたのかとの疑問を、だれもが持ち始めていたからだろう。

角樽で持ち帰った豆腐代が都合二百文。

預けて帰った天眼鏡代が一分二朱。

これだけのカネを投じておきながら、手に入れたのは九両二分である。

「わざわざ王子村まで出張ってきながら、二分に届くカネをすでに使っていやす」

新蔵の言い分には長兵衛もうなずいた。

「この騙りには、裏があるとしか思えやせん」

板の間のだれもが新蔵がつけた見当に得心して、黙り込んでいた。若い者が火鉢に炭をくべると、バチバチッと火の粉が爆《は》ぜた。

右手で火の粉を払いながら、長兵衛が今夜はここまでにしましょうと口にした。

「村田屋の天眼鏡が騙りのタネにされたとあっては、わたしも放ってはおけません」

朝の五ツならこの話の続きのために、店を空けられますかと、長兵衛は豆助に問うた。

「村田屋さんと新蔵親分さえよければ、わしはもちろんここに出向いてきますだ」

「わしにも異存はねえだ」

出助もすっかり、物言いも振舞いも変わっていた。自身番小屋は若いふたりに預けて、鷹ノ湯まで豆助と出向いてくると告げて、新蔵に目を向けた。

「座頭乙と丙が白杖《はくじょう》ば鳴らして地べた叩き、自身番小屋ば飛び込んできたのが、思い違いの始まりだで」

出助は背筋を張り、深夜の踏み込みに至った子細を話し始めた。

「田舎の自身番だもんで、いままで殺しはもちろん、他所からの盗人《ぬすっと》も、ひとを騙《だま》す騙りもいねかったでのう」

出助は尻《しり》をずらして火鉢に寄った。少しでも新蔵との間合いを、詰めようとしたのだ。

「座頭の話を聞くなり、すわっ、豆助どんを騙りに嵌めた一味が来たと、とんだ思い込みばしでかしてしもただ」

座布団から下りた出助は、若い者ふたりを脇に座らせて、板の間に手をつき顔を伏せた。

「この白髪頭に免じて、無礼の段ば、石神井川の水に流してくだっせ」

出助がさらに深くこうべを垂れるなり、新蔵は急ぎ出助に近寄った。そして出助の肩に手をかけて、顔を上げさせた。相手の目を見詰めて、あとを続けた。

「こんなに静かで穏やかな村なら、騙りはまさに一大事でさ。今夜の出助さんたちの動きは、無理もありやせん」

新蔵の言い分の切れ目で、長兵衛は豆助の前に移った。

「明日の朝、五ツからこの板の間で、一緒に朝餉を摂りましょう」

美味い豆腐をいただきながら、善後策を話し合いましょうと申し出た。

「願ってもねえことば、言ってもらっただ」

飛び切りの豆腐を仕上げてくると、豆助は意気込んだ。

板の間の隅で成り行きを聞いていたおかねは、ふううっとため息をついた。

長兵衛と新蔵につらく当たったことを悔いた、深いため息だった。

五

十二月七日の朝餉は、豆助が店から持参した豆腐で、あの美味い湯豆腐となった。

あのあと寝ずに拵《こしら》えた豆腐だ。湯豆腐の、一番の食べ頃を分かっている豆助である。

自分では食べず、長兵衛・新蔵・出助の順に、熱い豆腐を取り分け続けた。

「食べてくれるひとの満足顔を見ているだけで、わしは満足だで」

手桶で持参した豆腐十丁をすっかり食べ尽くして、朝餉を終えた。

土鍋と七輪を片付けたあと、番茶となった。茶請けは鷹ノ湯で漬けた梅干しだ。おかねは四人に茶を供したあと、番茶がたっぷり注ぎ入れられた土瓶を用意して下がった。

最初に口を開いたのは新蔵だった。

「与四郎の足跡を追いかける手立てを、村田屋さんはお持ちだそうです」

前口上を聞いた出助と豆助の目が、長兵衛に注がれた。長兵衛は番茶をすすってから、話を始めた。

「与四郎なる男が豆助さんに預けた天眼鏡は、村田屋で二寸玉と呼ぶ品です」

一番小さな天眼鏡だが、買い求めた客のところと名前を、店が記録していた。

「お客様が玉を傷つけたり、縁や柄を破損したりしたときは、修理を請け負います」

ところと名前はそのための控えだ。天眼鏡の縁頂部に刻まれた通し番号で、顧客台帳は整理されていた。

持参した大型天眼鏡と、昨夜預かった二寸玉の両方を、長兵衛は豆助に差し出した。

「これで通し番号が確かめられます」

豆助は二寸玉の縁頂部に刻まれた番号「八三六」を確かめると、出助に回した。

「二寸玉は村田屋の人気商品で、すでに三百個以上が売れています」

与四郎が預けた二寸玉がいつ買われたのか、与四郎の住まいはどこなのかが、台帳で分かりますと、豆助に明かした。

「店に戻り次第、すぐさま台帳に基づく調べを、新蔵親分に始めてもらいます」

確かなことが分かり次第、町飛脚便で報《しら》せますと長兵衛は約束した。

「まったくもって、何から何まで、村田屋さんと親分には、えらい手数をかけますだ」

「まことにそのことだで」

豆助と出助が心底の礼を言い終えたところで、新蔵が問いを発した。

「九両二分を包んで渡したてえ端切れでやすが、いまも同じものは残ってやすかい？」

問われた豆助は、即座にうなずいた。

「女房の木綿のあわせを仕立てたときの端切れだで、まだたっぷりあるだが……」

何に入り用かと、豆助は逆に問うてきた。

「与四郎をふん捕まえたとき、もしも手元に端切れを残していたら、そいつが決め手となりやすんで」

先行きは分からないが、備えはして帰りたいと新蔵は口にした。端切れを渡すのを承知したあとで、声の調子を変えた。

「わしは田舎もんだ。豆腐作りしか能がないもんで、ひとの目利きはまるでだめだ」

そんな男ゆえ、いまも与四郎を騙りのワルだとは思えないとつぶやき、新蔵を見た。

「あの男に会えたら、どうか手荒なことばせんでくだせ」

訴えかける豆助の目を見た新蔵は、確かなうなずきで約束した。

「たとえ縄を打っても手荒にはしやせん」と。

長兵衛と新蔵は帰り道で豆腐屋に立ち寄り、豆助の女房から端切れを受け取った。

「このうえ、とうちゃんば哀しませたくはねっからね」

受け取った端切れは桜色と葉の緑色の、格子柄だった。女房は小声で新蔵に頼み込んだ。

「カネはもう、どうでもいっからね。与四郎は去年の大地震で行方知れずになってただと、もう捜さねえでくだせ」

亭主にも息子にも聞こえないように、店の外で女房は小声を続けた。

「捕まえて、まことを聞き出してもらっても、とうちゃんは余計に哀しむだけだ」

いい夢をとうちゃんに見させてくれた与四郎さんを、おらもせがれも、わるくは思っていねっから……

一家揃ってのお人好《ひとよ》しぶりに、新蔵は答える言葉が出なかった。

＊

村田屋への帰宅を急いだふたりは、駕籠《かご》と乗合船を乗り継いだ。室町に帰り着いたのは、七日の九ツ半（午後一時）だった。

すぐさま二寸玉の顧客台帳を調べた長兵衛は、八三六番があるのを確認した。

深川山本町《やまもとちょう》　喜市店《きいちだな》　与四郎

購入したのは去年七月五日。騙りで王子村まで出張る、一ヵ月少々手前だった。住所を書き写した半紙を、新蔵に手渡した。

「豆助さん一家のひとの好さがうつったのか、わたしも与四郎という男をわるくは思えない」

おのれの甘さを痛感したのだろう。苦い顔つきになった長兵衛は、とにかく深川の喜市店を調べてほしいと新蔵に頼んだ。

「がってんでさ」

顔つきを引き締めて答えた新蔵は、これから深川まで出張りやすと答えた。

新蔵ひとりが辛い目を保って、与四郎の行方を追いかけようとしていた。

六

新蔵が預かる小網町は大川の西側にある。去年十月の安政大地震以来、大川の東側に出張ることはほとんどなかった。

二度だけ東岸に渡ったのは、新大橋だ。永代橋《えいたいばし》東詰の佐賀町桟橋で下船したのは、大地震から一年以上あとの、十二月七日四ツ近くが初だった。

喜市店のある深川山本町は、大川に交わる大横川《おおよこがわ》河畔だ。あの凄まじい大地震前なら、富岡八幡宮参詣《とみおかはちまんぐうさんけい》の折に、山本町にも何度も出向いていた。

鮮魚をその場でさばいて作りにする、魚八《うおはち》という縄のれんがあったからだ。

魚八を目当てに行けばいいと、腹づもりを固めていた。

豆助はもとより、長兵衛までもが与四郎は騙りを企てたのではないと、成り行きに疑問符を打っていた。

できる目明しと称《たた》えられてきた新蔵である。騙りとはなにかが違うという勘働きもあり、手下は使わず、みずから動いていた。

永代橋の東詰に立った新蔵は、おのれの大きな目を何度もしばたたかせた。

橋のたもとから見る町の景観が、まったく違って見えたからだ。

深川の目印、仲町《なかちょう》の火の見やぐらも地震で倒れた。建て替えが仕上がったのは、つい十日前だ。

六丈の高さは同じだ。が、遠目の利く新蔵は、やぐらの色の違いを感じていた。

それも道理で、火の見やぐらの真新しい黒塗りは、上天気の冬空を背景にしていた。青空が、黒の色味を際立たせていた。

目指す山本町は火の見やぐらの南、仲町の辻《つじ》から二筋さらに南に入った町だ。新蔵は橋のたもとの岩に上がり、目を凝らした。

見えるのは建て替えが手早い、板葺《いたぶ》き屋根の長屋の連なりばかりだ。

本瓦《ほんがわら》葺きの商家は、いずこも普請は大仕事である。地震から一年以上も過ぎているというのに、棟上げすら一軒もできていなかった。

岩から下りて腰を下ろした新蔵は、しみじみ室町の復興の早さを実感していた。

埋め立て地の深川は、大地震のあと至る所で地べたから海水が噴き出していた。壊れた商家を建て直そうにも、まずは地べたの固めから始めるのだ。

深川でさっさと普請が進んだのは、長屋ばかりだと新蔵は聞いていた。与四郎の行方を追ってこの地に来てみて、聞いた話はまことだったと得心した。

三日間も着たままの綿入れの背が、冬日を浴びて喜んでいた。

＊

長屋はどこも、木戸を入ったすぐ先が差配の宿だ。木戸も長屋も、まだ杉の香りが漂っているほどに、喜市店は真新しかった。

差配を訪ねる前に、新蔵は喜市店を見て回った。もしも見咎められたら、綿入れから十手を取り出して事情を話す気でいた。

喜市店は他の多くの裏店同様の長屋だ。九尺二間（約三坪）の宿が三軒連なった棟が、井戸を真ん中にして三棟並んでいた。

井戸も路地も三棟も、造作は新しい。裏店にしては日当たりがいいのは、表通りの商家の普請が、まだ進んでいないからだ。

三棟目の南端は、大横川の土手につながる城戸《きど》脇だった。その裏木戸に手を触れようとしたとき、住人らしき女が飛び出してきた。

「あんた、そこでなにしてるのさ！」

新蔵を見る目も、ぶつけた声も尖っていた。

「ちょいと長屋の様子を見させてもらってるだけで、妙なもんじゃねえんでさ」

綿入れから十手を取り出し、穏やかな物言いで応じた。女はしかし、まだ得心がいかないらしい。新蔵との間合いを詰めた。

「ここはやぐら下の弥助《やすけ》親分の持ち場だけど、おまいさんはだれなのさ」

「小網町の新蔵でやす」

面倒を起こしたくない新蔵は、室町の眼鏡屋に頼まれて、天眼鏡の買い主を訪ねてきたとだけ話した。

「去年の夏にはここの住人だった、与四郎てえひとを訪ねてきたんでさ」

与四郎の名を口にしたら、女の顔つきが大きく変わった。

「与四郎さんのことなら、差配の喜市さんとこに行ってちょうだい」

女は先に立って、差配の宿まで連れて行くという。新蔵は逆らわず、あとに従った。

女は路地を進む間、ひとことも話しかけなかった。差配の宿に行き着くと、いきなり格子戸を開いた。

「裏木戸番のおたけだけど、差配さん、いますか？」

おたけの大声に応じて、喜市が出てきた。白髪頭で、痩身《そうしん》。上背は五尺六寸（約百七十センチ）はありそうだった。

喜市は新蔵に一瞥《いちべつ》をくれてから、おたけに目を戻した。おたけが続きを口にした。

「このひとは小網町の親分で、与四郎さんのことを聞きたいそうなのよ」

先刻のおたけ同様、喜市も与四郎と聞くなり顔つきを動かした。おたけがまだ喋《しゃべ》ろうとする口を押さえて、土間に降りてきた。

「小網町の親分さんで？」

「新蔵でやす」

綿入れに仕舞っていた十手を取り出し、喜市に見せた。

「話はなかで聞きましょう」

おたけの耳を嫌ったのだろう。喜市は新蔵を内に招き入れると格子戸を閉じた。

「ここで聞かせてもらいましょう」

新蔵は山本町を預かる目明しではない。喜市は座敷ではなく、上がり框《がまち》を示した。

新蔵は気をわるくするでもなく、向き合うなり先に話し始めた。

「去年七月には喜市店の住人だった与四郎てえ男は、いまも住んでおりやすかい？」

新蔵は前置きを省き、問い質《ただ》した。

「あの与四郎が、なにか御上の御用にかかわることでも起こしたのですかい？」

差配は答えの代わりに、問いを発した。

「御用かどうかは、当人に確かめねえことには答えられねえんでね」

いまも住んでいるかを答えてほしいと、新蔵は声の調子を強めた。

喜市は尖りを帯びた新蔵を見詰めたまま、静かな物言いで返答を始めた。

「去年の大地震で潰れた屋根の下敷きになり、与四郎は命を落としました」

人助けに飛び込んだ宿で、動けずにいた病人ともども、屋根に押し潰されていた。

「なんてえことだ……」

死んだと知って絶句した新蔵に、喜市は声の調子を変えずに話を続けていた。

十手をひけらかすでもなく、正味で与四郎のことを知りたがっていると感じたのだ。

もはや灰になった与四郎のことなら、新蔵に子細を話してもいいと考えたのだろう。

「まだ三十路《みそじ》過ぎでしかなかった与四郎は、てきやの手伝いを生業《なりわい》にしていたんだが」

どこやら江戸の外れで作る豆腐を、名の通った料理屋に卸す。この仕事が始められそうだと、与四郎は意気込んでいた。

「詳しいことは聞かされてなかったが」

思い出したことがつらいのか、喜市は言葉に詰まった。

新蔵は黙したまま、喜市が落ち着くのを待っていた。

込み上げた想いを、ふううっと息で吐き出してから、喜市は先を続けた。

「そんな矢先に、あの大地震でね」

また喜市は口を閉じた。新蔵はそんな喜市に向かって、静かにうなずいた。新蔵のうなずきで、喜市は話に戻った。

「与四郎の隣は仕事場で足を痛めた、ひとり者の左官が暮らしていた」

最初の大揺れで屋根が傾いた。左官を案じた与四郎は、助けに飛び込んだ。

その直後、さらに大きな揺れがきて、屋根が落ちた。なんとも間のわるいことに、この棟の屋根は雨漏りがひどく、瓦葺きに直そうとしていた。

大量の瓦を積んだまま、屋根が落ちた。

左官と与四郎は重たい屋根に潰された。地震が収まったあとで屋根を取り除いたが、ふたりとも息が絶えていた。

考えてもみなかった顚末を聞かされた新蔵は、黙したまま浅い息遣いを続けていた。

「そんな次第で、与四郎はもうここには住んじゃあいない」

仲町の辻を北に向かった先の閻魔堂《えんまどう》に、無縁仏でお祀《まつ》りしてあると告げた。

しばし、新蔵も喜市も黙ったままでいた。上がり框まで、女房が番茶を供しに出てきたとき、喜市が口を開いた。

「ところで親分は、与四郎にどんな用がありやしたんで?」

喜市が問うたら、女房もそのまま残った。

「いまの話に出てきやした江戸の外れの豆腐屋に、かかわりがあるんでさ」

新蔵がこれだけ明かしたら、喜市と女房が顔を見合わせた。喜市がうなずくと、女房が立ち上がった。

戻ってきたときには、周囲に乾いた土がついたままの、小さな瓶《かめ》を手にしていた。受け取った瓶を膝の前に置いた喜市は、新蔵を見詰めた。長屋差配の眼光は、目明しの新蔵にも通ずる、強い光を宿していた。

「こいつは与四郎の土間から掘り出したもので、あいつが蓄えを仕舞っていた瓶だ」

ふたに手を置いたまま、喜市はさらに目の光を強くした。

「与四郎を訪ねてきなすったのは、豆腐がらみの、カネにかかわりがありやすかい？」

喜市にここまで問われたが、新蔵は確かな返事はしなかった。その代わり、さらに問いかけた。

「差配さんがそんなことを問うのは」

新蔵は瓶を指さした。

「そのなかに、なにか気になるものでも詰まってやしたんで？」

新蔵の問いを聞いた喜市は、また女房と顔を見合わせた。新蔵に目を戻したときは、肚《はら》を括《くく》ったという顔になっていた。

「親分からは言えねえでしょうから、わしからひとつ訊《たず》ねさせてもらいたい」

「承知しやした」

新蔵が応ずると、喜市は座り直した。

「与四郎はその豆腐屋さんとやらから、カネを融通してもらってやしたんで？」

新蔵は小さくうなずいた。

「そのカネは……」

金高は言わず、瓶のふたを開いた。取り出したものは、あの端切れに包まれていた。

「この端切れに、いかほど包まれているかを聞かせてもらいたい」

喜市も女房も新蔵の顔を凝視していた。

綿入れの内から新蔵は、豆助の女房から預かってきた端切れを取り出した。上がり框に広げると、差配夫婦の目が端切れを見た。

そして息を呑んだ表情になった。

「カネは九両二分でさ」

金高を聞かされた喜市と女房は、同時に深い息を漏らした。

一年以上も背負ってきた重たい荷を、やっと下ろせると安堵《あんど》した吐息だった。

七

十二月八日、七ッ。

師走の忙しい店を頭取番頭の淳三郎に任せた長兵衛は、新蔵とともに鷹ノ湯に居た。

新蔵も配下の下っ引きふたりに、続けての留守を託していた。

この冬一番の冷え込みとなったこの日、七ツの鐘を待っていたかのように雪となった。

「今日はまだ凍えはぬるいでよう。雪はたっぷり湿った牡丹《ぼたん》雪になるだ」

降り続いたら明日は二尺（約六十一センチ）は積もると、茶の支度をするおかねは、見当を口にした。

「それは困る。明日には帰らないと」

真顔で雪を案ずる長兵衛を見て、おかねは逆に顔をほころばせた。

「水戸《みと》様のお屋敷近くの神田川船着き場まで、村から馬を出すでよう。ふたりとも、明日のけえり道の心配ば、いまからぶってねえだ」

思い違いで前回滞在の途中から、無礼な振舞いに及んだのだ。深く悔いていたおかねは、役に立つなら何でもする気でいた。

「それはありがたい」

心底の安心を得た長兵衛は、豆助一家と出助が集う暮れ六ツまでに、存分に湯に浸かろうと決めた。

「ここの湯は、冬場の一番のご馳走《ちそう》だ」

「まったくでさ」

深くうなずきあったふたりは、そのまま湯殿に向かった。

着替えの支度を進めるおかねは、かいがいしく亭主の世話をする女房のようだった。

＊

豆助、女房と息子。出助。長兵衛と新蔵。

全員で湯豆腐を味わえる大型の卓を、六人が囲んでいた。

火加減をされた七輪は、土鍋に張った昆布入りのつゆを、沸騰させずに熱していた。

湯豆腐の支度は調っていたが、その前に大事が控えている。銘々が気を張って、新蔵が話を始めるのを待っていた。

わずか半日で片をつけた今回の顚末を、新蔵から聞かせてもらえるのだ。

新蔵の膝元には、女房が手作りした布袋が置かれていた。

「それでは……」

豆助一家と出助とを見たあと、新蔵は口を開いた。

「最初に明かしておきやすが、与四郎てえ男は、去年の大地震で命を落としておりやした」

ううぅっという唸《うな》りが、卓の周りで生じた。新蔵があとを続けると、静まり返った。

「与四郎は本気で豆助さんの豆腐を、江戸で広める気でいたようでやした」

八百善が相手であったか否かは、まだ不明だと新蔵は断った。

「しかしあの男は、豆助さんから預かったカネは、大事に瓶に仕舞っておりやした」

持参した布袋から、預かっていた端切れと、九両二分が包まれたままの端切れ包みとを、新蔵は取り出した。

「カネは端切れに包んだまま、瓶に入れて宿の土間に埋めてありやした」

喜市から聞き取った与四郎のひととなりを、省かずに聞かせた。

左官を助けようとして命を落としたくだりでは、女房の目が涙で膨らんでいた。

すべてを話し終えたあと、新蔵は端切れとカネとを豆助の前に差し出した。

「あきらめていたカネが戻ったことよりも、あれは騙りではなかったことが嬉しいだ」

新蔵を見詰めて礼を言ったあと、豆助は長兵衛を見た。

「村田屋さんには一から十まで、えらい手間をかけましただ」

言ったあと、豆助は正座になった。

「わしも近頃、めっきり小さいモノが見えにくくなったでのう」

与四郎が八百善の板長に貢ぐと言っていたような天眼鏡を、誂えてもらいたいと頼んだ。

「ありがたく、引き受けさせてもらいます」

答えを聞いた豆助は、真顔になった。

「与四郎に預けておいたこのカネで、費《つい》えはまかなえますかのう？」

「春になったら、わたしがお届けにあがります」

長兵衛の返答を聞いた豆助と出助が、心底の驚き顔になったとき、おかねが燗酒を調えて、板の間に入ってきた。

「昔からうちらの村では、ひとつの言い伝えがあるだ」

おかねがここまで言うと、王子村の全員が深くうなずき、言い伝えを口にした。

「湯どうふ牡丹雪は、佳き初春をつれてくる」

声に合わせたのか、土鍋が噴き始めた。

牡丹雪のひとひらが優雅な舞いで、積もった雪に舞い落ちた。

第六話　突き止め

一

安政四（一八五七）年一月七日。

昨年末から江戸に居座っている寒波は、初春を迎えても、一向に移る気配はなかった。

二年前の大地震で町の家屋の多くが潰《つぶ》れた。が、家主が堅牢《けんろう》に建てたらしく、借家はほぼ形通りに残っていた。

地震のあと魚河岸は朝が遅くなった。干物職人の亭主・新三郎《しんざぶろう》も家業手伝いの息子源太郎《げんたろう》も、いまでは朝がのんびりだ。

朝餉《あさげ》の支度に女房えみが立ったのは、六ツ半（午前七時）に近かった。

前夜遅くに降り始めた雪は、夜が明けたあとも続いていた。厳寒ならではの粉雪だ。

炊事場の土間に降りたえみは、へっついに向かう前に炊事場の木戸を開いた。

日本橋から江戸橋までの日本橋川北岸は、魚河岸と呼ばれていた。鮮魚市場と大小の鮮魚商、それに市場や商店で働く面々が起居する仕舞屋《しもたや》、長屋が連なる河岸だ。

えみの宿もそんな一軒で、本船町《ほんふなちょう》の端に建つ店舗を兼ねた平屋だった。

杉の板戸を開くなり、積もった雪の凍えがなだれ込んできた。

ぶるるっと身体を震わせたものの、えみは雪が放つ凍えが好きだった。亡父・弥一《やいち》の思い出に通ずるからだ。

綿入れを羽織ったまま、えみはその場にしゃがんだ。そして両手で積もった粉雪をすくった。

起き抜けの身体は、まだ温《ぬく》もってはいない。指先で感じた凍えが脳天にまで響いた。

えみはしかし、この凍えを感じたかったのだ。

すくい取った雪が手の肌の温もりで、じわっと溶け始めた。冷たさを我慢して、えみは溶ける雪に見入っていた。

父親弥一の一日は、干物に使う魚の選別から始まった。雪が積もっていた真冬の朝、一度だけ弥一の仕事ぶりを見ることができた。仕事場の外は銀世界だ。

弥一はアジ一尾を手にして、外に積もった雪に魚を置いた。アジの形に雪が凹《へこ》んだ。

雪の窪《くぼ》みを見て喜ぶえみの手を取り、取り出したアジを摑《つか》ませた。

硬くなったアジのゼイゴがえみの手のひらに痛みを感じさせた。

「おとっつぁんも初めてアジに触ったときは、痛さで泣きそうになったものさ」

あの朝一度だけの思い出だ。弥一が没したあとは、積もった雪を見るたびに、あの朝に感じた手のひらの痛さと凍えとが思い出された。

雪がすっかり水になったところで、えみはゆっくりと立ち上がった。弥一との思い出をなぞり返したことで、手のひらの冷たさも忘れることができていた。

雪で冷え切った両手で、頬を挟んだ。手のひらの凍えで、しゃきっと背筋が伸びた。

杉戸を閉じたあと、へっついの前にしゃがんだ。灰をかき回し、種火を掘り出して火《ひ》熾《おこ》しを始めるのだ。ところが長い火箸《ひばし》でどれほどかき回しても、種火が出てこなかった。

外はまだ雪が続いており、空には分厚い雲がかぶさっている。朝日の届かない曇天では、炊事場はまだ夜明け前を思わせる暗さだ。

へっついの焚《た》き口に目を凝らしたが、どこにも種火は見えなかった。

もしや……

立ち上がったえみは、炊事場の反対側に進んだ。そして母・おてるの部屋につながる戸の前に立ち、右手で叩《たた》いた。

「おっかさん、開けるわよ」

戸の内には上がり框《がまち》が設けられており、三坪の土間があった。

土間に置かれた七輪の内では、燃えて灰をかぶった楢炭《ならずみ》が幾つも剝《む》き出しになっていた。土間には番傘が立てかけられており、七輪の熱を浴びて、畳んだ傘が熱を帯びていた。狭い土間の真ん中に、火が剝き出しの七輪が置きっぱなしだったのだ。

番傘だけでなく、炊事場との境の杉戸の内も熱を帯びていた。

雪を手のひらで溶かしたときの至福感が、七輪の裸火で吹き飛んだ。

「おっかさん！」

えみが尖《とが》った声で呼びかけても、閉じられたふすま内から返事はない。

「おっかさん、いるんでしょう！」

さらにきつい声を投げつけたら、しぶしぶの様子でふすまが開かれた。顔を出したおてるはえみに目を合わせていなかった。

「昨日の今日だというのに、どうしてこんなことをするの」

えみは母を見詰めたまま、右手で七輪を指した。

「この土間では七輪は使わないって、昨日も約束したばかりじゃないの」

どうして自分でした約束が守れないのと、強い口調で迫った。

「約束、約束って、朝からいったい、なんのことなのさ」

おてるは平然とした表情で問うてきた。

えみはひと息吸い込み、気を落ち着けてから口を開いた。

「こんな狭い土間で、裸火の七輪は絶対に使わないって、昨日の朝、わたしに約束したでしょう?」

おてるがしっかりと呑《の》み込めるように、ゆっくりと明瞭《めいりょう》な物言いでこれを言った。

「あら……そんなこと、言ったかしら」

相変わらず、えみを見ないままで答えた。

この物言いで、ついにえみは抑えが効かなくなった。

「いい加減にしてよ、この嘘つき!」

上がり框に立ったおてるに、怒りに燃え立つ目を向けて、あとを続けた。

「二年前の冬の朝、いまとおんなじで七輪の火でボヤを出したじゃないの」

凍えた土間に立っていながら、えみは怒りで顔が上気していた。

「あの騒ぎでおっかさんは、わたしと好助《こうすけ》が生まれた借家にいられなくなって、うちが引き取らざるを得なくなったんじゃないの」

えみが気を昂《たか》ぶらせると、おてるは立ったまま黙り込んだ。都合がわるくなったときの、おてるの常套《じょうとう》手段だった。

「ほかのわがままなら、わたしだって我慢もするけど」

えみは綿入れの袖口《そでぐち》をめくり上げた。両目の端が怒りで吊《つ》り上がっている。

その表情のまま、えみは上がり框に立った母に一歩を詰め寄った。

なにしろ狭い土間だ。えみの下駄が七輪の端にぶつかった。かぶさっていた灰が落ちて、裸火が剥き出しになった。

土間に目を落としたえみは、七輪についている針金の把手を摑んだ。そして掲げ持つと、おてるの目の前に突き出した。

暗い土間の内の、ただひとつの赤い明かりだ。炭火はおてるの顔を下から照らした。

「この火の不始末だけは、もう絶対にしないって、昨日の朝、約束したよね？」

きつい声で詰め寄られても、おてるは黙したままだ。把手が熱くなり、えみは膝元《ひざもと》に七輪を下ろした。

「おっかさんは昨日、わたしになんて約束したか、自分のその口で言ってよ」

袖口から出ている両手で、えみは母に摑みかかりそうである。そこまでされても、おてるは表情も変えずに黙っていた。

「今朝という今朝は、もうそんなだんまりでは済まされないわよ」

えみがひときわ声を張ったとき、連れ合いの新三郎が炊事場に出てきた。履き物を履くなり、狭い土間に入ってきた。

「大事な七草の日なのに、朝っぱらからなにを言い争っているんだ」

新三郎はまず、えみをたしなめた。そしておてるに目を移した。

突っ立ったまま、黙り込んでいるおてるを見て、新三郎は吐息を漏らした。

えみの足元の七輪には、楢炭が剝き出しである。新三郎の表情が尖った。

「火のついた七輪を、どうしておまえはそこに置いたままで揉《も》めているんだ」

それをどけるのが先だと、えみを強くたしなめた。えみは強い光を帯びた目を新三郎に向けた。

「わたしが置いたんじゃないわよ」

「えっ……」

新三郎の顔つきが変わった。その表情をおてるに向けた。

「おっかさん、まさかまた……」

「その、まさかなのよ」

えみは今朝のここまでの顚末《てんまつ》を、新三郎に聞かせた。

聞き終えた新三郎は、まず七輪を炊事場に出した。そのあと、えみの脇に並んで立った。

「おれにきちんと、あんたの口から聞かせてくれ」

新三郎はおてるをあんたと呼んだ。が、おてるは黙ったままである。

「もう一回訊《き》くぜ、ばあさん」

最初はえみをたしなめていた新三郎が、いまでは女房以上に怒りをあらわにしていた。

「昨日の朝、あれだけえみと大もめして、もう二度としないと約束したあんたが、本当に火熾しをした七輪を」

新三郎は狭い土間を、履いたままの下駄《げた》で力一杯に蹴《け》った。

「この土間に置いたってえのか！」

ここまで新三郎が激昂《げきこう》しても、おてるは口を開かない。

「くそばばあ！」

おてるに摑みかかろうとした新三郎を、えみが止めた。

「おっかさんに怪我でもさせたら、あなたが世間からなにを言われるか分からないから」

えみは身体ごと亭主にしがみつき、相手を落ち着かせようとした。

「もういいぜ」

落ち着いた声で応じた新三郎は、身体に廻《まわ》されていたえみの腕を引き剝《は》がした。そのあと、もう一度、おてるを見た。

「うちから火を出さねえように、えみもおれも源太郎も、気を張って暮らしているんだ」

夫婦に長男を加えた三人で、新三郎一家は一夜干し専門の干物屋を商っていた。

「昨日もえみが気づいたから、大事にいたらずに済んだてえのに、また今朝も凝りねえでおんなじ振舞いに及んだのか」

新三郎がまた間合いを詰めた。

おてるは一歩下がり、やっと口を開いた。

「北向きの部屋は寒いのに、火鉢もないじゃないか」

おてるは新三郎ではなく、娘を見ながらあとを続けた。

「お茶をいれたくて七輪に火熾しをしただけなのに、いったいどこがわるいのさ」

おてるはあごを突き出していた。

応じようとした新三郎を止めて、えみがおてるに応《こた》えた。

「ひとりでは火熾しをしない。七輪は土間に持ち込まない。裸火は部屋に置かない。この約束を全部破っておきながら、よくもそんなことが言えるわね」

大きな息を吐き出したえみは、肚《はら》を括《くく》ったという顔でおてるに告げた。

「一度目はあの大地震の前にボヤ騒ぎを起こして、追い出されたわよね」

行き場がなくて、ここに転がり込んでおきながら……

話の途中で、おてるは口を挟んできた。

「追い出されなくたって、どうせ地震でどの家もぺしゃんこになったじゃないか」

ひとたび口を開いたあとのおてるは、歯止めが効かなくなった。

「引き取ったってえらそうに言うけど、こんな家、納戸に毛が生えたようなものさ」

おてるは新三郎とえみを等分に見て、言葉のつぶてをふたりにぶつけた。

「こんな家、出て行けって言われなくたって、あたしのほうから出て行くさ」

言い切ったおてるは、ピシャリと音を立ててふすまを閉じると、部屋に引きこもった。

燃え尽きた楢炭が、七輪の内で崩れ落ちた。

二

二十二歳のおてると二十七歳の弥一が所帯を構えたのは、文政《ぶんせい》三（一八二〇）年三月だった。

ふたりが出逢《であ》ったとき、弥一は本船町の鮮魚商・魚浜《うおはま》の干物職人。おてるは弥一が通う一膳《いちぜん》飯屋の賄い女だった。

弥一の庖丁《ほうちょう》さばきの腕のよさは、魚河岸四組（本船町組・本小田原町組《ほんおだわらちょうぐみ》・本船町横組・安針町組《あんじんちょうぐみ》）のすべてに知れ渡っていた。

「弥一がさばいた魚の一夜干しは、余計な水はきれいに乾いているが、身にはしっとり感が充分に残っている」

「焼いたら、美味《うま》さの違いが分かる」

干物にする魚の、徹底した目利き。

庖丁を入れて拵《こしら》える開き。

竹を編んだ棚に載せたあと、陽の降り注ぎ方を先読みして塩を振った。

干物全体に均等に塩が行き渡るように、手首の動きをしなやかにする。

「まだまだ手首がかてえ」

弥一を仕込んだ順吉《じゅんきち》は「石の上にも三年てえが、塩振りと骨抜きは一生だ」を、一夜干し職人の信条としていた。

開きを拵えたとき、ていねいに骨抜きをした。塩振りのあと、もう一度、人差し指の腹で撫《な》でて、小骨の残りがないかを確かめた。

これらのどれを取っても、弥一の技は抜きん出ていた。

おてるが奉公している一膳飯屋・いずみやも、店の一番人気・焼き魚盆には魚浜から仕入れた弥一の一夜干しを使っていた。

弥一のさっぱりした人柄と、干物作りの腕のよさにぞっこんとなったおてるは、

「次の給金日、芝居に連れて行って」

弥一の盆に付け文を忍ばせて供した。仕事ひと筋で歩んできた弥一は、おてるの付け文にころりと参った。

誘われるまま芝居見物の帰り、これもおてるに引かれて浜町のあいまい宿に入った。

女が初めてだったわけではなかったが、二十四の秋から色里には通っていなかった。

おてるの内でしたたかに果てたのが、文政二（一八一九）年の秋だった。

「あたしを、おまいさんの女房にして」

「おれもそれを思っていたところだ」

閨《ねや》の相性がよかったのだろう。満足げな笑顔で見詰め合い、祝言の約束を交わした。

魚浜の親方は、弥一の願い出を承知した。

「あのおてるなら、客あしらいもいいし、目配りもできている」

不器用なおめえには似合いの女房だと喜び、頼まれ仲人《なこうど》も引き受けた。

祝言から三年後に長女えみを授かり、さらに三年後の文政八（一八二五）年に、長男好助を授かった。

弥一・おてるの夫婦に大きな転機が訪れたのは、元号が文政から天保《てんぽう》へと改元された、天保元（一八三〇）年の十二月中頃のことだ。

十五で魚浜に奉公を始めた弥一は、この年三十七。一夜干しひと筋の職人として、はや二十二年もの歳月が流れていた。

おてるとの祝言から十一年目で、授かった長女えみは九歳、長男好助は六歳となっていた。

真冬の朝七ツ半（午前五時）は凍《い》てついている。そんななか弥一は木綿の股引《ももひき》腹掛けに、薄手の半纏《はんてん》を羽織っただけで干物作りの魚選別を始めていた。

弥一が選び除《よ》けた魚は、この朝の板舟《いたぶね》に並べられた。大樽《おおだる》の内で魚を洗い終えたとき、親方が弥一を呼びにきた。

下拵えさなかの弥一を呼び寄せるなど、今までないことだ。

「おい、やっこ！」

手早く洗った手を前垂れで拭《ぬぐ》った弥一は、隅で片付けをしていた追い回し（下働き）の新三郎を手招きした。

今年の正月から弥一の追い回しを始めた新三郎は、まだ十二歳だ。しかし真冬の水を厭《いと》わず、未明から懸命に働いていた。

「選《よ》り分けた魚に、仕上げの水洗いをくれておけ」

「はいっ」

引き締まった声で返事をした。その声には嬉《うれ》しさを含んでいた。

弥一がこの朝初めて、仕上げの水洗いを命じたからだ。

手早く仕事を始めた新三郎の手元をしばし見定めてから、弥一は親方のもとへと向かった。

「こっちに来ねえ」

親方は長火鉢の前に呼び寄せた。弥一が座ると、親方はみずから分厚い湯呑みに茶をいれて、弥一に供した。

同じ本船町の煎茶屋《せんちゃや》、土橋屋《どばしや》の玄米茶だった。香ばしい香りが漂い出た。

弥一に勧め、すすったのを確かめてから話を始めた。

「おめえ、うちで干物屋を始めてみねえ」

親方から、いきなりこれを言われた。

「おめえも知っての通り、うちは御公儀御用達《ごようたし》の樫板《かしいた》看板をいただいている」

親方の目を見て、弥一は深くうなずいた。

魚河岸四組には五百七十一の鮮魚問屋、小売商が属していた。御公儀御用達の看板を授けられているのは、わずか五十軒のみだ。

魚浜は三十八年前から看板を掲げていた。

「おめえだから明け透けに言うが、この看板はありがた迷惑も同然でよ」

御用達商人が御城台所に納める代金は、市中相場の五分の一。飛び切りの魚を納めれば納めるほど、商いは損を被った。

「組合も御公儀と談判を繰り返してはいるが、いまの将軍様（第十一代家斉《いえなり》）は、えらく口が肥えておいでらしい」

魚の質を落としたら、たちまち御公儀からきつい咎《とが》めを受けた。さりとてお買い上げ代金は、元禄時代からの据え置き価格だった。

「このままでは魚浜が潰れかねない」

弥一を前にした親方は、ひとつの思案を口にした。

「次のお納めからは、魚浜は一夜干し組にご指名改めを願い出ることにする」

おまえの腕を見込んでのことだと、親方は弥一に信頼を示す眼差《まなざ》しを向けた。

御城御台所御用達の樫板看板は、鮮魚御用組が一番の大きさである。次に魚介組が続き、一夜干し組は三番手だった。

樫板看板が小さくなるにつれ、鮮魚を並べる「板舟」の貸し賃も下がった。

毎朝魚河岸まで仕入れに出張ってくる客の大半は、市場場内ではなく、場外の店を目当てとした。

魚浜も場外、本船町に店を構える鮮魚屋だった。店内に陳列した魚介と一夜干しが、魚浜の品だ。

あとは店の外、軒下や店先の小径《こみち》で魚介を販売した。

これらの品々は魚浜とは関係なしである。自前の店を持たない小商人が魚浜から戸板を借りて魚を並べて販売していた。

この戸板を「板舟」と呼んだ。

市場に近い本船町の魚屋で、御城納めの「鮮魚組」なら、板舟一枚の貸し賃が月に一両の高値となっていた。

一夜干し組だと、その貸し賃が三分に下がった。銭に換算すれば千二百五十文もの値下がりである。

魚浜は板舟八枚を貸しており、月に二両もの損となる勘定だ。が、親方はそれを承知で弥一が仕上げる一夜干しを納めようと、肚を括っていた。

「おまえの拵える一夜干しが、かならず魚浜の売り物となるのは間違いない」

弥一を見詰める親方の目に力がこもった。

「鮮魚と一夜干しが魚浜の二枚看板となれば、うちの身代も安泰だ」

ぜひにもと頼み込まれた弥一は、半年の猶予が欲しいと願った。

「わけを言ってみねえ」

促された弥一は正座の足裏を載せ替えて、背筋を伸ばした。丹田に力を込めるためだ。

「今年へえってきた追い回しの新三郎は、見どころがありやす。今から半年、来年の夏至まで存分に仕込んで、あっしの右腕とさせてくだせえ」

弥一がこれを言い終わると、親方は表情を曇らせた。

「新三郎はまだ十二だろう」

わずか半年で、おまえの右腕にまで育つのかと質《ただ》した。

「あっしに一夜干し作りの肝を」

弥一の両目は正面の親方を見ていながら、昔を振り返っているかに見えた。

「順吉さんがあっしに叩き込んでくれやしたのは、魚浜に奉公を始めた年の夏でやした」

まだ十五だった弥一が秘めていた、魚の目利きの眼力。順吉はそれを見抜いていた。

「十二の新三郎を仕込み、ひとかどの職人に仕上げてこそ、順吉さんと、魚浜への恩返しになりやす」

なにとぞ半年の猶予を。

両手をついて頼み込む弥一の願いを、親方は承知した。

もうひとつ、新三郎を宿に引き取りたいとの願いにも承諾を親方から得た弥一は、その日から引き取り、一緒の寝起きを始めた。

九歳だったえみは、兄ができたような弾んだ気持ちを味わっていた。

その反面、新三郎が同居を始めたことで、えみはいままで気づかなかったことを、ふたつも知ることになった。

その一は弟・好助と新三郎の違いである。

好助が生まれたとき、三つ違いの弟ができたことが、嬉しくてたまらなかった。近所では「えみの猫っかわいがり」と揶揄《やゆ》されるほどだった。

えみ八歳、好助五歳の文政十二年三月。

四ツ（午後十時）を過ぎてからジャン、ジャンと半鐘が連打された。神田から火の手が上がったのだ。

本船町からは、さほどに遠くはない。

魚河岸には町火消しとは別に、自前の魚河岸火消しがあった。弥一はお店警護で宿を飛び出し、魚浜に向かった。

「大事な跡取り息子だから、しっかりお守《も》りするんだよ」

好助をえみに任せたおてるは、本船町の女房連中の手伝いに加わり、宿にはいなかった。

駄菓子好きがこうじて、三歳どきから太めだった好助である。ジャンが鳴るなかでもあめ玉を舐《な》めながら、平気な顔をしていた。

えみがつきっきりで、好助の世話をしていたからだ。

火がきても、あたいが好助にかぶさって助けると、八歳ながらえみは覚悟を決めていた。

幸いにも火は手前で湿った。手伝いから駆け戻ったおてるは、好助を抱きしめた。

「なんともなくて、よかった、よかった」

寝ずの番をしたえみにはひとことの労《ねぎら》いも言わず、好助の無事を喜んだ。

母親に対する違和感が、新三郎と同居を始めて感じたことの、その二である。

おてるに甘く育てられた好助は、六歳になっても我がままが変わらなかった。

おてるも同様である。

好助は跡取り息子で新三郎は使用人と、明け透けに扱い方が違っていた。

十二歳の新三郎は弥一より早く、七ッ（午前四時）前には寝床を出ていた。真冬でも綿入れではなく、厚手木綿の腹掛け・股引に、半纏を羽織っただけで魚河岸にお供した。

好助は明け六ッ（午前六時）を過ぎても、まだ寝床にいた。起こし役はえみだった。ぐずぐず起きたあと向かった流し場では、おてるが湯を沸かして待っていた。

新三郎は指先が千切れるほどに凍えた水に手を突っ込み、魚の下拵えに励んでいた。

好助との余りの違いを身近で見たえみは、弟に甘いことを反省した。

新三郎にはきつく接しても、なんら痛みを感じないおてるにも、こどもながら違和感を覚えた。

とはいえ好助は可愛い弟だし、おてるはいつもそばにいる母である。

新三郎から教わることを身の内に取り込みながらも、えみは母も弟も大好きだった。

弥一には、新三郎も家族のひとりだった。

親方は弥一の言い分を聞き入れて、一夜干しのすべてを任せた。御城の評判も上々。

「魚浜さんの一夜干しは、なにを食べても御城の将軍様と同じ味が満喫できる」

市中で大きな評判となり、親方が目指した二枚看板のうちの、片方だけが江戸の隅々にまで知れ渡ることになった。

魚浜古参の奉公人たち、とりわけ番頭はこの事態を不快に感じていた。親方の嫡男岡《おか》ノ助《すけ》も同じ苛立《いらだ》ちを覚えていた。

「うちの本分は鮮魚組で、一夜干し組の評判が高まるのは迷惑千万だ」

岡ノ助が強い不満を口にする理由は、魚浜が本船町で格下に見られていたがためだ。御城からも喜ばれていたし、市中の評判も上々。しかも安値で御城に納めることもなくなり、儲《もう》けは大きく伸びていた。

その実情を知った鮮魚組の面々は、あからさまに魚浜をわるく言った。どの店もできることなら看板替えをして、鮮魚納めを辞退したがっていたのだ。

しかし魚浜とは異なり、干物作りの職人がいなかった。さりとて樫板の看板そのものを辞退し、御城納めを返上するほどの肚の括りはない。

看板の格下げで店の内証をよくした魚浜の判断を、どこも羨《うらや》んでいた。その裏返しで、魚浜を陰で悪し様に言っていたのだ。

「あんたの口で親方を諫《いさ》めたらどうだ」

同年代の若旦那《わかだんな》に、岡ノ助はきつく言われ続けていた。

しかし岡ノ助は父親にはひとことも言えずにいた。親方が弥一・新三郎の働きを、高く評価していたからだ。

天保八（一八三七）年七月。一夜干し組の商いがすこぶる順調に運んでいた夏、親方が急逝した。心ノ臓が発作で止まったのだ。

岡ノ助は弥一には一切を聞かせず、頭取番頭と葬儀の手配りをした。

弥一は魚浜の外で、手を合わせることしかできなかった。

「葬儀への参列は遠慮してもらうぞ」

頭取番頭に言われた弥一は、大恩ある親方に焼香することすらできずに葬儀が終わった。

三

暑い盛りの葬儀を終えるなり、魚浜を継いだ岡ノ助は弥一を呼び出した。

「先代から受け継いだ魚浜を、おれはもとの鮮魚組に戻すことにした」

弥一を見詰める岡ノ助の目には、憎悪する光が強く宿されていた。

過ぎた何年もの間、岡ノ助は一夜干しの隆盛に歯嚙《はが》みしていた。口惜《くや》しいが業績も評判も上々で、先代には具申すらできずにいた。

積もり積もった恨みを、先代が急逝したいま、弥一に投げつけてきた。

「あんたと新三郎の向こう一年間の給金を、五日後の月末に全額支払う」

先代は弥一に十二両、新三郎に六両という、奉公人としては破格の給金を支払っていた。

年俸十二両は、魚浜の二番番頭と同額である。いかに先代が弥一と新三郎を大事にしていたかが、給金にあらわれていた。

「今月限りで暇を出すことには、あんたも異存はないはずだ」

代替わりした親方には馴染《なじ》めないと、女房にこぼしているじゃないかと、岡ノ助は決めつけを口にした。

おてるは口が軽い。仲のいい魚浜の賄い女中にもらしたことが、岡ノ助の耳に入ったのだ。

弥一はひとことの弁解もせず、岡ノ助の決めたことに従った。

「どうでもいいことだが、あんた、これからどうするんだ？」

「一夜干しを続けます」

相手を見下したような口調にも、弥一は穏やかな物言いで応じた。

「あっしを仕込んでくれた順吉さんと、すべてを任せてくだすった魚浜先代のご恩に報いるためにも」

弥一はここで息継ぎをし、あとを続ける前に、ひと息をおいた。

肚を定めたところで、また口を開いた。

「順吉さんを師匠とあおぎながら、あっしはこれから新三郎を鍛えて、いままで以上の一夜干し作りに励みやす」

岡ノ助は弥一の目を受け止めるのが苦痛なのか、途中から目を外して天井を見ていた。

すべてを言い終えた弥一は、畳に両手をついた。きちんと礼儀を守ることが、順吉と先代への御礼だと考えてのことだ。

両手をついたまま、弥一は岡ノ助を見詰めた。

「月末までの間に、仕事場はきちんと片付けやすんで」

何日かはまだ出入りすることを認めてくだせえと頼んだ。

「好きにしてくれ。あんたらと敵同士になったわけじゃない」

岡ノ助は言葉を吐き捨てた。これで話し合いは終わった。

＊

自前の干物屋開店までに、弥一は充分な日数をかけた。が、先行きの思案を、弥一はおてるにはひとことも話さず仕舞いとした。

おてるは魚浜の賄い女中と仲が良かった。おてるに話したことは、次の日には岡ノ助の耳に入るのが分かっていたからだ。

手元には蓄えがあった。魚浜の先代は給金のほか、元日には多額のお年玉をふたりにくれていた。

「今年もまた、おまえたちの働きで御城から白封筒が戴《いただ》けるように気張ってくれ」

白封筒は品位の高い慶長小判一両が収まった御公儀からの褒美である。魚浜が一夜干しを納め始めた翌年から、毎年大晦日《おおみそか》に白封筒が下されていた。

ふたりが魚浜で稼いだ給金とお年玉は、几帳面《きちょうめん》な弥一が額面を帳面に書き込み、カネはおてるに預けていた。

突然の暇を出され、一年分の給金を受け取った日の夜。弥一は初めて自分の帳面とおてるが預かっているカネとを付き合わせた。

弥一の実入りはお年玉込みで百十一両。新三郎分が六十七両で、都合百七十八両が帳面に記されていた。

新三郎の実入りと自分の稼ぎとを、弥一は分けて記載していた。

稼ぎはひとつの瓶《かめ》に収めていても、新三郎のカネは預かり金だ。ふたりで店を始めるときには、屋号はともかく、商いの儲けは等分でいいと、弥一は考えていた。

それほどに相手を買っていたがこその、ひとつのカネ壺《つぼ》だった。

このなかから、いま暮らしている借家の店賃《たなちん》、暮らしの費《つい》えなどが遣われていた。

「手元には百十両と一分二朱だけど」

土間から掘り出した瓶のカネと弥一の帳面との間には、六十八両近くの開きがあった。

新三郎を預かってからの歳月で、暮らしに遣ったのは多めに見積もっても四十から四十五両だろうと、弥一は胸算用していた。

余りの違いに弥一は言葉が出なかった。口を開いたあと、おてるに告げた。

「この際だから、はっきり言っておくが」

めずらしく、弥一の語調は厳しかった。

「新三郎はうちの奉公人じゃない。おれの仕事の大事な右腕だ」

ひとつ屋根の下で暮らしているのも、おれがそれを頼んでいるからだ……おてるを見詰める弥一の目は、哀しげな色を宿していた。

「こんなことはしたくねえが、今後はおれがカネの出し入れをする」

暮らしのゼニがなくなる都度、おれにそう言ってくれと告げた。

「おめえも好助も、新三郎に甘えすぎだ」

目に宿した哀しみの光は、おてるへの信頼を根こそぎ失っていたからだった。

おてるも弥一の決めたことに従った。

いままでの暮らしのなかでも、弥一もおてるも、相手に対して、思うところは抱え持っていた。が、親方の信頼に応えるために、弥一は余計なことは考えずに働き詰めできた。

おてるに対して根っこから信頼できなくなったいま、弥一はためらうことなくカネ壺を女房から引き取っていた。

＊

開業する一夜干し屋の支度で、真っ先にしたこと。それは本船町の外れにあった仕舞屋借り受けの、周旋屋との掛け合いだった。

「一夜干し屋の開業は天保九年の初夏を考えています」

店の造作には半年がかかる。

「なんとか来年正月まで、あの空き家を押さえておいてもらえやせんか」

談判には新三郎を同席させた。

「あんた、ここは本船町だよ。半年先まで借り手を周旋しないと、うちが暇を出されるよ」

周旋屋が声を荒らげたところに、上背のある男がふらりと入ってきた。まだ二十七歳だった村田屋長兵衛である。

「これは村田屋さん……」

急ぎ立ち上がった周旋屋の與吉《よきち》は、揉み手をしながら長兵衛に近寄った。

「じつはこのおふたりさんが」

與吉は弥一と新三郎を指し示した。

「村田屋さんの空き家を借りたいと言いながら、来年正月まで待ってくれなどと、難儀なことを言うものですから」

つい声を荒らげた次第でしてと聞かせた。

長兵衛が顔を向けると弥一と目が合った。ひと目で年季の入った職人だと判じた長兵衛は、與吉の脇に腰掛けを用意させた。

「てまえは村田屋長兵衛と申しまして、あの家の持ち主です」

ていねいに名乗った長兵衛は、なぜ来年正月までなのかと質した。

「あっしは一夜干し職人の弥一で、連れは右腕の新三郎でやす」

長らく魚浜に奉公してきたが、先代が亡くなったことで奉公をあがることになった。

一夜干しを仕込まれた師匠と、魚浜先代へのご恩に報いるため、魚浜のそばで一夜干しを続けたいと、顚末を聞かせた。が、岡ノ助との一件には一言も触れなかった。

「分かりました。待ちましょう」

長兵衛は即決した。

「ここでお会いできたのもご縁でしょうし、てまえも先代から代替わりしたばかりです」

長兵衛は相手を称《たた》える目で弥一を見詰めた。

「あなたのように先代を慕う職人がいてくだされぱこそ、うちのような眼鏡屋も家業を続けられます」

佳《よ》き出会いができましたと、長兵衛は腰掛けから立ち上がった。

弥一と新三郎も立ち上がり、深くこうべをたれた。

借家を決めたあとは、一夜干しの魚をどこから仕入れるか、新三郎と話し合った。

「やはり魚浜さんからでしょう」

十九歳の新三郎は、きっぱりと言い切った。

「おれの想いと同じことを言ってくれたぜ」

弥一は正味で顔をゆるめた。暇を出された店だが、大恩ある魚浜である。空き家の話がまとまった翌日、弥一と新三郎は連れ立って魚浜を訪れた。

「わるいがうちは、御城の鮮魚を扱う店だ。一夜干し屋に卸せる魚はない」

岡ノ助の脇に控えた頭取番頭は、ひとことの口添えもせず仕舞いだった。

ふたりはその足で市場に向かった。そして魚浜時代に弥一が毎朝仕入れに向かっていたかつ屋を訪ねた。

「そういうことなら、任せてくだせえ」

魚浜に断られたと聞いて、かつ屋の若い者は声を弾ませた。

「弥一さんが出て行かれたあとの魚浜には、一夜干しの目利きがいねえんでさ」

来年が楽しみでやすぜと、若い者は弾んだ声でふたりを市場から送り出した。寄ってきた仲間に小声で話しかけた。

「来年の夏には、また弥一さんの一夜干しが口にできるぜ」

小声には正味の喜びが詰まっていた。

四

念入りに支度を進めたことで、段取り期日より早くに開業日を迎えられた。

屋号は「たる順《じゅん》」とした。弥一を一人前の職人に鍛え上げてくれた、順吉への感謝を込めての命名だった。

村田屋から借り受けた空き家には、店舗部分と仕込み場をたっぷり構えた。その結果、弥一一家と新三郎が暮らすには手狭になった。

「おれと新三郎は店で寝起きする。たかが二町（約二百十八メートル）の隔たりだ、おめえたちは店が開いてから手伝いにきてくれ」

弥一の言い分に従い、おてるとえみは店売りを始める六ツ半（午前七時）から夕刻七ツ（午後四時）までの通い手伝いとなった。

たる順は鮮魚店大店《おおだな》が並ぶ通りからは外れた、本船町と隣町の境目に建っていた。しかし品物のよさに満足した客は、地の利のわるさも厭わずたる順まで足を延ばした。

商い繁盛はおてると、十七になったえみの客あしらいのよさが、大きく助けていた。

父親大好きのえみである。

「たる順の一夜干しは、モノが違います」

店先に立ち寄った客の目を見詰めて、えみは干物を勧めた。

「おとっつぁんと新三郎さんが」

奥で魚さばきを続けているふたりを示してえみは口上を続けた。

「まだ月星が出ているうちから魚河岸に出向いて、目利きした魚だけを使っています」

一夜干しの美味さを、気持ちのこもった売り口上で語った。

えみの脇ではおてるが、七輪で炙《あぶ》った一夜干しをほぐし、小皿に取り分けて客に勧めた。

娘と母の絶妙な勧めで、客は味見をした。

「確かにこれは美味い」

味に驚いた客は、松葉敷きの戸板に載った一夜干しを買い求めた。

開店から数日後には、あの長兵衛が立ち寄った。弥一と新三郎は店にいなかった。仕上げた魚を載せた竹棚を川端の柳に立てかけ、天日干しの真っ最中だった。

家主だと知らぬ母娘《おやこ》は、いつもの調子で干物を勧め、味見もさせた。

「これは驚いた。さすがは、あのおふたりの仕事だ」

長兵衛が漏らしたつぶやきを、えみは聞き逃さなかった。

「お客さんは、おとっつぁんを知ってるんですか？」

「いや、そうじゃない」

長兵衛は松葉に載せられたアジを五枚手に取った。

「ひとこと話しただけです」

おてるが竹皮に包んだ干物五枚の代金を払ったあと、長兵衛は日本橋を目指して川沿いの道を歩き始めた。

「ありがとうございまあす」

えみは声を張り、客の後ろ姿を見送った。

長兵衛が開店から数日後のたる順に出向いてくれたことを、弥一も新三郎も知らず仕舞いとなった。

商いはすこぶる順調で、馴染み客も多くついた。

開業一年後の天保十（一八三九）年七月十三日、明け六ツ前。仕込み途中の弥一が、仕込み場で胸を押さえてしゃがみこんだ。

魚の仕分けをしていた新三郎は、異変にはすぐには気づかなかった。が、流し台に弥一の姿が見えず、いぶかしみながら近寄ると、弥一がうつぶせに倒れ込んでいた。

「親方っ、どうしやした！」

身体を起こし、口元に自分の顔をくっつけた。弥一は息をしていなかった。

抱え上げて自分たちが寝起きする四畳半に横にした。そして夏掛けをかぶせると、本船町の診療所へと駆け込んだ。

朝の早い魚河岸と商家が相手の診療所だ、医者も子弟もすでに起きていた。

「親方が息をしてやせん」

手短に容態を告げると、医者と弟子は直ちにたる順へと向かった。新三郎はその足でおてるに異変を告げに駆けだした。

弥一は魚浜の先代と同じで、心ノ臓の発作で息絶えてしまった。

たる順開業からわずか一年、享年四十六で弥一は黄泉《よみ》の国へと旅立った。

「おとっつぁんに、今生の別れも言えず仕舞いだなんて……」

人前で涙を見せることのなかったえみが、新三郎の前で嗚咽《おえつ》した。

新三郎はただ黙って見ていることで、えみの哀しみを受け止めていた。

五

葬儀のあと、新三郎は周旋屋に出向いた。

「あんたが来るのを待っていたんだ」

與吉は村田屋の意向を明かした。

「あんたさえ構わないなら、家主さんはこのまま使ってほしいとのことだ」

新たに店作りができるまで、時を気にせずに充分に準備をしてもらいたいというのが、村田屋の意向だった。

「ありがてえお心遣いをいただきやした」

周旋屋を出たその足で、新三郎はおてるの宿へと向かった。そして家主の意向を話した。

「ありがたいお話じゃないか」

おてるは娘と新三郎を自分の前に座らせた。

「おまえたちが好きあっているのは、あたしも承知してるからね」

年が明けたら祝言を挙げて、たる順を夫婦で続けなさいと、ふたりに告げた。

おてるが言った通り、えみと新三郎は互いに相手を好いていた。

「えみさんとたる順を続けられたら、親方へのご恩返しもできやす」

ありがてえことですと、新三郎はおてるにこうべを垂れて、佳き判断に礼を言った。

たる順の新装開業は天保十一年正月とした。初春の時季なら、一夜干しの美味さが際立つ。それまで、えみをみっちり仕込めると新三郎は判じていた。

「あたしにも考えがあるんだけど」

おてるは思案を話し始めた。

「おまえたちは、たる順が夫婦の住まいでいいんだろう？」

もちろんですと、ふたりは声を揃えた。

「あたしと好助はここに残って、一膳飯屋を始めるよ」

一膳飯屋に奉公していたおてるだが、下拵えや調理の手伝いはしなかった。

「あたし、生臭いのは苦手なひとなのよ」

恥ずかしげもなく言い放ってきたおてるだ。弥一亡きいま、生の魚を扱うたる順を手伝うなど、さらさらその気はなかった。

一膳飯屋を言い出したのは、好助を手元に残しておきたいからだ。

すでに十五にもなった好助だが、一度も奉公はしていない。しかもおてるの血を濃く引いたのか、生臭い魚の扱いなど、新三郎から教わる気もなさそうだ。

おてるのそばにいれば、働かなくても食ってはいかれる。奉公と好助とは縁が無かった。

おてるとて、先行きを深く考えたわけではない。ただ好助可愛さだけで、一膳飯屋開業を言い出していた。

「一膳飯屋に模様替えするには、ざっと三十五両が入り用なんだよ」

開業後の仕入れ代などを含めて、九十両をあたしがもらいたいと。

「あのひとが遺《のこ》した蓄えは、百九十両だからね。女房のあたしが九十両もらっても、だれにも文句は言わせないよ」

たる順のカネ壺は、おてるから遠ざけてあるはずだった。にもかかわらず、蓄えを正確に言い切った。

こわいひとだと、えみはこのとき母に対して、心底の震えを感じていた。

「親方が遺された蓄えでやすんで、あっしにとやかく言える口はありやせん」

新三郎が真顔で答えたことで、話はまとまった。

段取り通り、天保十一年正月、十九歳のえみと二十二歳の新三郎が祝言を挙げた。

そして改装が仕上がったたる順に暮らし始めた。

弥一と新三郎の蓄えを九十両も受け取りながら、おてるは一向に一膳飯屋の開業には踏み切らなかった。

「おまえたちふたりだけじゃあ、たる順の切り盛りが大変だろうからさ」

しばらくは好助ともども、たる順の様子を見ている、いざとなったら、ふたりで手伝いに入るというのが、一膳飯屋開業を見合わせている理由だと聞かされた。

「ご心配、ありがとうございます」

礼は言っても、えみは手伝いを頼まなかった。勝手な振舞いに及ぶ母の性分を、えみはいやというほど分かっていたからだ。

弟の怠け癖も承知していた。

頼まないまま二年をやり過ごしたあと、天保十三年二月に長男源太郎を授かった。さすがに乳飲み子を抱えてでは、ふたりだけでは無理だ。それを見越したかのように、おてるからまた手伝いの申し出があった。

一膳飯屋の話は、あれっきり進んでいなかった。弥一と新三郎の蓄えからもぎ取ったカネで、働かぬままの暮らしを続けている、おてると好助だ。

遣えばカネはなくなる。その先は？

こわい母と、だらしない弟だと、眉《まゆ》をひそめつつも肉親を案ずるえみだ。

乳飲み子の手がかからなくなるまでなら、手伝ってもらうのも仕方がないかと、えみは自分に言い聞かせた。

「いいじゃねえか。おっかさんも好助も、暮らしの足しになる」

新三郎の許しを得たえみは、自分のほうから母に頼んだ。

弟の好助は魚の扱いはまったくできない。

「働きぶりに陰日向《かげひなた》のある弟だけど、それでもいいですか？」

新三郎を気にしながら、えみは好助も手伝わせることにした。

えみは抱え持っていた心配が、おてると好助が手伝いに入るなり的中したと思い知った。

おてるはたる順の炊事場を我が物顔で使い始めた。

調理鍋《なべ》の置き場所、皿や茶碗《ちゃわん》の仕舞い場所を勝手に変えた。えみは皿の場所が分からず、往生した。

馴染みのしじみ売りも、別のあさり売りに取り替える始末。

「告げ口みてえでいやだが、おっかさんはどうかしてるぜ」

たる順さんには飛び切りの品を選んでいたのにと、言葉を吐き捨てたしじみ売りは、二度とたる順には近寄らなくなった。

しじみの味噌汁《みそしる》は新三郎の好物で、えみは夕餉にかならず添えていた。

おてるは好助の好きなあさりで仕立てた。

「おっかあ、うめえぜ」

好助はあるじの新三郎より先にちゃぶ台に座り、箸を付けた。文句を言わぬ新三郎の前で、おてるは好助に給仕を続けた。

えみは身を細くして新三郎を気遣った。そんなえみを逆に気遣い、新三郎は優しい物言いで女房をいたわった。

乳飲み子を負ぶったまま、えみはひたむきに一夜干し作りに励んだ。

新三郎の我慢が切れたのは翌年、天保十四年の秋口だった。

「おっかさんが売りダネに手を付けている」

源太郎が寝入ったあとで、新三郎は抑えた声でこれを言った。

秋ともなれば日は短い。早めに干物の竹棚を運び入れたとき。

おてるが売りダネの一部を、好助に握らせているところに出くわした。

おてるが手伝いに入ってからは、売りダネの勘定は任せていた。

夏場の手前から売り上げが落ちていると感じていた。が、えみには言わずにいた。

おてるをそしるような気がしたからだ。

新三郎の想いは的を射ていた。

「そいつあ今日の売りダネでやしょう」

思わず声を荒らげたが、おてるは平然とした目で見詰め返してきた。

「好助はもっと給金を払ってもらえる働きをしているからさ」

足りない分を払ってるだけだと言い放った。好助も貰《もら》って当然という顔である。

新三郎は売りダネの入ったザルをおてるから取り上げた。あとは黙ったまま、干物の竹棚を仕舞い込み続けた。

子細を聞き取ったえみは、新三郎に手をついて詫《わ》び始めた。

「おめえが心配していたのも聞かず、手伝いを頼んだおれの落ち度だ」

新三郎はなだめたが、えみは自分を許せなかったようだ。

「いまから向こうに行って、明日からはうちに出入りするなと申し渡してきます」

働き手は市場脇の千束屋《ちづかや》（奉公人周旋屋）に頼みましょうと、えみは声を大きくした。

「おめえの言い分は承知したが、暇を出す相手に、こっちから出向くことはねえ」

新三郎に言われて、えみも気を静めた。

「本当にごめんなさい」

「おれの落ち度だ、えみ」

この夜ふたりは、久しぶりに閨を共にした。

おてるも好助も、翌朝は顔を出さなかった。

「もはや、これまでだ」

仕事の合間に新三郎はみずから千束屋に出向いた。そして手伝い女中ひとりの周旋を頼んだ。これが大当たりだった。

房州木更津《ぼうしゅうきさらづ》が在所のおとよは身体が大きく、力仕事も厭わなかった。二日間の働きぶりに、えみも新三郎も大満足した。

えみ・新三郎・およの三人の歯車がうまく噛み合い、たる順は商いを伸ばした。

新三郎がおてると好助に暇を出した四年後の弘化《こうか》四（一八四七）年四月。

おてるは宿を改装し、ようやく一膳飯屋を開業した。料理はおてるが受け持ち、好助が客あしらいを受け持った。

さほど美味くもない店だったが、

「うちの娘は町の端で、一夜干しのたる順を営んでるのよ」

魚の目利きも庖丁さばきも、あたしの直伝だからと、問われもしないのに自慢した。

繁盛する店ではなく、怠け者の好助にはお誂《あつら》えの店だった。

開業から一年が過ぎ、改元された嘉永《かえい》元（一八四八）年十一月。店の客で一目惚《ぼ》れしたおれんと、好助は祝言を挙げた。

売りダネの一件を詫びもしない弟の祝言に、新三郎一家も列席した。

「祝儀・不祝儀に顔を出さねえと、弥一親方が哀しまれるぜ」

祝い膳の末席に座した親子三人に好助もおてるも、ひとことも詫びず、お開きとなった。

おれんとおてるは、始まりから仲がよくなかった。おれんが客あしらいを受け持ったことで、客は増えたが、その分諍《いさか》いが増した。

「あたしと好助の料理が美味いからさ」

「客あしらいに惹《ひ》かれたお客ばかりなのに」

好助は女房もおてるもかばうことはせず、毎日の揉め事には知らぬ顔を決め込んでいた。

「あたし、もうこんな家はいや！」

出て行くから離縁してと凄《すご》まれて、好助はやっと女房の側に立った。

嘉永四年九月中旬。

「おれたちは出て行くからよう。おれのもらい分はいただくぜ」

弥一の蓄えからもぎとった九十両は、一膳飯屋の造作などで五十両にまで減っていた。

「おっかあには店があるからよう」

おれんに尻《しり》を叩かれた好助は、三十五両をむしり取って宿から出て行った。

好助が出て行った二年後の嘉永六年六月三日に、黒船来航騒ぎが勃発《ぼっぱつ》した。

「おっかさんの様子を確かめてやってきねえ」

好助たちが出て行ったことはえみも新三郎も知っていた。江戸が大騒ぎのさなかである。ひとり暮らしを案じて、えみは一膳飯屋を訪れた。

「何しに来たのさ。なにか用かい」

木で鼻を括ったような応対をされたえみは、新三郎から託された一夜干しも渡さずに持ち帰った。

その翌年、安政元（一八五四）年十二月に好助はうどん屋を浜町で開業した。

いつか息子は戻ってくると思い込んでいたおてるは、さすがにこれで気落ちした。

年が明けた安政二年二月、火の不始末からボヤを出した。周旋屋はおてるでは埒《らち》があかぬとばかりに、たる順にねじ込んできた。

「ひとの言うことに耳も貸さない、ばあさんひとりに貸すのは、もうごめんだ」

おてるは五十七になっていた。

「おたくが引き取らなくても、こっちはもう我慢ができないからね」

三日のうちに宿を空けろと、凄《すさ》まじい剣幕で店立てを告げて帰った。

「うちで引き取るしかねえだろう」

好助があてにならぬいま、新三郎は自分たちが引き取るしか道はないと判じていた。

「ごめんなさい……」

亭主に詫びたえみの手の甲に涙が落ちた。

六

七草の雪は四ツを過ぎてもまだ降り続いていた。

「行ってきます」

「手間をかけるが、この談判ができるのはおめえしかいねえ」

新三郎と源太郎、手伝いのおとよに店を頼んだえみは、市場で客待ちしていた辻駕《つじか》籠《ご》で浜町に向かった。

訪れる先は好助とおれんが始めた、五坪土間のうどん屋だ。雪道を走る駕籠は、いつもよりはのろい。軽い揺れに身体を合わせて、えみは今朝のことを思い返した。

＊

「おっかさんも買い言葉で言ったかもしれねえが、おれにはもう無理だ」

たる順で火を出されたら、うちの一家が生きていけなくなる……新三郎が漏らした言い分に、えみは深く深くうなずいた。そうしながら、周旋屋から言われたことを思い浮かべていた。

「あんたは実の娘だ。新三郎さんが切り出せないことを、あんたから言うことだよ」

おてるを引き取らせた周旋屋だったが、いつまでもは無理だと判じていたようだ。

「預けた日から向こう十年間で、いまなら四十両だ。途中で亡くなっても四十両は返らないが、医者代、飯代も込みだ。預けるあんたも心配ないだろう」

周旋屋の話をえみは昨日の朝、初めて新三郎に聞かせた。今朝の新三郎は、周旋屋に任せようと肚を括っていた。

「どのみち好助たちが、費えの一部でも受け持つわけはねえ」

四十両は、いまのたる順には痛いと、新三郎はため息をついた。が、すぐあとで、えみに向けた目は出費を覚悟していた。

「商いを続けるには、一家が固く結び合わされているのが肝心だ」

余計な心配なしで日々を送るための費えなら、惜しくはねえぜと新三郎は言い切った。

「ありがとう、新さん」

辻駕籠が浜町に着いたところで、えみは思い返しを閉じた。

＊

「どこにおふくろを預けようが、おれたちの知ったことじゃねえ」

客がひとりもいない店で、好助はあごを突き出して吐き捨てた。おてると寸分違《たが》わぬ振舞いだった。

「好きにしてもらっても文句はねえが、うちで出せるゼニはねえぜ」

好助が言葉を吐き出し終えても、おれんは顔すら出さなかった。

「偉そうに言われなくたって、おまえなんか、あてにしてないわよ」

茶の一杯すら出されなかったうどん屋から、下駄を鳴らしてえみは外に出た。降り続く雪のなか、駕籠はえみを待っていた。

「おはやいお帰りで」

駕籠舁《か》きの前棒が垂れを開いた。履き物を脱いでえみが座したとき、好助が駕籠に近寄ってきた。

「おれんもそう言ってるが、預かり所にはうちのことは言わねえでくれ」

「言うもんですか、この薄情者！」

即座に応じたえみの声は、研ぎすました庖丁の刃の如くに尖っていた。

「邪魔だ、どきねえ」

好助を追い払った駕籠舁きは、前棒に肩を入れた。後棒の肩も入れると、雪道から駕籠の底が五寸（約十五センチ）持ち上がった。

息杖《いきづえ》が雪道に突き立てられて、走り始めた。

はあん、ほう。はあん、ほう。

駕籠舁きの威勢のいい掛け声が、雪道に立った好助にぶつかっていた。

＊

周旋屋が進めた入所段取りに、四日を要した。七草は雪だったが、鏡開きのこの日は朝から晴れ渡った。

向島《むこうじま》の預かり所まで、おてるには辻駕籠を用意した。

「還暦間近なおっかさんだ。せめて辻駕籠を誂えてやろうぜ」

新三郎の気遣いにえみは言葉を詰まらせた。しかしそれを聞いたおてるは、当たり前という顔しか示さなかった。

入所の手荷物は柳行李《やなぎごうり》ひとつが決め事だ。肩からの振り分け行李二組、都合四つの小型行李に詰めた荷物を、新三郎と源太郎が引き受けた。

鏡開きの魚河岸は、どこも五ッ半（午前九時）で店仕舞いだ。

おてるを乗せた辻駕籠、振り分け荷物を肩から下げた新三郎と源太郎、そして道中姿のえみが揃ってたる順を出た。

後に続く三人の足を考えて、駕籠舁きは駆けずに歩きで駕籠を出した。

「お気をつけて」

おとよが手を振っても、おてるは駕籠の垂れを開けようともしなかった。

そんなおてるが、駕籠舁きに止まれを命じたのは、室町の村田屋眼鏡店の前だった。

「どうしたのよ、おっかさん」

垂れの外から声をかけると、履き物を手にしたおてるが自分でめくって出てきた。

「鏡開きの、お汁粉振舞いじゃないか」

向島くんだりに、お汁粉振舞いがあるかどうか分からないだろうにと、えみにおてるは食ってかかった。

「日本橋の名残りに、一杯振る舞ってもらうから」

相変わらずの言葉のつぶてを娘に投げつけるなり、さっさと振舞いを待つ列に加わった。

「好きにさせればいいさ」

新三郎が言うと、脇に並んだ源太郎もうなずいた。道中姿のえみも仕方ないという顔で、列から離れておてるを見ていた。

村田屋の小僧に愛想良く礼を言い、おてるは振舞いの汁粉に口をつけた。

「まあ、おいしいこと」

声がよく通るのが、おてるの自慢だ。脇で賞味中の親子が、おてるに笑いかけた。

「本当に外面のいいばあちゃんだなあ」

源太郎が呆《あき》れ声を発したとき。

チリリンと鳴った鈴の音に合わせて、ひとの動きが起きた。腰に鈴をつけた瓦版売《かわらばん》りが、巧みに腰をひねらせて鈴を鳴らしたのだ。

いつもは紺色の半纏を羽織っている売り子のあにさんが、今日は派手な緋色《ひいろ》を羽織っていた。

「江戸中のおもな寺と神社が加わった、安政四年初の富くじだ」

売り子は声をひときわ張り、あとを続けた。

「一枚たったの南鐐《なんりょう》二朱銀一枚（六百二十五文）で、突き止め《ど》（一等賞）は二千両の大盤振舞いだ」

売り子は富くじの束を高く掲げ持った。

たったの南鐐二朱銀一枚とはいえ、魚河岸裏で終日日当たりのわるい長屋でも、一カ月の店賃相当額だ。

それでも大勢が派手な半纏姿の売り子を取り囲んでいた。

「富くじ突きは十五日だ。浅草寺《せんそうじ》境内で、御公儀役人が突き止めの槍《やり》を持ってえ豪華版だ」

ここに持っている五百枚で、おれの受け持ち富くじは売り切れだと言い、思いっきり腰を振った。腰についた鈴の音につられて大通りにいた群衆が売り子の前に並び直した。

汁粉を食べ終えたおてるが、息を切らさぬばかりの勢いでえみに近寄ってきた。

「あたしに一枚買ってよ」

日本橋から追い出すんだから、それぐらいしても罰は当たらないさと、この期に及んでも、罰当たりを口にした。

おてるには五両の餞別《せんべつ》も渡してあったが、新三郎と源太郎の振り分け荷物の内だ。

新三郎が静かにうなずき、えみが財布から長方形の南鐐二朱銀一枚を取り出し、おてるに渡した。

ありがとうすら言わず、おてるはひとの群れに並んだ。買い求めてきた富くじは、それをえみたちには見せようともせず、自分の紙入れに収めた。

「突き止めが当たっても向島からじゃあ、あんたらに教えようがないねえ」

えみ・新三郎・源太郎の三人に、おてるは例によってあごを突き出して言い放った。

四つ手駕籠は、七草の日に浜町までの行き帰りを乗せた駕籠である。

これがあの息子の親かよ……

大柄な駕籠舁きふたりは長柄に腕をのせて、げんなり顔でおてるを見ていた。

七

安政四年一月十六日。

この日は朝から、おてるは大騒ぎだった。

「ここの近所の、名の通った神社はどこなのよ」

夜明けを待ちかねていたかのように、おてるは当直当番に問い質した。この朝は薬剤師の小森大輔《こもりだいすけ》が当番だった。

大柄で二の腕まで太い、偉丈夫だ。しかし入所者への応対はていねいだった。十一日に入所したばかりのおてるにも、大輔はていねいな態度で接していた。

「ここから三町（約三百二十七メートル）先に、白鬚《しらひげ》神社があります」

返答を聞いたおてるは、初春の富くじを扱っていたのかと、さらに質した。

「多くのひとが初詣《はつもうで》を兼ねて、社務所で買い求めていたようです」

返答を聞いたおてるは、一番乗りで朝餉を済ませたあと、白鬚神社に向かった。

五ツ（午前八時）過ぎに帰ってきたときは、神社前で客待ちしていた辻駕籠に乗ってきた。

「急ぎ、町飛脚を呼んでちょうだい」

大輔に指図したあと、おてるは部屋に引っ込んだ。そして急ぎ認《したた》めた書状持参で、玄関に戻ってきた。が、飛脚はまだだった。

「ちゃんと呼んでくれたの？」

おてるが語尾を撥《は》ね上げて問い質したとき、町飛脚が玄関に入ってきた。おてるは大輔に礼も言わず、飛脚の前に立った。

「浜町二丁目のたらいうどんに、大急ぎでこれを届けてちょうだい」

好助がどこでなにをしているのか。当人からつなぎがなくても、おてるはしっかり承知していた。

白髪が交じり始めたおてるから、居丈高に言われたのだ。

「急ぎ便で浜町なら、南鐐二枚だぜ」

飛脚も横柄な調子で答えた。

「かれこれ五ツ半が近い見当だけど、四ツ（午前十時）には届けてもらえるかい？」

四ツまでには半刻《はんとき》（一時間）少々だ。

「行けというなら行くが、そんな無理を聞くなら、南鐐四枚だ」

飛脚の言い値通りを、おてるは支払った。

「かならず四ツには届けてちょうだい。嘘をついたって、すぐに分かるからね」

飛脚を睨《にら》みつけて南鐐二朱銀四枚を渡すさまを、大輔は吐息をもらしながら見ていた。

＊

預かり所の土圭《とけい》が九ツ半（午後一時）を打ったとき。

辻駕籠を降りた好助が仏頂面を隠そうともせず、預かり所の玄関土間に立った。

「おっかあのおてるが、厄介になってるはずだが」

応対に出た大輔は、入所者の帳面を見るまでもなく、男に名を確かめた。

「好助さん、ですか？」と。

そうだと、好助はあごを突き出して答えた。

「このまま、お待ちください」

好助を玄関に立たせたまま、大輔はおてるの部屋に向かった。すでに支度を調えて待っていたおてるは、大輔と共に玄関に出てきた。

道行きを羽織り、履き物は厚底の草履という、外出姿である。手には鹿革の袋を提げていた。

「なんだてえんで、おっかあ」

口を尖らせた好助を、おてるは玄関の外に押し出した。

久しぶりに好助と逢えたのが嬉しいらしい。弾んだ声で言い置き、おてるは内に戻った。

「ここで待ってて」


「幾日か外出するけど、心配無用だからね」

奉公人に言い置く口調で告げて、おてるは好助のもとに戻った。

「三町ほど先に白鬚神社があるから、そこまで歩こうね」

呼び出したわけは道々話すと言っても、好助は仏頂面のまま、敷地内から動こうとしなかった。

「薬屋が見てるから、とにかく出てよ」

おてるに手を引かれた好助は、渋々の足取りで敷地から出た。が、そこでまた止まった。

「この先遊んで暮らせるからてえんで、駕籠まで使って浜町から出てきたんだぜ」

わけを言わねえなら動かねえと、好助は腕組みをしておてるを睨みつけた。

おてるは好助に近寄り、潜めた声で答えた。

「富くじの突き止めが当たったたんだよ」

「なんと言ったんでえ」

好助の大声を、おてるが抑えさせた。

「突き止めって……二千両だという、あの富くじのことかよ」

おてるは大きくうなずいた。

「おっかあ、正気か？」

「この通り、あたしは正気さ」

「嘘じゃねえだろうな」

好助はまだ本気にしていなかった。

「嘘かまことかを確かめに、いまから白鬚神社に行くんだよ。ついてくるかい？」

「行かいでか」

ぐずっていた好助が先に立ち、白鬚神社に向かった。社務所の前には富くじの当たり番号が一覧で張り出されていた。

「大きな声をだすんじゃないよ」

おてるは突き止めの番号を好助に読み上げさせた。

「鶴三十二組　イチ・ナナ・ハチ・ロクだ」

好助が読み上げ終えたところで、おてるは鹿革袋から富くじを取り出した。

鶴三十二組一七八六と摺《す》られた、木版多色摺りの富くじだった。

「ひえぇっ」

好助が発した甲高い声に、境内にいた何人もが目を向けた。おてるは好助の半纏のたもとを引き、口を閉じさせた。

「いまから浅草寺さんに行くからね」

鳥居下の辻駕籠二挺《ちょう》を誂えなさいと命じた。

「がってんだ」

太めの好助が敷石の上を駆け出した。

＊

浅草寺では、おてると好助は接待所に案内された。そして庶務主事が応対に出てきた。

「いま一度、富くじを拝見いたします」

すでに事情を聞かされていた主事は、持参した天眼鏡で子細に吟味した。窓から差し込む冬日にかざし、札の透かし模様も確かめた。

なにしろ突き止め札である。吟味は入念を極めた。すべてを確かめ終えたところで、主事はおてると向き合った。

「高額の当たり札と当籤《とうせん》金との引き替えは、十九日に当寺にて行います。当日いま一度、三井両替店の富くじ掛が当籤札の吟味を行います。拙僧が拝見した限り、この札は本物と存じます」

おめでとうございますと、ここで初めて主事は祝いの言葉を口にした。

「十九日の本鑑定に先立ち、二点、ここで確かめさせていただきます」

主事が言うと、陪席の書記役が帳面を開いた。おてるの返答を書き留めるためだ。

「買われた日と、場所を教えてください」

おてるは背筋を伸ばして答え始めた。

「一月十一日の鏡開きの四ツ過ぎに、室町の村田屋眼鏡店の前です」

買ったのは瓦版売りからですと添えた。

村田屋と聞いて、主事が目元をゆるめた。

「拙僧が持つこの天眼鏡も、村田屋殿の品でしてなあ」

親しげな口調になった主事は、おてるの住まいを質した。

「浜町二丁目の、たらいうどんです」

ひらがなでたらいうどんと書くのだと、綴《つづ》りを教えた。好助が座したまま、胸を張った。

「うかがったことは十九日に、三井の掛に、もう一度言ってもらうことになります」

当籤金支払いの前に、三井の者が確かめにうかがいますが、よろしいかと主事は質した。

「構いませんとも」

おてるはすました顔で応えた。

「それでは仕舞いに、大事な注意ですが」

主事はおてるの目を見詰めて続けた。

「札には染み・汚れは厳禁です。もしも水に浸《つ》けたときは多色摺りの墨が滲《にじ》みますので、当たり札は無効となります」

十九日までは仏壇にお祀《まつ》りなさるようにと主事は注意した。

仮ながらも本物だと認められたのだ。

おてるも好助も気がはやり、主事の注意は上の空で聞いていた。

浅草寺を出たふたりは仲見世を進み、雷門《かみなりもん》に出た。

「まずは、おっかあ。うちにいこうぜ」

主事に居所を問われたおてるは、迷わずたらいうどんを告げていた。

「おれんと三人で、内祝いだぜ」

おれんと聞いて、おてるは顔を曇らせた。が、気にするような好助ではない。さっさとまた、辻駕籠二挺を誂えに向かっていた。

八

一月十六日、暮れ六ツ（午後六時）どき。

おてる・好助・おれんの三人でたる順に出向こうとなったとき、強い雨が降り始めた。

「明日にしたほうがいいぜ、おっかあ」

「いや、今日の内に面倒ごとは済ませときたいから」

おてるが強く言うと、おれんがうなずいた。

「おっかさんの言う通りにしましょう」

土間で立ち上がったおれんは、蛇の目を手に持っていた。

「船宿で、思案橋まで屋根船を頼んでくるから。おまいさん、おっかさんをお願い」

犬猿の仲だったはずのおれんが、いまではおてるにべったりとなっていた。

たる順に向かうのは、おてるは向島を出て浜町に移ると告げるためだった。

「向島に入ったのは十一日だから、今日はまだ六日目だけど、出るとなると四十両は戻らないんだよ」

「それぐれえ、どうてえことはねえ」

おれとおれんの蓄えで、姉貴に返せばいいと好助は胸を叩いた。

「おまいさん、いいこと言うじゃないか」

おれんは調子を合わせて好助を褒めた。聞いていたおてるも得心したようだ。

「だったら好助、えみにはおまえから言い聞かせておくれよ」

「任せとけって。おっかあ」

三人が顔をほころばせた。えみたち一家に、突き止めが当たったことは、ひとことも言わないでいようと、示し合わせた結果だった。

「だったらおっかあ、富くじはうちの神棚にお祀りしときねえな」

「それがいいわよ。おっかさん」

好助とおれんが口を揃えたが、おてるはきっぱりと拒んだ。

「十九日までは、あたしが肌身離さず、ここに仕舞っておくと決めたからね」

おてるは胸元を叩いた。相手の機嫌を損ねないよう、好助とおれんは口を閉じた。

＊

「好助と一緒に暮らせるなら、それが一番だと思うわ」

元来が好助いのちのようなおてるだ。それができるならと、えみは一切注文をつけなかった。

「おねえと新三郎さんが出してくれた向島の四十両は、なんとか工面して、おれとおれんで返すから」

これを聞いたえみは、声を硬くした。

「わたしにじゃなしに、うちのひとの目を見てきちんと約束してよ」

言い終わると、新三郎が引き取った。

「あのゼニをうちにけえすのは無用だ」

引き取ったおっかさんのために遣ってやってくんねえと結んだ。

「わかりやした」

好助とおれんは、カネを返さずに済むのに安堵《あんど》したかのような顔つきだった。

用が済めば長居はしたくないのだろう。湯呑みの茶を呑み干して三人は立ち上がった。

表は雨脚が強まっており、遠くで稲光も奔《はし》っていた。外に出ようとする三人を、新三郎は引き留めた。

「日本橋のたもとには船宿がある」

屋根船を誂えて、浜町まで帰ってくれと好助に頼んだ。

「船賃の足しにしてくんねえ」

南鐐二朱銀三枚を好助に握らせた。船頭の酒手も込みで、充分な額だ。

「ありがとさんで」

こんな端金《はしたがね》をと言わぬばかりの物言いで、好助は受け取った。

三人が並んで日本橋に向かう姿をえみ・新三郎・源太郎は戸口で見送った。

＊

たる順から離れた柳の根元で、好助は足を止めた。

「四十両はいらねえだの、船賃の足しにしろだのと、偉そうに何様でえ」

毒づく好助の背後彼方《かなた》の空を、稲光が奔った。雷鳴も近寄ってきていた。

「おまえたちは船宿に急いで、屋根船を誂えといてちょうだい」

「おっかあは、どうするんでえ」

問われたおてるは、柳の幹に触れた。

「河岸の柳並木に触れながら、船宿に向かうから心配ないよ」

言い出すときかないおてるだ。

いまは母のご機嫌取りが、一番大事な好助とおれんである。

「そいじゃあ。おっかさん、お先に」

ふたりが船宿に向かうのを見送ってから、おてるはたる順を振り返った。

いきなり強くなった雨音が、新調の蛇の目を叩いた。

バラバラバラッ。

おれんが浜町の雨具屋で買い求めた蛇の目は、雷雨でも雨音の響きは心地よかった。

突き止めが当たったことで、にわかにおれんは愛想がよくなった。

わざとらしいと思いつつも、好助が喜んでいるならと、おれんの変わり身を受け入れた。

たったいま出てきたたる順の家族は、欲得ずくのにわか変わり身とは無縁だった。

預かり所代金の四十両は返さなくてもいいと、新三郎が言ったとき。

おれんも好助も、あさましくも安堵した。

ふたりの気配を感じたおてるは、身の置き場がないという気にさせられた。

たる順は、まるで正反対だった。

授かった源太郎に、しっかり職人の技を叩き込んでいる新三郎とえみ。

仕事ひと筋で上手は言えぬが、我がことよりも相手を思うこころを大事にした弥一。

新三郎はそんな弥一の生き写しの気性だったと、おてるは今夜思い知らされた。

えみは新三郎の並びではなく、半歩下がった背後にいた。たる順のあるじへの敬いが、立ち姿に現れている。

娘を見たおてるは、虚を突かれた気になった。

弥一に対して自分では一度も下がって立たなかったと、顧みたからだ。

突き止めを当てて、娘を見下す気で出向いてきたおてるだった。

見事に日本橋の干物屋の女房になっている娘を見て、生まれて初めて、おてるは娘に引け目を感じていた。

無言でたる順にあたまを下げてから、おてるも歩き始めた。三本目の柳に触れようとしたとき、その柳に落雷した。

「きゃああっ」

雷雨をも打ち負かす悲鳴を発して、おてるは日本橋川に弾《はじ》き飛ばされた。先を歩いていた好助は後ろを振り返った。

落雷で裂けた柳に駆け寄ったが、おてるの姿はなかった。雷雨に叩かれる川面《かわも》は、三途《さんず》の川の如しだった。

「ここにいちゃあ面倒だ。とっとと帰ろう」

後を追ってきたおれんにこれを告げた。

「おっかさんはどうしたのさ」

言われた好助は日本橋川を指さした。

「この川に落ちたんじゃあ、助からねえ」

万に一つ助かっても、富くじはたっぷり水に濡《ぬ》れちまってると、肩を落とした。

「濡れたら、どうなのさ」

おれんの物言いが尖っていた。

「濡れたらそれで終わりだと、浅草寺の偉そうな坊主から言われた」

富くじが駄目になったと知ったおれんは、両方の目が吊り上がった。

「まったくあんたら親子は、役立たずだよ」

雷雨のなかで言葉を吐き捨てたおれんは、後ろも見ずに日本橋へと向かった。

「川に落ちたのは、おれのせいじゃねえぜ」

雷雨が叩く川面に向かい、好助は声を出した。思いっきり怒鳴りたかったが、声が出なかった。

「ちゃんと成仏して、おれを恨むなよ」

胸元で形ばかりの手を合わせると、驟雨《しゅうう》のなかを走り出した。

＊

烈しさを増した雷雨には勝てず、長兵衛と新蔵は夜釣りを打ち切り、早々に大川から引き返してきた。本船町を過ぎた辺りで、川端の柳並木の一本に落雷した。

その刹那《せつな》、悲鳴を上げて女が川に弾き飛ばされた。舳先《へさき》に乗っていた新蔵は、落ちた場所を目の当たりにしていた。

「船頭さん、こっちに寄ってくれ」

新蔵は右腕を突き出して舟を近寄らせた。しかし雷雨の空に月星はない。河岸の商家も早々と雨戸を閉じていた。

まったくの闇では川面すら見えない。夜目が利くのが自慢の新蔵は、船端に身体を寄せて目を凝らした。

舟を止めさせて、新蔵は見詰め続けた。女が落ちた場所はここだと確信していたのだ。

雨脚がさらに烈しさを増していたとき、ぼこっと音を立てて女が浮かび上がってきた。

「もうちっと、寄せてくんねえ」

舟が女に寄ると、新蔵は手を伸ばして引き寄せようとした。が、着衣が水を吸っており、新蔵ひとりの力では足りない。

中腰で近寄った長兵衛が力を添えた。なんとか船端まで引き寄せたあと、力を合わせて舟に引き上げた。

おてるは息絶えていた。

＊

おてるの検視は新蔵が段取りした。

「行きがかりだ、わたしも立ち会おう」

長兵衛の申し出に、新蔵は驚愕した。水死人の検視など目明しの新蔵でも、できれば願い下げだと思っているからだ。

いままでも長兵衛は途轍《とてつ》もないことを言い出して、その都度新蔵を驚かせてきた。

「なにか、思うところでもありやすんで？」

問いには答えず新蔵とともに、日本橋北詰の自身番小屋に入った。おてるの水死体は土間に敷かれたむしろに横たえられていた。

持ち物はなにもなかったが、帯の間には布に包んだ富くじが一枚、納まっていた。布も富くじもずぶ濡れである。

「ほとけさんも、心残りでやしょうから」

新蔵は遺体の帯に納め直した。

「ほとけと一緒に茶毘《だび》に付して、冥土《めいど》に持たせてやりやしょう」

自身番小屋の筆記具と半紙を借りた長兵衛は、再び帯から富くじを取り出した。そして札の組番号を書き留めた。

富くじはまた、おてるの帯に納められた。

冬場でも、一日に数人の溺死者《できし》が出る江戸御府内である。手順通りに舎利となったおてるは、回向院の無縁墓地に埋葬された。

日本橋川から引き揚げたご縁もあり、埋葬には長兵衛と新蔵が立ち会った。

「無縁仏だが、わたしの手で引き揚げたのだ」

埋葬の費えは長兵衛が受け持った。

こんな形で、おのれの生涯に突き止めの槍を打ち込むことになるなど、おてるは考えもしなかったに違いない。

突き止め二千両の支払日のことだった。

第七話　おてるの灯明台

一

安政四（一八五七）年一月十九日、四ッ（午前十時）。広い浅草寺境内は、五ッ（午前八時）過ぎから多数の見物人で埋まっていた。

三日前の十六日に、御府内百八の寺社に富くじ当たり番号が掲示された。今日が当《とう》籤《せん》金支払日なのだ。

当たり札を持参している者は、人目につかぬよう浅草寺が鐘楼から離れた場所に留めていた。

吟味と支払いの番になれば、浅草寺の小僧が吟味場所まで案内する手順だ。

鐘楼近くの人だかりは、運のいい当籤人を遠くから見ようとする野次馬の群れだった。

「突き止《ど》めとは言わねえ。せめて三番富みの手を握らせてもらいてえ」

「おれは五番富みでもいいや」

勝手なことを言い交わす野次馬の数は、時が過ぎても一向に減る気配はなかった。

当籤札の吟味と支払いが行われるのは、鐘楼から三十間《けん》（約五十四メートル）離れた、庶務役建屋だ。

当籤者の一番乗りは、昨夜の四ツ（午後十時）前に出向いてきていた。暖かくなりつつあるとはいえ、まだ一月中旬である。

庶務主事の指図で、その男は当籤人待合室に迎え入れられた。そして薄い寝具まであてがわれた。

男の当たり番号は浅草寺で吟味する最下位、十五番富み・二十両の当籤者だった。

突き止め二千両には遠いが、南鐐《なんりょう》二朱銀で買った札で二十両を引き当てたのだ。前夜のうちから出向いてくるのも無理はなかった。

突き止めから十五番まで、富くじの勧進元《かんじんもと》浅草寺で支払うのは十五人である。

十六番富みは各組共通の下三桁《けた》が三八四で、富くじの売値と同額の南鐐二朱銀だ。この当たり札の換金は、町場の売り子に委《ゆだ》ねられていた。

当たり札の吟味開始は、四ツからだ。当日の待合室には五ツ過ぎから十四人が集合していた。

何番富みが当たったのかは、集まっただれも明かさない。前夜からの夜明かしを含めて、十四人全員が固く口を閉ざしていた。

庶務役建屋に呼び込まれるのは、待合室に顔を出した順である。

四ツの鐘が撞《つ》かれ終わるなり、小僧三人が待合室に顔を出した。

「ただいまから富くじ当籤吟味と、当籤金の支払いを始めます」

年長の小僧が口上を述べた。まだ声変わりしておらず甲高い声だが、十四人は一言も聞き漏らすまいと小僧を見詰めた。

「それでは待合札一番の方」

小僧の声が終わる前に、一夜を過ごした男が立ち上がった。

「建屋まで案内します」

男の前に立ったのは、一番小柄な小僧だった。待合室から庶務役建屋までは、外に出ることになる。小僧が先導し、待合札一番の男が外に出た。

「いいぞう、あにさん」

「こっち向いて、手を振ってくんねえ」

野次馬から声が飛んできた。男は束《つか》の間《ま》、足を止めて身体を硬くした。が、手を振ることはせず、先導役について建屋に向かった。建屋座敷では庶務主事と書記役が文《ふ》机《づくえ》を前に、並んで座していた。入室した男は土間に置かれた腰掛けに座して、書記役と向き合った。

「名前と住まいを聞かせてください」

第一番に向きあう当籤者である。書記役は硬い口調で質《ただ》した。

「薬研堀の太郎店《たろうだな》に住んでやす、大工の泉吉《せんきち》でさ」

泉吉は書記役を見詰めて答えた。

書記役の隣にいる庶務主事に加えて、三井両替店の手代三人も泉吉を見詰めている。

羽織っている濃紺の半纏《はんてん》の袖《そで》を引っ張った泉吉は、背筋を伸ばした。

「せんきちさんは、どんな字でしょう?」

「いずみに、大吉のきちでさ」

得心した書記役はあとのやり取りを、奥に座した三人の手代に預けた。

「どうぞ、こちらへ」

手代のひとりが泉吉を手招きした。三人とも文机を前にしており、土間には杉の腰掛けが置かれていた。

身体を硬くして座った泉吉に、真ん中の手代が話しかけた。

「当たり札をお見せください」

泉吉は腹掛けのどんぶり(胸元に縫い付けたポケット)から手拭《てぬぐ》いに包んだ札を取り出した。

うっかり湿らせることのないよう、富くじは油紙に包まれている。そのまま手代に差し出した。

包みから取り出したあと、手代は油紙を泉吉に返した。

鴇《とき》一七九六番の番号が、漆黒の木版で刷られていた。

突き止め二千両の富くじは、鳥類が組番で三十組。各組一から九九九九までの番号が刷られていた。

右端の手代は当籤番号の改め役だ。鴇一七九六番を、持参した帳面と突き合わせた。

番号の合致を確認したあと、左端の手代にうなずき、札を渡した。

吟味役の手代は、まず札を明かり取りの天井に向けた。札に使われた紙には、透かし模様を紙漉《かみす》き職人が織り込んでいた。

天眼鏡で透かし模様を確かめたあと小さくうなずき、真ん中の手代に渡した。

右端の手代が札を龕灯《がんどう》で照らし、番号吟味役は天眼鏡で漆黒の色味を確かめた。素人目には判別できないが、吟味役は漆黒の摺《す》り色に含まれた艶《つや》を確かめたのだ。

「間違いありません」

真ん中の手代が発した声に応じて、庶務主事が泉吉をもう一度、手招きした。

泉吉は主事の前の腰掛けに移った。

麻の袋と小判二十枚が、主事の文机に載せられていた。

「おめでとうございます」

泉吉を見詰めたまま、主事は小判を手に持った。

「十五番富み、二十両です」

主事は一枚ずつ、小判二十枚を数えた。そして麻袋と小判とを、文机の前のほうへと押し出した。

泉吉がごくんと喉《のど》を鳴らして、口に溜《た》まった生唾《なまつば》を呑《の》み込んだ。

「おめでとうございます」

三井の手代三人が声を揃えた。

「この麻袋も、もらっていいんで？」

「どうぞ」

主事が答えた麻袋には、浅草寺の御紋が朱色で刷られていた。

小判を慈しむような手つきで、泉吉は一枚ずつ麻袋に収めた。そのあと袋の紐《ひも》でぎゅっと口を絞り、どんぶりに納めた。

「ここに入れとくのが、一番の安心でさ」

泉吉はどんぶりに手を当てて主事を見た。

「小判を胸で感じながらけえるなんざ、生涯に二度とねえぜいたくでさ」

思いを込めて主事に言ったあと、深々と辞儀をした。

「どうぞ、こちらから」

案内してきた小僧は、入り口とは別の戸口へと案内した。鐘楼近くの野次馬に見られぬよう、伝法院《でんぼういん》通りに抜けられる小径《こみち》に続いていた。

「ありがとよ、小僧さん」

泉吉は気前よく、小粒銀ひと粒を小僧に握らせて、小径を早足で出て行った。

＊

泉吉のあとも、同じ手順で当籤札が吟味された。そして当籤金が支払われた。

三井両替店は、百両までは小判で支払った。泉吉以外の当籤金は、区切りのいい二十五両包みの「切り餅《もち》」である。

百両を超えた当籤金は、差額には三井両替店振り出しの為替切手（預金小切手）が宛てられた。いつなんどきでも、室町の三井にて小判と交換できる切手だ。

突き止めを除く十四人の当籤金支払いは、八ツ（午後二時）前に完了した。

＊

初春一番富くじで、突き止め二千両である。くじは大川西側、吾妻橋から永代橋までのすべての町で売られていた。

富くじ勧進元は浅草寺である。

出張って来た三井両替店の三人とも、富くじの鑑定に長《た》けていた。

三井の三番組は富くじを扱う組で、手代は六人いる。真ん中に座っていた佐太郎《さたろう》が組頭で、今回の支払いの段取りを仕切っていた。

八ツの鐘が撞かれ終わっても、突き止め当籤者は現れず仕舞いである。

寺が用意した八ツの茶菓を賞味しながら、佐太郎は主事に問いかけた。

「今朝方の主事のお話では、突き止めの当籤者は、十六日の八ツ過ぎにここに姿を見せたとのことでしたが……」

佐太郎は言い分を途中で区切り、あとを主事に委ねた。

「いかにも、さように申しました」

浅草寺の庶務主事とて、三井三番組組頭にはていねいな物言いで応じた。今回の当籤札真贋《しんがん》吟味も当籤金支払いも、すべては佐太郎の差配に委ねられていたからだ。

「当籤札の持ち主は女人で、惣領《そうりよう》息子が同道していたとうかがいました」

「いかにも、それも申した通りです」

主事は当籤者の名を聞いていた。

「拙僧の簡易な吟味では番号も札も、本物であったと、いまも確信しております」

主事はまるで自分に言い聞かせるかのような口調で、もう一度あの朝の次第を聞かせ始めた。すでに今朝一度、聞いた話だったが、佐太郎たち三人は居住まいを正し、主事の話に聞き入った。

「三日前、一月十六日の八ツ過ぎに、あの女人は息子を伴い、ここを訪れました」

女人とはおてるで、息子とは好助のことだ。おてるは帯の間に挟んできた富くじを差し出した。

主事は天眼鏡を使い、佐太郎に聞かせた通りの手順で札の真贋を確かめた。

浅草寺が勧進元となっての富くじの当籤吟味に、主事は何度も携わってきた。

突き止め千両を突き当てる際は、盲人の検校《けんぎょう》に、厚手の目隠しをさせていた。

今回の突き止めは、倍の二千両である。収益金は本堂の改修作事に充てることになっていた。ゆえに突き止め錐《きり》は、当番奉行の南町奉行に依頼していた。

二千両の当たり札を目にしたのは、主事も初めてだった。

「拙僧の口から、札を濡《ぬ》らしては無効になる旨、きつく申し渡しましたでの」

女人は札を大事に包み直し、帯に挟んで帰って行ったと、佐太郎たちに聞かせた。

「てまえどもは七ツ（午後四時）までは、この場にて待たせてもらいます」

七ツを過ぎたあとは当籤金百両を浅草寺に預けて帰りますと、佐太郎は主事に告げた。

「突き止め当籤者が換金当日に顔を出さぬことは、往々にしてあることです」

佐太郎は抑えた物言いで、さらに続けた。

「かって増上寺《ぞうじょうじ》が勧進元であった富くじでは、引き換え三日目になって、ようやく顔を出したという事例もございます」

「一月二十一日を過ぎても当籤者が顔を出さぬときは、そこで段取りを講じましょう」

佐太郎の言い分を受け入れて、この日はお開きとなった。

一月二十一日になっても、当然ながらおてるも好助も顔を出さず仕舞いとなった。

二

一月二十一日、八ツどき。

浅草寺庶務方書記役の清二郎《せいじろう》は、浜町河岸の「たらいうどん」の前にいた。

去る一月十六日の昼下がり。「突き止め当籤札」らしき富札を持参してきた、おてると名乗った女が、居所として言い残した店がここだった。

今日になっても突き止め札を持つ者が現れぬため、清二郎が差し向けられたのだ。

浜町河岸という土地柄、うどん屋の客は猪牙舟《ちょきぶね》やら屋根船やらの船頭が多い。連中の昼飯どきは店も混み合うと考えた清二郎は、昼の繁盛時を外し八ツ近くに出向いていた。

店はすぐに見つかった。が、商いを続けている気配が感じられなかった。

おてるが突き止め札を持参してきたのは十六日だ。その日の夜、江戸は急な雷雨に襲われた。が、急な襲来同様、雷雨は一刻ほどで終わった。

翌日から今日まで、江戸は雨知らずである。浜町河岸は商家も船宿も縁起商売だ。軒先も戸口もきれいに掃除して、客を呼び込むのを旨としていた。

ところが、たらいうどんには「商い中」を報《しら》せる提灯《ちょうちん》も出ていなかった。軒下には十六日の雷雨が運んできた小枝がぶら下がったままだ。

なにより、うどん屋ならではのダシの香りが店先に漂い出てはいなかった。

たとえ八ツ休み中だとしても、ダシの香りは店先に居残りしているはずだ。

清二郎はたらいうどんの店先で深呼吸し、うどん屋ならではのにおいを確かめた。

が、やはりまるで感じられなかった。

どうしたものかと思案していると、船頭らしきふたり連れが歩いてきた。清二郎は男たちの前へと動いた。

「少々おたずねしますが、たらいうどんさんはこちらでしょうか？」

「そうだが」

問われた男は、見慣れぬ作務衣《さむえ》身なりの清二郎をいぶかしんだ。

「おめえさん、どちらさんで？」

ぞんざいに答えたあと、すぐに戸を閉じようとした。閉じられる前に、清二郎は履

「あの日の夕暮れ前に、出て行ったきりだ」

相手がとぼけられぬよう清二郎は好助に、あなたと一緒だったと先に言い切った。

「あなたとご一緒だったおてるさんは、おいでしょうか」

清二郎には見覚えのある、太めの男だ。

好助が立っていた。

ていねいな物言いで告げた「富札」が効いたらしい。間をおかず、戸が内に開かれ、

「富札のことで、浅草寺から参りました」

返事はなかったが、内でひとが動く物音がした。清二郎は再度、声を張った。

「どなたか、おいでですか」と。

劣る。勝手口に回った清二郎は、戸を叩《たた》いて大声を張った。

乗合船まで使って浜町河岸まで出向いてきながら、会えませんでしたでは小僧にも

あのときおてるは、たらいうどんの好助だと、連れの男の名を明かしていた。

これだけ言って、ふたりは行き過ぎた。

「店にひとは居るはずだが、もう五日も商いは休んでいるようですぜ」

その返事で、寺の者と得心したらしい。

「浅草浅草寺の者です」

き物を差し込んだ。戸が止まった。

富札吟味という役目柄、清二郎はこの手の振舞いをされることには慣れていた。

当たり札の真贋吟味を聞きたくて、事前に寺務所に顔を出す者は少なからずいた。

その折の寺務所の対応には定めがあった。

客が持参した富札番号と、持参者の名前と在所を書き留めおくという定めだ。

今回は初の「二千両突き止め」で、その一番札がいまだ現れないのだ。閉じられかけた戸を押さえて、きつい声で好助を質した。

「おてるさんが示された札は、いまだ浅草寺に持ち込まれぬままです」

好助を見詰める清二郎の目が光を帯びた。

「いま、どちらにおいでなのかご存じでしたら、お聞かせいただけませんか」

光る目で好助を見詰めて、これを告げた。

好助が返答に詰まっていたら、女房が土間に出てきた。下駄履きなのか、土間がカタカタと音を立てた。

「おてるなんてひと、あたしとは何のかかわりもないから」

女は下駄の先で、清二郎の履き物を押し出した。そして好助を押しのけると、内に開いていた勝手口の戸を勢いよく閉じた。

「言っとくけど、二度とうちには来ないで！」

吐き捨てるなり、また下駄を鳴らして引っ込んだ。

仕方なく勝手口から離れた清二郎だが、このままでは帰れなかった。

ひとまず乗合船の桟橋まで戻り、腰掛け代わりに配された小岩のひとつに腰を下ろした。

思案を重ねるとき、知恵を呼び覚ます頓服《とんぷく》は、煙草が一番だ。腰に提げていた煙草袋から、刻み煙草の詰まった印籠《いんろう》とキセルを取り出した。親指の腹でぎっしり詰めたキセルを膝《ひざ》に置き、右のたもとから懐炉灰《かいろばい》を取り出した。

どこにいようとも煙草を味わえる種火だ。

立て続けに三服をすってから、懐炉を閉じた。好助の口を開かせる妙案が浮かんだのだ。

女房は手強《てごわ》いが好助には脅しが効く……こう判じた清二郎は、煙草道具一式を仕舞って立ち上がった。

急ぎたらいうどんの勝手口に戻ったあとは、こぶしに握った右手の腹で思いっきり戸を叩いた。

「このうえ白を切り続けるなら、明日《あした》には南町奉行所同心を差し向けるが、よろしいか」

清二郎とて毎日の読経は続けている。腹から出る声は、勝手口の奥にまで響いた。

女房の声が返ってきたが、好助が戸を内に開いた。

「お役人が来るとは、どういうことでえ」

「言った通りです」

　清二郎は開かれた戸から内に入った。そして好助を睨《にら》み付けて続けた。

「このたびの突き止め役は南町奉行です」

　江戸庶民の夢を突き当てたというのに、当たり札の主が現れない。このままでは幹事役の奉行所に届け出ざるを得ないと、好助を睨み付けて結んだ。

　奉行所への届け出と聞くなり、好助の顔色が一気に蒼《あお》ざめた。

「どうしますか、好助さん」

　言葉で詰め寄ったら、また女房が下駄を鳴らして奥から飛び出してきた。

「うちには一文の得にもならないどころか、厄介事のタネを持ち込んできた婆さんじゃないかさ」

　女房は清二郎ではなく好助に毒づいた。

「うちがなにかしたわけじゃないんだ、ここから先は奉行所でも鉄砲でも、好きにすればいいわさ」

　言葉を吐き捨てた女房は、両手で清二郎を戸の外に押し出した。そして大きな音をさせて、内から鍵《かぎ》をかけた。

「それでは好きにさせてもらいます」

腹の底からの声を、戸の内にねじ込んだ。

三

浜町から帰った清二郎から聞き取るなり浅草寺専務主事は動いた。

去る十六日におてるが富札を持参した折、寺務所では当日の当番主事が、幾つか問い質しをしていた。

おてるの居所が浜町のたらいうどんと分かったのも、聞き取りのおかげだった。

どこで富札を購入したのかも、当番は確かめていた。専務は十六日の当番を呼び寄せた。

「間違いありません」

当番は明確に言い切った。

「てまえが使っている天眼鏡も、室町村田屋の品であると、おてる殿と話しました」

突き止め当籤者がいまだ現れていないことは、浅草寺中に知れ渡っていた。おてると直接話し合っていた当番主事は、当日の記憶をたどり、分かっている限りを専務に述べた。

当番の返答を了とした専務は、室町の卸元を台帳で調べた。

室町一丁目、摺り屋一蔵《いちぞう》が卸先と分かった。日本橋一帯の読売瓦版《かわらばん》の発行元摺り屋である。界隈《かいわい》では顔が利き、富札も一万枚を配下の売り子二十人に販売させていた。

専務が調べに区切りをつけたとき、寺務所の土圭《とけい》は七ツ半（午後五時）を指していた。日没まで、まだ半刻あった。

「おまえはいま一度、外出をしなさい」

摺り屋一蔵の配下にあたり、子細を聞き出すようにと。

「売った相手がおてるなる女人であったかを、売り子から確かめてきなさい」

その次第で南町奉行所に報告する肚《はら》を専務は括《くく》っていた。

調べを終えて清二郎が浅草寺に戻ってきたのは五ツ半（午後九時）を大きく過ぎた頃だった。

「すべて、おてるさんの言い分通りでした」

おてるが購入したのは一月十一日、鏡開き当日だった。おてるは村田屋の振舞い汁粉を賞味しつつ、瓦版売りから一枚を買い求めた。

「代金の南鐐は当人ではなく、付き添いの女の金だそうです」

おてるは四《よ》つ手駕籠《でかご》に乗っていて、付き添い三人が従っていたと売り子は話していた。

「付き添いの男の風体は、本日てまえが面談してきた浜町の好助とは、まるで別人に思えました」

聴き終えた専務は、翌日清二郎を南町奉行所に差し向けた。そして与力《よりき》の許可を得て、同心宮本宜明《たかあき》とともに浅草寺に戻ってきた。

宮本の配下には小網町の目明し、新蔵がいる。おてるの一件では、調べが室町にかかわりがあると奉行所与力が判じたからだ。

「突き止め札の行方については、奉行も案じておいでだ」

手抜かりなく調べよと、与力は宮本に命じていた。

「なにとぞ存分なるお調べを賜りますように」

浅草寺専務は宮本の手足として、清二郎を付けた。

「これは当座の費えである。使うのを惜しむな」

専務は使い勝手のいい南鐐二朱銀と小粒銀とで十両を渡した。

「屋根船、駕籠を使うことをためらうな」

これを専務からきつく申し渡されていた。

「まずは浜町のたらいうどんに向かうぞ」

清二郎は屋根船を誂《あつら》えて、宮本と浜町に向かった。たらいうどんは今日も商いを休んでいた。

「浅草寺の清二郎です。今日は南町奉行所の同心さまをお連れ申し上げた」

勝手口に立った清二郎は、遠慮のない声を閉じられた戸の内に投げ込んだ。

「まったく懲りないひとだねえ」

今日は好助ならず、女房が戸の内に立った。

「奉行所の同心がなんだって言うのさ……」

文句を言う女房の口を、宮本が抑えた。

「戸を開かぬなら、捕り方を呼び寄せるぞ」

宮本の低く抑えた声にはあの女房も従い、直ちに戸が内に開かれた。脇には顔面蒼《そう》白《はく》となった好助が立っていた。

＊

好助と女房おれんは浜町の自身番小屋で、宮本から厳しい詮議《せんぎ》を受けた。

「その方らの返答にわしが得心できぬなら、小伝馬町にて再度詮議することになるぞ」

これを言われるなり、あの女房も態度と物言いを改めた。

「買ってもらった富札が突き止めに当たったと知り、町飛脚《まちびきやく》便でおふくろは手紙を寄越しました」

好助はことの始まりから正直に話し始めた。

「十六日に浅草寺で当たりを確かめた夜、本船町のたる順に三人で出向きました」

たる順は姉一家が商う一夜干し屋。そこの主人新三郎が費えを負って、おてるを預かり所に入所させた。が、おてるが突き止めを引き当てたことで事情は激変した。

突き止めの件は一言も言わず、好助は「やはりおれが引き取る」と、預かり所から出る断りを告げに出向いたのだ。

「入所の費え四十両は、生涯かかってもおれがけえすから」

「おふくろの世話を頼むんだ、忘れてくれ」

新三郎は好助の言い分を真に受けて、返済無用を告げた。

いきなり雷雨が始まったなか、おてる・好助・おれんの三人はたる順を出た。

「浜町へのけえり船に乗るため、船宿に向かい始めたとき、おふくろは柳の下から動かず、先に行けとおれと女房を追い払ったんでさ」

先に行ってると告げて、好助とおれんはその場を離れた。その直後、柳に雷が落ちた。悲鳴を上げて、おてるは川に吹き飛ばされた。

「川は真っ暗で、なにもめえねえんでさ」

とても助からないと思うと、恐さが込み上げてきた。女房と一緒にその場から離れた。


宮本とともに好助の話を聞いていた牢屋番《ろうや》は、怒り声を好助にぶつけ始めた。

「富札は水に濡れたらおしゃかになると、おめえは知ってたな」

決めつけた牢屋番は宮本の目を見た。

「富札が駄目になったら、こいつらは親のことなどどうでもいいんでさ」

なにも知らず、四十両まで返済無用と告げた新三郎を思うと我慢がなりやせんと、牢屋番は口調を荒くした。

「ふたりとも奉行所のお裁きが決まるまで、ここに留め置きやしょう」

「妙案だ」

宮本が応じたら、好助の太めの身体がぶるるっと震えた。

四

好助・おれんを自身番に留め置いた翌日。宮本は清二郎を伴い、四ツ過ぎに新蔵の宿に出向いた。前触れなしに同心の訪問を受けて、新蔵は慌てた。

「おまえもすでに聞き及んでおるはずだが」

突き止め二千両の当たり主が、いまだ換金に来ないことに、宮本は言い及んだ。

「なんとも、もったいねえ話でやす……」

相槌《あいづち》を打った新蔵だったが、

「その当たり主が現れないのも道理だと、昨日になって子細が判明した」

茶で口を湿してから、宮本は続けた。

「十六日の雷雨の夜、当たり富札を抱いたまま、おてるなる女は雷に打たれて日本橋川に吹き飛んだと分かった」

ここまで聞いて、新蔵が尻《しり》を浮かせた。

「その女なら、あっしと長兵衛さんとで川から引き上げた女にちげえありやせん」

今度は宮本が大きく驚いた。宮本以上に、同席していた清二郎が息を呑んだ顔となった。そんな清二郎には構わず、宮本は新蔵に命じた。

「細大漏らさず、顚末《てんまつ》を聞かせよ」と。

「承知しやした」

新蔵が居住まいを正して口を開こうとしたら、宮本が止めた。そして清二郎を見た。

「おまえは室町の村田屋を存じておるな」

「存じております」

浅草寺の僧侶《そうりょ》の多くは、村田屋の眼鏡の世話になっていた。愛用している僧侶たちから、評判の良さも耳にしていた。清二郎も一度ならず、村田屋まで僧侶に同行していた。

「当主長兵衛殿を、ここまで案内してくれ」

あいにく新蔵配下の下っ引き全員、早朝から出払っていた。

「うけたまわりました」

答える間ももどかしいとばかりに、清二郎は村田屋へと駆けだした。

四半刻少々を経たのちに、村田屋当主が新蔵の宿まで出向いてきた。長兵衛が加わり、溺死《できし》したおてるについて、宮本にはより子細な聞き取りができた。

すべてが明らかになったとき、長兵衛も新蔵も、えにしのあやを嚙《か》みしめた。

「土地の周旋屋を介して長らくたる順さんには、家屋をお貸ししていました」

おてるがたる順先代の女房だったと分かったことで、長兵衛は深い息をついた。

「そんなおてるさんを川から助け上げたのも」

すでに溺死してはいても、長兵衛は土左衛門《どざえもん》とはいわず、助け上げたと口にした。

「突き止めを当てた富札とは知らず、あのとき帯に挟み戻してくれた新蔵さんの振舞いには、おてるさんも喜んだことでしょう」

長兵衛は新蔵が為した気遣いを称《たた》えた。

すべての子細が明らかになったとき、すでに正午を過ぎていた。

「これよりたる順に向かい、当主を含めて家族の者に、顚末を話さねばならぬ」

十六日におてるを川から助け上げた長兵衛と新蔵にも、宮本は同行を命じた。

「おまえも浅草寺の者として、その場に立ち会いなさい」

清二郎も加えて、宮本はたる順に向かった。

奉行所同心の突然の訪問だったが、新三郎は慌てることなく向きあった。

えみと源太郎には仕掛かり途中の手を止めさせた。そしてこのあとの来店客への対処を手伝いのおとよに任せて、宮本たち四人を座敷に招き上げた。

茶の支度はおとよがこなした。来客全員に茶が供されたところで、宮本が口を開いた。

「去る十六日の夜、おてる・好助・おれんの三名が、ここに出向いてきたか」

問われた新三郎はえみを見た。

「雷がひどかった夜のことなら、母たちはここに出向いてきました」

話は口の重たい新三郎ではなく、えみが受け持った。

「荒天をついてまで出向いてきた、おてる殿たちの用向きはなにであったのか」

同心の問いに答える前に、えみは新三郎を見た。宮本の来訪のわけも、母に関する問い質しにも、まるで得心がいかぬままだったからだ。

「おふくろたちに、なにかありやしたんで」

新三郎はおてるの身を案じながら宮本に問うた。

「先にわしの問いに答えなさい」

宮本の物言いには同心の厳しさがあった。

「あるところに預けていたおふくろを、やっぱり女房の弟が世話をするてえんで、それを告げにあの雨のなか、浜町から出向いてきたんでさ」

新三郎が言い終わるなり、えみが口を挟んだ。

「まさか母の身に、なにかあったのではありませんよね」

えみは真っ先に母の身を案じて問うた。新三郎も源太郎も同様の表情で宮本を見詰めていた。

この一家は富札のことはなにも知らぬと判じた宮本は、初めて子細を話し始めた。

「おてる殿は雷に打たれて、日本橋川に落ちて亡くなられた。ここにいる村田屋ご当主と目明しの新蔵が、おてる殿を川から引き上げてくれた」

「まさか、そんな……」

あまりのことに絶句したえみを気遣いつつも、宮本は溺死引き上げから検視、茶毘《だび》に付したことまでの子細を、省かずに聞かせた。

長い顚末を聞いているうちに、えみは気を鎮めたようだ。すべてを聞き終えたあとでは、村田屋と新蔵に向きあった。

「回向院さまに埋葬いただけましたこと、御礼の申し上げようもございません」

えみに合わせて新三郎と源太郎も畳に手をついた。

「このあと直ちに回向院さまに出向きます」

えみはすぐにも回向院に向かいたがっていた。

「母を想うそなたの気持ちは分かるが、本件はいささか面倒をはらんでおっての」

宮本はここで初めて富札の話に入った。

「おてる殿が預かり所に向かわれたのは、一月十一日でよろしいか」

問いには三人が同時にうなずいた。そのあと長兵衛を見ながら、えみが言葉で答えた。

「村田屋さんの前に差し掛かると、鏡開きのお汁粉振舞いの真っ最中でした」

母は駕籠から出て、お汁粉をいただきましたので、十一日に間違いありませんと答えた。

「その折に、おてる殿に富札を買い与えたかの」

「わたしが南鐐二朱銀を渡しました」

えみの言い分を、新三郎は深いうなずきで支えた。

「母がそのことで、なにか騒ぎでも……」

預かり所で騒ぎでも起こしたのかと、えみは案じ顔で問うた。

「川に落ちたとき、おてる殿は富札を帯に挟んでいた」

検視の折、新蔵は富札を見つけた。が、川水に浸《つ》かった札は摺り色が滲《にじ》んでおり無効となっていた。

「おてる殿が冥土《めいど》に持参したかろうと、帯に挟み直した。そのまま荼毘に付された。もはやおてる殿の富札は灰となったが長兵衛殿は、おてる殿の富札番号を書き留めておられた」

おてると一緒に荼毘に付された富札は、突き止め札だった。

これを宮本から聞かされても、えみたち三人は格別に驚き顔にはならなかった。

「いまの顛末の意味するところは、呑み込めておるな」

「分かっています」

えみは表情もかえず、即答した。

「二千両が灰になっても、そなたたちは驚かぬのか」

「おふくろが当てたことで、あっしらにはかかわりのねえことでやす」

新三郎の言い分に、えみも源太郎も強くうなずいた。

「お話がこれで仕舞いであれば、すぐにも回向院にお参りさせてもらいたいのですが」

えみはすでに、無縁仏とされているおてるを想っていた。

「そなたらの思い、わしも確かに受け止めた」

奉行所と浅草寺とで談判のうえ、奉行の沙汰《さた》を仰ぐとえみたちに申し渡した。

「お手数をおかけしました」

深い辞儀で応《こた》えたあと、えみは長兵衛と向きあった。

「回向院さまのどこに出向けばいいのか、教えてください」

「よろしければいまから店にお越しください」

詳しく記したものを差し上げますと、えみに答えた。

全員が立ち上がったとき、宮本が新三郎に問うた。

「そなたが身請《みうけ》人を承知されるなら、浜町番所に留め置いておる好助とおれんを解き放つが、それでよろしいか」

「すぐにもお願いしやす」

好助たちが番所に留め置かれていたと、いま初めて知ったのだ。新三郎は迷わず身請人を引き受けた。

えみの両目が新三郎への、感謝至極の光を宿していた。

五

宮本の来訪を受けてから三日後、一月二十六日四ツ半（午前十一時）。

新三郎とえみは浅草寺差し回しの駕籠にて、両国橋西詰の料亭「折り鶴」に出向いた。浅草寺専務主事による招きの席で、宮本同心が同席していた。

「このたびはおてる殿の横死を、こころからお悼み申し上げます」

ふたりを前にして、専務は衷心よりの追悼を口にした。浅草寺ではなく折り鶴に席を設けたのも、いっときながらおてるが祀《まつ》られていた回向院がすぐ近くという理由だった。

専務に続き、宮本が南町奉行からの言葉をふたりに伝えた。

「種々のあかしからも、おてる殿が突き止め札の所持当人であることは明白であると、奉行も承知しておられるが」

宮本はここで口調を一段、低くした。

「さりとて富札はおてる殿とともに荼毘に付されて、すでに灰となっておる」

たとえ富札が残っていたとしても、川水に浸かったことで無効であると続けた。

宮本を見詰めて聞き入っている新三郎とえみは、得心して深くうなずいた。

「そなたらのいさぎよき心構えには、奉行もいたく感心なされての。世に役立つ建屋などの普請の費えに充てるならば、突き止め二千両の範囲で下げ渡すと特例を決裁なされた」

「浅草寺も奉行のご決裁に従います」

宮本のあと、専務が浅草寺も承知であることを明言した。

「たる順の商い付き合いもあろう」

宮本の物言いが優しさを帯びていた。

「魚河岸肝煎《きもいり》衆と相談のうえ、二月一日に肝煎五人衆同道のうえ、そなたら両名で、南町奉行所まで出向かれたい」

新三郎、えみとも、想像だにしなかった奉行のご沙汰である。返答もできず、息を詰めて背筋を伸ばすことしかできなかった。

「固い話はここまでだ」

宮本が小鈴を振るなり、箱膳《はこぜん》を抱えた仲居衆が入ってきた。

「そなたらのために折り鶴の板長は、昨日たる順から一夜干しを仕入れたそうだ」

存分に賞味しなさいと、宮本が勧めた。

料亭板長の焼き上げた、アジの一夜干しである。新三郎もえみも、初めて口にする「板長仕上げのたる順一夜干し」を、呑み込むのも惜しみながらいただいた。

板長はおてるに供える折り詰も用意していた。えみはすでにおてるの戒名をいただいていた。

板長が調えたおてるの折り詰は、駕籠で帰り着くなり仏壇に供えた。

板長は別折で、一夜干しも用意してくれていた。

「これがうちの一夜干しの美味《うま》さだったんだ」

源太郎はひと口食べるなり、アジを見てつぶやいた。

源太郎もおとよも、アジの皮も骨も残さずに平らげた。

おてるは仏壇の灯明《とうみょう》を揺らして喜んでいた。

＊

翌日早朝、奉行のありがたき決裁を、新三郎は魚河岸四組に聞かせた。

「あのおてるさんが……」

町内の者には、おてるは先代を支えた名おかみである。

「それで新三郎さんは、おてるはどうしようと思案していなさるんでぇ」

問われた新三郎は、おとよまで含めた家族で話し合った結論を明かした。

「ご公儀が鎖国を続けておいでのいま、沿岸はどこも真っ暗です」

外国船が近寄らぬよう、多くの岬に灯明台（灯台）はなかった。

「品川《しながわ》に灯明台を新たに普請すれば、魚河岸を目指す漁師の助けになりやしょう」

ぜひとも灯明台新築を願い出てくだせえと、四組の面々に頼み込んだ。

「このうえなしの妙案だぜ」

反対する者皆無である。魚河岸五人組と連れ立って、新三郎とえみは南町奉行所に出向いた。

「まこと、あっぱれな願い出である」

奉行はその場で承知した。のみならず、灯明台の名付けまで行った。

「おてるの灯明台と命名いたすが、そのほうに異存はないか」

「恐悦至極にございやす」

新三郎は慣れぬ物言いで、奉行に答えた。

奉行は命名したに留《とど》まらず、寺社奉行にも働きかけた。

「あっぱれなおてる殿に、ぜひにも墓石と墓地をお願いいたす」

「承知」

快諾した寺社奉行は立会《たちあい》川の来福寺《らいふくじ》に、墓石と墓地とを調えよと命じた。

おてると弥一の戒名が刻まれた墓石は、品川湊《みなと》が見渡せる寺の高台に据え付けられた。

夜には「おてるの灯明台」の明かりを、おてると弥一が肩を並べて見守っていた。

解説

温水《ぬくみず》ゆかり（ライター）

日は沈み、日はまた昇る。お天道さまの理《ことわり》だが、これを人為的に行わなければならないのが人の世。親から子へ、師から弟子へ。その代替わりである。

商家であればいつ嫡男に家督を譲るべきか、当主はひそかにタイミングを計っている。職人なら弟子の技術が一人前になるまで、師はやきもきし続ける。中には子にさとされても「いや、まだだ」と全力で踏ん張る〝老害〟があるかもしれない。

「次世代育て」と「引き際模索」はコインの裏表。日本橋《にほんばし》の老舗《しにせ》眼鏡店「村田屋《むらたや》」の当主にして筆頭職人でもある村田長兵衛《ちょうべえ》が、天の理を見晴るかす江戸《えど》ミステリーの第二作である本書は、私にとってコインの裏表を情でつなぐ短編集だった。

順に（勝手な見出しを付けて）ご紹介していこう。

「蒼い月代」――まるで落語

安政《あんせい》三（一八五六）年、五月。白扇屋《はくせんや》「吉野屋《よしのや》」のひとり娘おそめに一目惚《ひとめぼ》れし、先月たんまりの持参金（八百両！）を持って婿入りした米問屋の三男岡三郎《おかさぶろう》。しかし、おそめには心に決めた店の一番弟子がおり、一家で婿をコケにしようと企《たくら》んでいた。名は体を表す。主の四五六《しごろう》は店の再起が叶《かな》うカネほしさに、四の五のこねくり回して六《ろく》でもない案をひねり出す。「床入りは半年後」。それでも岡三郎は純情一途《いちず》だった。岡三郎に対する同情の声が広まる。

新蔵《しんぞう》からこの件を相談された長兵衛は、ある状況の変化をめざとく見抜き、四五六から高価な鼈甲縁《べっこうぶち》眼鏡を注文されていたこともあってちょっとした芝居を打つ。この話はまるで落語。小狡《こずる》さの中にも愛嬌《あいきょう》ある改心があり、大団円に着地する。

「よりより」――生意気盛りの瑞々《みずみず》しさ

クロニクルの要素もあるシリーズだが、この篇では年が飛んで安政四（一八五七）年の八月十五夜。偏屈な銀ギセル職人政三郎《せいざぶろう》を主賓に月見の宴《うたげ》が開かれる。長兵衛は政三郎に相談事があった。二年間の長崎遊学を終えて戻って来た惣領息子・敬次郎《けいじろう》の修業先である。敬次郎の長崎かぶれは目に余るものがあった。一流の職人のもとで技だけでなく、その技を生みだす秀でた人となりも学ばせねば。

若さゆえの生意気盛りの一方で、敬次郎が長崎で年上の女性に抱いた淡い慕情、六分儀を使った帰路の航海術、戻った江戸で、長崎の女性の姪《めい》だと言う「あきな」との偶然の出会いなど、進取の精神や異性へのときめきなどが描かれる。未来の当主の新緑のような青春の燦《きら》めきが瑞々しい。

「秘伝」――守るべきもの

安政三（一八五六）年十月。この篇は交互に進む二つの話を通して、「引き際」と「代替わり」の瞬間をドラマチックに描く。

冬に向かって精をつけるためにうなぎを食べる玄猪《げんちょ》の日。漁場からいつもの倍のうなぎを引き揚げようとした「初傳《はつでん》」の傳助《でんすけ》はバランスを崩して猪牙舟《ちょきぶね》から転落する。翌朝の漁場で、傳助は息子の太一郎《たいちろう》に短く告げる。「今朝から仕掛け揚げは、おまえがやれ。猪牙舟はおれが操る」。三年前から傳助はこの日に向けて準備してきた。うなぎの裂き方、秘伝のタレ。仕掛け揚げを任せたことが総仕上げだった。

この天晴《あっぱ》れな引き際の話と交互に、薬種問屋「柏屋《かしわや》」の八代目光右衛門《こうえもん》の、往生際の悪いコミカルな話が進む。光右衛門は六十一歳。何度かの立ちくらみニモメゲズ、好物のシシ鍋《なべ》でたるんだ腹ニモメゲズ、意気軒昂《けんこう》。光右衛門には野望があった。二代目が調合した乙丸《おつがん》、丙丸《へいがん》、丁丸《ていがん》。調合法は一子相伝の秘伝だ。が、なぜ甲から始めなかったのか。甲丸《こうがん》は「睾丸《こうがん》」に通ず。江戸のバイアグラができるまで取り置きされていた。光右衛門は大金をつぎ込み、この創薬に猪突《ちょとつ》する。

長兵衛は新規顧客の傳助の潔さに感服し、馴染《なじ》みの顧客光右衛門には薬の本義《ほんぎ》に立ち戻れときつめにたしなめる。巧みな構成に惚れ惚れ。キレよく読ませる快作である。

「上は来ず」——粋《いき》の階段

安政三（一八五六）年十一月。「火の用心」の音を聞き、長兵衛は室町暖簾《むろまちのれん》組合のご意見番・吉右衛門《きちえもん》に同行し、万年橋《まんねんばし》の鳶宿《とび》・豊島亭《としまてい》の安次郎《やすじろう》を訪ねて冬場の夜回りを依頼した十年前を回想する。長兵衛は安次郎が漂わせていた風格に感服する。

長兵衛には六年前から芸に惚れ込んだ浜町《はまちょう》の芸者がいた。その純弥《じゅんや》が文をもった使いをよこす。昨年の大地震で客は激減し、芸者の廃業や酌婦への転身が続いている。仲間のためにも手頃な金額で遊べるお茶屋を開こうと思う。ついてはお力添えを、と。

長兵衛は筆頭として六十両と記した奉加帳を回し、翌年純弥のお茶屋「権兵衛《ごんべえ》」では内祝いの宴が催されるが——。この篇はもうこれ以上書けない。野暮になるから。ヒントは純弥のお茶屋の名前。このある種のどんでん返し、お楽しみあれ。

「湯どうふ牡丹雪」——豆腐が見た夢

安政三（一八五六）年、十二月。四十肩のひどい新蔵に強く誘われ、眼精疲労の溜《た》まった長兵衛も王子村《おうじむら》の旅籠《はたご》「鷹ノ湯《たかゆ》」にやってくる。二日目、夕食は村自慢の絶品湯豆腐。食後に按摩《あんま》を受けつつ、新蔵は自分達の素姓につながる室町という地名や村田屋という屋号を口にしてしまう。その夜更け、二人はあらぬ疑いで豆腐屋の豆助《まめすけ》を連れた村の自身番に寝込みを襲われ……。

豆助が語った村田屋製天眼鏡が絡む話は詐欺だったのか。死罪と死罪未満の境目を示す隠語「どうしてくりょう（九両）さんぶ（三分）にしゅ（二朱）」が興味深い。

自分の豆腐が江戸の名料理店「八百善《やおぜん》」で供されることを夢見た豆助、いっときでも夫が夢見られたことを喜ぶ女房、謎の男が住んでいた長屋の差配、そして謎の男自身の顚末《てんまつ》。どの心根にも打たれる。前の篇とあわせれば、希望を持って歩き出そうとした次世代達の起業物語かもしれない。明暗の対比が切ないけれど。

「突き止め」――新春宝くじ

年明けて安政四（一八五七）年一月、粉雪降る寒い朝。娘が「嘘つき！」と母をなじる言葉で始まる。夫や息子と一夜干し屋を営む「えみ」は火事を恐れ、母おてるにも部屋の土間に裸火の七輪を持ち込まぬよう約束させていた。その舌の根も乾かぬうちに母は約束を破る。えみが母を追い詰める口調がきつい。おてるはうそぶく。「こんな家、あたしのほうから出ていくさ」。

とことん母を邪険にできない娘夫婦は結局むこう十年、医者代や飯代込みの四十両でおてるを向島《むこうじま》の預かり所に預けることにする。辻駕籠《つじかご》を奮発して送っていくその日。日本橋室町の村田屋眼鏡店の前で、おてるがまた我が儘《まま》を言い出す。鏡開きで振る舞われる汁粉を日本橋の名残りに食べていく、ついでに富くじも買っておくれと。

「突き止め」とは当籤《とうせん》番号のこと。一等の当たり籤《くじ》である。はてさて、おてるの富くじは？　この篇は「禍福は糾《あざな》える縄のごとし」の究極版。顚末は次篇で完結する。

「おてるの灯明台」——古くもあり新しくもあり

安政四（一八五八）年一月十九日。富くじの当籤金が手渡される日。当籤者は十五人、十四人が並んだ。当籤金は、札の真贋《しんがん》を確かめた上で手渡される。しかし当籤金二千両の突き止め札を持った者が現れない。

ここからの展開は地回り捜査。新蔵親分の雇い主で、シリーズ第一作でも重要な役割を演じた南町奉行所定町廻《じょうまちまわり》の同心・宮本宜明《みやもとたかあき》も登場する。その大岡《おおおか》裁きがこの篇の読み所だ。溺愛《できあい》、嫁姑《しゅうとめ》、カネの切れ目が縁の切れ目。この話は江戸に限らないと、さまざまな感慨が湧いてくる。

それぞれ味わいの違う計七篇を堪能《たんのう》する。が、やはり最後にどうしても書いておきたいことがある。この短篇集が、安政二（一八五五）年十月二日（新暦十一月十一日）に江戸を襲った直下型、いわゆる「安政の大地震《おおじしん》」の記録文学の側面も持っていることだ。

「蒼い月代」で白扇屋がカネに苦慮しているのも地震の余波で商売が細ったからで、「よりより」では、大坂で大地震の報を受けて敬次郎の取った行動が、この青年の聡《そう》明《めい》さとして描かれる。「上は来ず」で庶民的なお茶屋に改修されたのは大地震にも負けなかった築七十年近い二階家。「突き止め」で一夜干し屋を営む夫婦が火の始末に神経を尖《とが》らせて暮らしているのも、火事の地獄が身にしみているからに違いない。「湯どうふ牡丹雪」では、さらに記述が詳しい。新蔵が預かる小網町《こあみちょう》は大川《おおかわ》の西側。新蔵は久しぶりに東側に出張って目をしばたたかせる。町の景観がまったく違って見えたからだ。表通りの商家の普請が進まないこともあって、裏店《うらだな》の長屋は妙に日当たりがいい。地震発生当日の出来事がこの表題作のヘソにもなっている。

紙と木がいかにコンクリートに替わろうとも、日本は自然災害と暮らしていかねばならない国。滑らかな筋運びの下にしっかりそれが刻印されていることは、著者の山《やま》本一力《もといちりき》氏からのメッセージとして忘れてはならないと思う。

安政三年は幕末である。黒船来航から三年、大地震から一年。江戸城無血開城まであと十二年。その一八六八年が明治元年である。国家や国民という「大きな統合の物語」に向かって時代が歩を早めていた時期に、「小さな暮らしの物語」を懸命に紡いでいた人々。山本氏はなぜこの幕末を物語の時代背景に選んだのだろう。

極度の乱視で眼鏡が手放せず、眼鏡の歴史をちょっと調べたことがある私は、明治期の眼鏡職人のリストに村田長兵衛の名を発見して驚いたことがある。氏の書く村田長兵衛と同じ人なのだろうか⁉　今後ますますシリーズから目が離せないのである。

本書は、二〇二一年二月に小社より刊行された単行本を加筆修正のうえ、「おてるの灯明台」（「小説　野性時代」二〇二三年十二月号掲載）を加え文庫化したものです。

湯《ゆ》どうふ牡丹雪《ぼたんゆき》

長兵衛天眼帳《ちょうべえてんがんちょう》

山本一力《やまもといちりき》

令和6年 1月25日　初版発行

発行者●山下直久

発行●株式会社KADOKAWA
〒102-8177　東京都千代田区富士見2-13-3
電話　0570-002-301（ナビダイヤル）

角川文庫 24000

印刷所●株式会社暁印刷
製本所●本間製本株式会社

表紙画●和田三造

●お問い合わせ
https://www.kadokawa.co.jp/（「お問い合わせ」へお進みください）
※内容によっては、お答えできない場合があります。
※サポートは日本国内のみとさせていただきます。
※Japanese text only

ISBN 978-4-04-111641-8　C0193

◇◇◇

角川文庫発刊に際して

角川源義

第二次世界大戦の敗北は、軍事力の敗北であった以上に、私たちの若い文化力の敗退であった。私たちの文化が戦争に対して如何に無力であり、単なるあだ花に過ぎなかったかを、私たちは身を以て体験し痛感した。西洋近代文化の摂取にとって、明治以後八十年の歳月は決して短かすぎたとは言えない。にもかかわらず、近代文化の伝統を確立し、自由な批判と柔軟な良識に富む文化層として自らを形成することに私たちは失敗して来た。そしてこれは、各層への文化の普及滲透を任務とする出版人の責任でもあった。

一九四五年以来、私たちは再び振出しに戻り、第一歩から踏み出すことを余儀なくされた。これは大きな不幸ではあるが、反面、これまでの混沌・未熟・歪曲の中にあった我が国の文化に秩序と確たる基礎を齎らすためには絶好の機会でもある。角川書店は、このような祖国の文化的危機にあたり、微力をも顧みず再建の礎石たるべき抱負と決意とをもって出発したが、ここに創立以来の念願を果すべく角川文庫を発刊する。これまで刊行されたあらゆる全集叢書文庫類の長所と短所とを検討し、古今東西の不朽の典籍を、良心的編集のもとに、廉価に、そして書架にふさわしい美本として、多くのひとびとに提供しようとする。しかし私たちは徒らに百科全書的な知識のジレッタントを作ることを目的とせず、あくまで祖国の文化に秩序と再建への道を示し、この文庫を角川書店の栄ある事業として、今後永久に継続発展せしめ、学芸と教養との殿堂として大成せんことを期したい。多くの読書子の愛情ある忠言と支持とによって、この希望と抱負とを完遂せしめられんことを願う。

一九四九年五月三日